U0895440

双语译林
壹力文库
164

〔美国〕劳拉·英格尔斯·怀德 著
马爱农 译

大草原上的小木屋

译林出版社

图书在版编目（CIP）数据

大草原上的小木屋：汉英对照 /（美）劳拉·英格尔斯·怀德（Laura Ingalls Wilder）著；马爱农译. —南京：译林出版社，2018.7
（双语译林. 壹力文库）
Little House on the Prairie
ISBN 978-7-5447-7329-4

I.①大… II.①劳… ②马… III.①英语－汉语－对照读物 ②儿童小说－长篇小说－美国－现代 IV.①H319.4: I

中国版本图书馆 CIP 数据核字（2018）第 075596 号

大草原上的小木屋 ［美国］劳拉·英格尔斯·怀德 / 著 马爱农 / 译

责任编辑 陆元昶
特约编辑 赵丽娟 王思齐
装帧设计 灵动视线
校 对 刘文硕
责任印制 贺 伟

出版发行 译林出版社
地 址 南京市湖南路 1 号 A 楼
邮 箱 yilin@yilin.com
网 址 www.yilin.com
市场热线 010-85376701
排 版 灵动视线
印 刷 三河市祥达印刷包装有限公司
开 本 640 毫米 ×960 毫米 1/16
印 张 11.5
版 次 2018 年 7 月第 1 版 2018 年 7 月第 1 次印刷
书 号 ISBN 978-7-5447-7329-4
定 价 39.80 元

目　录

第一章　往西去

很久以前，今天的爷爷奶奶都还是小男孩、小女孩，或很小很小的婴儿，甚至还没有生出来的时候，爸、妈就带着玛丽、劳拉和小宝宝卡瑞离开了威斯康星州大森林里的小木屋。他们乘马车出发，把空无一人的小木屋孤零零地留在密密树林中的空地上，后来再也没有见过这座小木屋。

他们去了印第安人居住区。

爸说，现在大森林里人太多了。劳拉经常听见斧子当当响，却不是爸的斧子；还听见开枪的声音，却不是爸射出的子弹。小木屋旁边的那条小径已经变成了马路。劳拉和玛丽几乎每天都会停止玩耍，惊讶地注视着一辆马车嘎吱嘎吱地在那条马路上慢慢驶过。

人太多的地方野生动物们就待不住了。爸也不愿意继续留在这里。他喜欢的是动物们不必担惊受怕的地方。他喜欢小鹿崽子和母鹿从树荫下望着他，懒洋洋的熊在野浆果地里吃浆果。

在冬天漫长的夜晚，爸跟妈说起了西部乡村。西部土地平坦，没有树木，草长得又密又高。动物们在那里漫步、觅食，就好像是在一望无际的大牧场上，而且那里没有移居者，只住着印第安人。

冬季快要过去的一天，爸对妈说：“如果你不反对，我决定到西部去看看。有人出价买这个地方，现在卖掉就可以得到我们想要的价钱，这些钱足够在一个新的地方重新安家。”

“哦，查尔斯，非得现在就走吗？”妈说。天气很冷，待在温暖的小屋里多舒服啊。

“如果想今年出发，现在就得动身。”爸说，“冰面开裂后，我们就没法穿越密西西比河了。”

于是，爸卖掉了小木屋，卖掉了母牛和小牛。他做了山核桃木的弓，把它们垂直固定在马车车厢上。妈帮着他把白色的帆布蒙在弓上。

天刚蒙蒙亮的时候，妈把玛丽和劳拉轻轻摇醒，叫她们起床。妈在火光和烛光里给她们梳洗，穿上暖和的衣服。红色的法兰绒长内衣上套了羊毛衬裙、羊毛连衣裙和羊毛长筒袜，外面罩上大衣，戴上兔皮帽子和红色的棉线手套。

小木屋里的东西都搬到了马车里，只留下了床、桌子和椅子。这些用不着带，爸随时都能做出新的来。

地上有薄薄的一层雪。四下里一片寂静，寒冷而昏暗。寒星下，光秃秃的树木高高挺立。可是东边的天色已经泛白，灰蒙蒙的树林里出现了马和马车的灯光，爷爷、奶奶、姑姑、叔叔、婶婶和堂兄妹们来了。

玛丽和劳拉紧紧抱着自己的布娃娃，一句话也没说。堂兄妹们站在一旁看着她俩。奶奶和姑姑们一遍遍地拥抱和亲吻他们，嘴里说着告别的话。

爸把猎枪挂在马车帆布篷顶的弓架上，从座位上一伸手就能够到。他把子弹袋和装火药的牛角挂在猎枪下面，然后仔细地把琴匣子放在枕头中间，这样马车颠簸时小提琴就不会损坏。

叔叔们帮着爸把马套在车上。大人们叫那些堂兄妹亲吻玛丽和劳拉，他们这么做了。爸先抱起玛丽，又抱起劳拉，把她们放在马车后面的床上。爸扶着妈上了马车，奶奶上前把小宝宝卡瑞递给了妈。爸爬上来坐在妈的身边，斑点斗牛犬杰克钻到了马车底下。

就这样，他们告别了小木屋。窗户都关着，所以小木屋看不见他们离开。它依然待在木栅栏里，待在那两棵大橡树后面。夏天的时候，玛丽和劳拉曾在橡树的树荫下玩耍。渐渐地，小木屋就看不见了。

爸保证说，等到了西部，劳拉就会看见帕普斯。

“什么是帕普斯呀？”劳拉问。爸回答说：“帕普斯就是黑黑、小小的印第安婴儿。”

马车在白雪皑皑的树林里走了很长时间，来到了佩平镇。玛丽和劳拉以前来过这里，可是现在看上去不一样了。店铺和住家的房门都关着，树桩上也覆盖着积雪，没有小孩子在户外玩耍。树桩间堆着大捆的木柴。放眼看去，只有两三个穿着鲜艳的格子呢大衣和靴子、戴着毛皮帽的人。

妈和劳拉、玛丽在马车里吃了面包抹糖浆，马从挂在嘴边的饲料袋里吃了一些谷子，爸走进店铺，用皮毛换了路上需要的东西。他们在镇上不能久待，必须当天到达湖对岸。

大湖白茫茫一片，看上去那样平坦、光滑，一直延伸到灰蒙蒙的天际。湖面上有一些马车的辙印，通向很远的地方，看不到它们在哪里结束。

爸赶着马车驶到冰面上，跟随着这些车辙。马蹄发出沉闷的嗒嗒声，车轮吱吱嘎嘎地转动。小镇在后面越来越小，就连高高的店铺也变成了一个小点。马车周围什么也没有，只有一片空茫和寂静。劳拉不喜欢这样。不过爸在马车座上，杰克在马车底下，她知道，只要有爸和杰克在，就没有任何东西能伤害到她。

终于，马车爬上了一个土坡，他们又看见了树木。树丛间也有一座小木屋。劳拉觉得心情好些了。

小木屋里没有人住，是个过夜的地方。木屋很小，形状奇怪，有一个大壁炉，几张简陋的床铺贴着墙边。爸在壁炉里生了火之后，屋里就很暖和了。那天夜里，玛丽、劳拉和小宝宝卡瑞跟妈一起睡在炉火前的地铺上，爸睡在外面的马车里，守卫着马车和马。

半夜，劳拉被奇怪的声音吵醒。好像是枪声，但是比枪声刺耳，持续的时间也更长。她一遍又一遍地听到这个声音。玛丽和卡瑞都睡得很香，劳拉睡不着，最后黑暗里传来妈温柔的声音。“快睡吧，劳拉。”妈说，“那是冰面裂开的声音。”

第二天早晨，爸说：“幸亏我们昨天过了湖，卡罗琳。怎么也想不到今天冰面就裂开了。我们过湖的时间晚了，还好，马车在湖中央的时候冰面没有裂开。”

“我昨天就想到这点了，查尔斯。”妈温和地回答道。

劳拉没有想过，此刻她幻想着，如果冰面在车轮下碎裂，他们全都落进大湖中央冰冷的水中，那该如何是好呢。

“你把人吓坏了，查尔斯。”妈说，于是爸把劳拉揽进了他宽厚、安全的怀抱。

“我们渡过了密西西比河！”爸开心地搂着劳拉，说，“你觉得怎么样，我的喝了一半的小甜酒？你愿意到西部印第安人居住区去吗？”

劳拉说愿意，又问是不是此刻就在印第安人居住区了。爸说还没有，他们在明尼苏达。

到印第安居住区去的路非常非常漫长。几乎每个白天马都在拼命赶路；几乎每个夜晚爸妈都在新的地方扎营露宿。有时因为小溪涨水，他们不得不在同一个地方待上几天，等水退下去再动身。一路上经过的溪流数也数不清。他们看见陌生的树林和山丘，还看见更加陌生的没有树的乡野。他们从长长的木桥上过河，还渡过了一条没有桥的宽阔的黄色大河。

这是密苏里河。爸划着一个木筏子，他们都一动不动地坐在马车里，木筏子摇摇晃晃地离开安全的陆地，慢慢地驶在波涛翻滚、黄泥浑浊的水面上。

过了一些日子，他们又进入了山区。在一个山谷里，马车死死地陷在乌黑的泥潭里。大雨倾盆而下，雷电交加。没有地方可以扎营和生火。马车里每样东西都阴冷潮湿，让人难受，可是他们不得不待在里面，吃冰冷的干粮。

第二天，爸在山坡上找到一个可以露营的地方。雨停了，但他们必须要等上一个星期水位才会落下，泥浆才会变干，爸才可以把车轮从泥里撬出来，继续赶路。

等着等着，一天，从树林里来了一个瘦瘦高高的男人，骑着一匹黑色的矮种马。他和爸聊了一会儿，他们就一起到树林里去了，回来的时候，两人都骑着黑色矮种马。爸用那些疲惫的棕色马换了这两匹黑色矮种马。

小黑马非常漂亮，爸说它们实际上不是矮种马，而是西部的野马。“像骡子一样有劲儿，像小猫一样温顺。”爸这样说道。小黑马的眼睛大大的，非常温柔，鬃毛和尾巴都很长，四腿纤细，脚比大森林里的那些马小得多，跑起来也快得多。

劳拉问爸小黑马叫什么名字，爸说她和玛丽可以给它们起名儿。玛丽给一匹小马起名帕特，劳拉给另一匹起名帕蒂。后来，小溪的水流不再那么湍急，路面干了一些，爸就把马车从泥浆里撬了出来。爸把帕特和帕蒂套在车上，全家人继续赶路。

他们乘着大篷车从威斯康星州的大森林一路走来，经过明尼苏达州、爱荷华州和密苏里州。漫漫长路，杰克都是在马车底下跑着。现在他们要穿越堪萨斯州了。

堪萨斯是一望无际的大平原，高高的茅草在风中摇摆。他们在堪萨斯走了一天又一天，除了随风摇曳的茅草和无边无际的天空，什么也看不见。天空是一个完美的圆弧，罩在一马平川之上，马车就位于圆弧的正中央。

每天从早到晚，帕特和帕蒂就一直往前赶，脚步时快时慢，可是怎么也走不出那个圆弧的中心。太阳落山后，圆弧仍然笼罩着他们，天际变成了粉红色。然后，大地慢慢地暗下来。风吹着茅草地，发出一种孤独的声音。一片茫茫旷野中，营火显得那么渺小。可是天空上悬挂着大大的星星，一闪一闪，看上去那么近，劳拉觉得她伸手就能摸到。

第二天，大地还是那样，天空还是那样，圆弧也没有一点儿变化。劳拉和玛丽对这一切都看厌了。没有什么新的景物可看，没有什么新的事情可做。马车后部铺了张床，上面整整齐齐地盖着一条灰色的毛毯。劳拉和玛丽就坐在床铺上。马车篷顶的帆布卷了上去，用绳子扎住，大草原的风呼呼地吹进来。风把劳拉的褐色直发和玛丽的金色鬈发吹得四下飞舞，强烈的光线刺得她们睁不开眼睛。

有时候，一只长腿大野兔从随风摇曳的茅草里三步两步跳出来。杰克没有理会。可怜的杰克也累了，这么一路跑来，它的脚都跑疼了。马车不停地摇晃，篷顶的帆布在风中噼啪作响。两道淡淡的车辙拖在马车后面，永远没有变化。

爸弓着背，手里松松地握着缰绳，风吹着他长长的褐色胡须。妈坐得笔直，一声不吭，双手叠着放在腿上。小宝宝卡瑞在包裹堆的一个小窝窝里睡得正香。

"啊——！"妈打了个哈欠。劳拉说："妈，我们能不能下车，跟在后面跑呢？我的腿都累酸了。"

"不行，劳拉。"妈说。

"是不是很快就可以露营了？"劳拉问。中午，他们坐在马车阴影里的干净草地上，吃了一顿午饭。从那会儿到现在，感觉已经过了很长时间。

爸回答道："还不能呢。现在露营还太早。"

"我现在就想露营！我累坏了。"劳拉说。

这时妈说话了。"劳拉。"妈就说了这么一句，意思是劳拉不可以抱怨。于是劳拉不再大声抱怨，但是心里不服气。她坐在那里，脑海里想着一些抱怨的话。

她的腿好疼，风不停地吹乱她的头发。茅草随风摇曳，马车颠簸，除此之外，很长时间都没有什么变化。

"很快就到一条小溪或小河边了，"爸说，"姑娘们，看见前面那些树了吗？"

劳拉站起来，抓住马车的弓架。她看见前面很远的地方有一片矮矮的、黑乎乎的东西。"那是树。"爸说，"从那些影子的形状可以看得出来。在这片地区，有树的地方就有水。我们今晚就在那儿露营。"

第二章　穿过小溪

帕特和帕蒂的脚步变得轻快起来，好像它们也感到高兴。劳拉紧紧抓住马车的弓架，站在剧烈颠簸的马车上。越过爸的肩膀和那一大片迎风起舞的绿草地，她看见了树。它们跟她以前看见的树都不一样，比灌木丛高不了多少。

“哇！”爸突然说道。“现在往哪儿走呢？”他喃喃自语。

道路在这里分岔了，看不出哪条路走的人更多。两条小路都掩埋在茅草间，都有淡淡的车辙。一条往西，一条往南。往南的略微有点儿下坡。两条小路很快就被随风摇摆的高高茅草吞没了。

“我猜，最好往下坡走。”爸说，“小溪在低洼的地方。这条路肯定是通往浅滩的。”他让帕特和帕蒂掉头往南。

在微微起伏的草原上，小路一会儿下坡，一会儿上坡，一会儿又是下坡、上坡。那些树离得近了，但并没有高出多少。突然，劳拉抽了一口冷气，紧紧抓住马车的弓架，几乎就在帕特和帕蒂的鼻子底下，不再有随风摇摆的茅草，甚至连地面也消失了。她越过悬崖边，越过树梢，向外望去。

小路在这里转了个弯。马车在悬崖顶上走了一段，然后突然向下去。爸踩住车闸，帕特和帕蒂使劲把身子往后拖，简直都要坐在地上了。车轮呼呼地往前滚，一点点地把马车拖下陡坡，拖向下面的平地。马车两侧都是裸露着红土的悬崖峭壁。悬崖顶上茅草飘舞，但是布满裂缝、直上直下的岩壁却是寸草不生。这里很热，热浪从岩壁扑到劳拉的脸上。风仍然在头顶刮个不停，但吹不到这个深深的地缝里。四下里一片寂静，让人感觉怪异而空旷。

接着马车又回到了平地上。刚才下来的那条羊肠小路伸向下面的谷底。这里长着一些高高的树，劳拉刚才在上面的草原上看见过它们的树梢。延绵起伏的草地上点缀着一些阴凉的小树丛，树丛里躺着几只鹿，它们藏在树荫里，几乎看不见。鹿把脑袋转向马车，好奇的小鹿崽子站起身来看个究竟。

劳拉觉得很吃惊，因为她没有看见小溪。谷底很开阔。在这大草原的下面，有起伏柔和的山丘和阳光灿烂的空地。空气仍然是沉闷炎热的。车轮下的泥土很软。阳光灿烂的空地上，青草稀稀拉拉，鹿把草尖儿都啃掉了。

有一段时间，巍峨的红土悬崖耸立在马车后面。当帕特和帕蒂停在小溪边饮水时，那些悬崖就被山丘和树木挡得几乎看不见了。

空气中充斥着哗哗的流水声。小溪的岸边有一些树，树影投在水面上，黑黢黢的。小溪中央水流湍急，闪着银色和蓝色的水光。

“这条小溪很深。”爸说，“但我琢磨着我们能过得去。从那些古老的车辙看，这里是个浅滩。你说呢，卡罗琳？”

“就听你的吧，查尔斯。”妈说。

帕特和帕蒂抬起湿漉漉的鼻子，把耳朵竖向前方，看着小溪，然后又把耳朵往后一缩，听爸说话。它们叹了口气，把柔软的鼻子碰在一起，彼此小声嘀咕。在上游一点儿的地方，杰克正用红红的舌头舔水喝。

“我把马车的篷布放下来拴好。”爸说。他从座位上起身，把卷着的帆布放开来，牢牢地拴在马车车厢上，再把绳子拽到车后。这样，帆布就在车后的中间缩在一起，只留下一个很小的圆洞，几乎看不到外面。

玛丽在床上缩成一团。她不喜欢蹚水，害怕湍急的水流。可是劳拉很兴奋，她喜欢哗啦哗啦的水声。爸爬到座位上，说：“到了小溪中央，马可能需要游泳。但是我们肯定能过去的，卡罗琳。”

劳拉想到了杰克，说：“真希望杰克也能坐在车里，爸。”

爸没有回答，他把缰绳紧紧地抓牢在手里。妈说：“杰克会游泳，劳拉。它不会有事的。”

马车慢悠悠地驶进了泥浆里。溪水哗啦啦地泼溅在车轮上。水声越来越响。湍急的水流撞得马车摇摇晃晃。突然，马车悬空了，飘飘悠悠地浮在水面上。这真是一种奇妙的感觉。

水声停止了，妈突然说道：“姑娘们，快躺下！”

玛丽和劳拉快得像闪电一样，赶紧平躺在床上。每当妈用那种口气说话，她们总是立即照办。妈伸出胳膊扯过一条毯子盖在她们身上，连头带脚蒙得严严实实。

“就这么躺着，一动也别动！”妈说。

玛丽没有动弹，躺在那里瑟瑟发抖。可是劳拉忍不住微微地扭来扭去。她太想看看外面是怎么回事了。她感觉到马车在摇晃、转弯。水声又一次响起来，又一次消失。这时，爸的声音把劳拉吓了一跳。爸说：“拿着，卡罗琳！”

马车剧烈颠簸，侧面突然传来轰隆隆的水声。劳拉腾地坐起，把头上的毯子抓了下来。

爸不见了。妈一个人坐在那里，用两只手紧紧抓住缰绳。玛丽又把脸埋在了毯子里，劳拉干脆站了起来。她看不见溪岸，除了湍急的溪水，马车前面是空茫茫的一片。水里浮动着三个脑袋：帕特的脑袋，帕蒂的脑袋，还有爸那颗湿漉漉的小脑袋。爸的手捏成拳头，在水里紧紧抓着帕特的笼头。

哗哗的水声中，劳拉隐约听见爸的声音。那声音平静、欢快，但劳拉听不清他在说什么。爸是在对马说话。妈脸色煞白，像是被吓坏了。

“快躺下，劳拉。”妈说。

劳拉躺下了，觉得很冷，胃里也不舒服。她把眼睛闭得紧紧的，但仍然看见可怕的溪水，看见爸的褐色胡子浸没在水中。

马车摇摇晃晃了很长很长时间，玛丽不出声地哭泣，劳拉的胃里越来越难受。接着车轮撞上了什么东西，发出刺耳的摩擦声，爸大声喊叫。整个马车剧烈地摇摆、晃动，往后倾斜，但车轮是在地面上转动了。劳拉又站了起来，抓住座位，看见帕特和帕蒂爬上陡峭的溪岸，后背水淋淋的。爸一边跟在它们身边跑，一边喊道：“快，帕蒂！快，帕特！上去！上去！漂亮！好样的！”

到了岸上，它们站在那里不动了，呼哧呼哧地喘气，身上滴着水。马车也站住不动了，它平安地渡过了那条小溪。

爸也站在那里喘气、滴水，妈说：“哦，查尔斯！”

“没事，没事，卡罗琳，”爸说，“我们都安全了，幸亏车厢牢牢地固定在车轮上。我一辈子没见过这么湍急的溪水。帕特和帕蒂的水性都很好，但要是没有我帮它们一把，恐怕也够呛呢。”

如果爸没了主张，如果妈吓得赶不了马车，或者，如果劳拉和玛丽不听话，给妈惹麻烦，他们也许就都完蛋了。溪水会把马车冲翻，把他们卷走、淹死，谁也不会知道他们的下落。那条路上也许好几个星期都不会有人走过。

“好了，”爸说，“一场虚惊。”

妈说：“查尔斯，你像只落汤鸡。”

爸还没来得及回答，劳拉喊道：“哎呀，杰克呢？”

他们把杰克给忘记了。他们把杰克留在了这条可怕小溪的对岸，现在怎么也找不到它了。它肯定试着跟在他们后面游过来，可是他们看不见它在水里拼命游动的身影。

劳拉使劲咽了口唾沫，不让自己哭出来。她知道哭鼻子是很丢脸的，但是她心里在哭泣。从威斯康星州到这里，多么遥远的路途，可怜的杰克一直耐心地、忠心耿耿地跟着他们，结果他们却让它淹死了。它已经累坏了，应该让它待在马车里的。它站在岸边，眼看着马车离它越来越远，好像他们根本就不在乎它似的。唉，它永远不会知道，他们多么需要它。

爸说，他绝不会对杰克做出这样的事情，哪怕给他一百万也不行。早知道小溪中央的水位会涨得这么高，他怎么也不会让杰克游水。“可是现在已经没办法了。”他说。

他在溪岸上走来走去，寻找杰克，又是叫名字，又是吹口哨。

没有用，杰克不见了。

最后他们没有办法，只能继续赶路。帕特和帕蒂得到了休息。爸身上的衣服已经在他找杰克的时候吹干了。他又拿起缰绳，赶着马车离开河谷，往山上走去。

劳拉一路回头张望。她知道再也不会看见杰克了，但就是忍不住想往后看。她只看见马车和小溪之间蜿蜒起伏的大地，小溪后面那些奇怪的红土断崖又巍峨地耸立着了。

接着，这样的悬崖峭壁又出现在了马车前面。淡淡的车辙钻入红土崖壁的一道缝隙，帕特和帕蒂顺着它往上攀，最后那道缝隙变成了一片绿草茵茵的小山谷。山谷逐渐变得开阔，面前又出现了高高的大草原。

四下里没有道路，看不见一点儿车轮和马蹄的痕迹。那片茫茫的大草原，似乎从来没有人来过。在一望无际的辽阔旷野上，只长着高高的野草，上面是空荡荡的弧形天空。远处，太阳的边缘碰到了地平线。太阳那么大，它的光芒在有节奏地振颤、跳动。天边有一道淡淡的粉红色云霞，粉红色上面是黄色，黄色上面是蓝色。蓝色之上，天空不再有任何颜色。黛紫色的影子在大地上聚集，风在呜咽。

爸勒住野马。他和妈下车去搭帐篷。玛丽和劳拉也爬出马车，来到地面上。

“哦，妈。”劳拉哀哀地问，“杰克到天堂去了，是不是？它是这么好的一条狗，就不能去天堂吗？”

妈不知道应该怎么回答。爸说：“是的，劳拉，它能去天堂。上帝连麻雀都不会忘记，怎么会把杰克这么好的一条狗留在寒冷中呢？”

劳拉觉得心里好受些了。但她还是不太高兴。爸干活时没有像往常那样吹口哨，过了一会儿，他说：“没有一条好狗看家护院，真不知道我们在荒郊野外会怎么样。”

第三章　在高地上露营

爸像往常一样准备露营。他先给帕特和帕蒂解开缰绳，卸下挽具，给它们套上拴马绳。拴马绳是几根长绳子，系在敲进地里的大铁钉上。大铁钉被称为拴马钉。马套上拴马绳后，能吃到长绳子允许它们够到的地方的草。可是帕特和帕蒂套上拴马绳后，做的第一件事是躺在地上滚来滚去，一直滚到挽具勒在它们背上的感觉完全消失为止。

帕特和帕蒂翻滚的时候，爸把地上一个大圆圈里的草全部拔光。绿草的根部有一些枯草，爸可不愿意不小心让大草原着火。火一旦在贴近地面的干草间着起来，会把整片草原烧得精光。爸说："还是小心一点为好，免得到时候惹出麻烦来。"

地上的草拔干净了，爸在空地中央放了一把干草。他从溪谷捡来一捧树枝和木柴。他在那一把干草上先放小树枝，再放大树枝，最后把木柴堆在顶上，把干草点着。火苗在那一圈空地里噼噼啪啪地欢快跳跃，不会跑到外面来。

然后爸打来溪水，玛丽和劳拉帮着妈准备晚饭。妈量了一些咖啡豆倒进咖啡研磨机，玛丽把它们磨成粉。劳拉往咖啡壶里倒满爸打来的水，妈把壶放在煤火上。她还把铁烤炉也架在煤火上了。

烧水时，妈用水把玉米面和盐调在一起，做成一个个小圆饼。她用一块猪皮在烤炉里擦了一圈，然后把玉米饼放在里面，盖上铁锅盖。爸又耙了些煤块在锅盖上，妈在一边把肥肥的咸猪肉切成片。她在蜘蛛烤肉架上把咸肉片煎熟。蜘蛛烤肉架有几条短短的腿，可以立在煤火里，所以又叫铁蜘蛛。如果没有腿，它就只是个平底煎锅了。

咖啡煮着，圆饼烤着，咸肉煎着，都发出那么好闻的香味。劳拉的肚子越来越饿，越来越饿。

爸把马车的坐垫放在火边，他和妈坐在上面。玛丽和劳拉就坐在马车的辕杆上，每人手里拿着一个铁皮盘子、一把钢刀和一把钢叉，叉柄是白色的骨头做的。妈有一个铁皮杯，爸有一个铁皮杯，小宝宝卡瑞自己也有一个小小的铁皮杯，可是玛丽和劳拉只能合用一个杯子。她们喝水，要等长大了才能喝咖啡。

吃晚饭的时候，黛紫色的暗影渐渐聚拢在营火周围。茫茫的大草原上一片黑暗和寂静。只有风在茅草间悄悄移动，星星悬挂在广袤的天空，一闪一闪地眨着眼睛。

在无边无际的寒冷和黑暗中，营火是多么温暖舒适啊。咸肉片脆脆的、油滋滋的，玉米饼的味道也很棒。在马车后面的黑暗里，帕特和帕蒂在吃草，发出清脆的咀嚼声。

“我们在这里露营一两天，”爸说，“没准儿就留下来不走了。这儿有肥沃的土地，溪谷里有木头，还有大量的猎物——一个男人需要的一切，这里都应有尽有。你说呢，卡罗琳？”

“再往前走，说不定没有这么好的地方呢。”妈回答道。

“不管怎样，我明天四下里转转。”爸说，“带上我的枪，打点儿新鲜野味儿，给大家开开荤。”

他用一块滚热的煤球点燃烟斗，舒坦地伸开双腿。温暖醇厚的烟草味儿跟炉火的暖意融合在一起。玛丽打了个哈欠，从马车的辕杆上滑下去，坐在了草地上。劳拉也打哈欠了。妈麻利地洗干净铁皮盘子、铁皮杯子和刀叉。她还洗刷了烤炉和铁蜘蛛，并把抹布也洗干净了。

突然，她呆住不动了，竖耳倾听漆黑的大草原上传来的孤独的嗥叫。他们都知道是什么声音。这声音总是让劳拉脊背发凉，头皮发紧。

妈抖抖抹布，走进黑暗，把抹布摊在高高的茅草上晾干。她回来后，爸说："是狼。我估计在半里开外。是啊，有鹿的地方就会有狼。真希望——"

爸没有说他希望什么，但是劳拉知道。爸希望杰克能在。每次大森林里有狼嗥叫，劳拉都知道杰克不会让狼伤害她。想到这里，她喉头哽咽，鼻子发酸。她赶紧眨眨眼睛，不让自己哭出来。那只狼——也许是另一只狼，又嗥叫起来。

"小姑娘该睡觉了！"妈用欢快的语气说。玛丽站起来转过身，让妈给她解扣子。可是劳拉一跃而起，站着不动，她好像看见了什么。在火光之外的黑暗深处，有两点绿光在贴近地面的地方闪烁——是狼的眼睛。

劳拉后背蹿起一股寒气，头皮发麻，头发根根竖立。那两点绿光在移动。一只眨了眨，另一只也眨了眨，然后两只眼睛都亮晶晶地睁着，越来越近。

"看！爸，快看！"劳拉说，"一只狼！"

爸看上去并不匆忙，实际上动作很快。一眨眼间，他就把枪从马车上拿下来，瞄准那一对绿眼睛，准备开枪。绿眼睛停住了，一动不动地在黑暗中朝他望着。

“不可能是狼。除非是一只疯狼。”爸说。妈把玛丽抱进马车。“应该不是，”爸说，“听听马的声音。”帕特和帕蒂仍然在悠闲地吃草。

“是山猫吗？”妈说。

“也许是狼狗？”爸拿起一根木柴，大喊一声，扔了出去。绿眼睛伏到地面，那动物似乎是蹲下去准备起跳。爸稳稳地端着枪。那动物没有动。

“别去，查尔斯。”妈说。可是爸慢慢地朝那对绿眼睛走去。那对贴近地面的绿眼睛也慢慢地移动着。劳拉看见那动物在黑暗中的轮廓。它是黄褐色的，身上还有斑纹。突然，爸大喊一声，劳拉惊叫起来。

接着她便发现自己在使劲拥抱摇尾巴、喘粗气、连蹦带跳的杰克，杰克热乎乎、湿漉漉的舌头舔着她的脸和手。她抱不住杰克。杰克扭动身子，从她怀里挣脱，跑向爸和妈，然后又扑到她身边。

“嗨，吓了我一大跳！”爸说。

“我也是。”妈说，“可是你非得把孩子吵醒吗？”她把卡瑞抱在怀里摇晃，哄她安静。

杰克一点儿也没受伤。可是不一会儿，它就躺在劳拉身边，长长地叹了口气。它累得两只眼睛通红，身体下部结了一层泥痂。妈给它一块玉米饼，它很有礼貌地舔了舔，摇摇尾巴，但是吃不下去。它太累了。

“不知道它一口气游了多久，”爸说，“也不知道它被冲到下游多远才上了岸。”它历经艰险赶上他们的时候，劳拉说它是一只狼，爸还拿起枪来要打它。

可是杰克知道他们不是故意的。劳拉问它："你知道我们不是故意的，对不对，杰克？"杰克摇摇它的秃尾巴——它知道。

已经过了睡觉时间。爸把帕特和帕蒂拴在马车后面的饲料箱上，喂它们吃谷子。卡瑞又睡着了。妈帮玛丽和劳拉脱衣服，她把长睡衣套在她们头上，她们把胳膊伸进袖子里。玛丽和劳拉自己扣上衣领，把睡帽的带子系在脖子下面。杰克在马车底下疲倦地打了三个滚，躺下来睡着了。

马车里，劳拉和玛丽念完祷词，爬到了她们的小床上。妈亲吻她们，祝她们晚安。

隔着帆布，帕特和帕蒂在外面吃谷子。帕蒂往饲料箱里喷鼻息时，那声音仿佛就在劳拉耳边。草地里隐隐传来小动物快速爬动的声音。小溪边的树上一只猫头鹰在叫，"呼——呼，呼——呼。"远处另一只猫头鹰在回答，"喔——喔，喔——喔。"在遥远的大草原上，狼群在嗥叫。在马车下面，杰克胸腔里发出低沉的轻吠。在马车里一切都是那么安全、温馨。

从敞开的马车顶上可以看见密密麻麻的、璀璨的大星星。劳拉觉得爸一伸手就能够到。她真希望爸能够摘下天空悬挂的那颗最大的星星送给她。她一直醒着，丝毫没有睡意，可是突然她非常吃惊——那颗大星星竟然在朝她眨眼睛！

她醒来时已经是第二天早晨了。

第四章　大草原上的一天

劳拉耳边传来轻轻的马嘶声，还有谷子哗啦啦倒进食槽的声音。爸在喂帕特和帕蒂吃早饭。

“回去，帕特！别这么贪嘴。”爸说，“你知道该轮到帕蒂了。”

帕特跺跺脚，打了个嘶鸣。

“喂，帕蒂，守着你那头别过来，”爸说，“这是给帕特的。”

帕蒂轻轻地发出一声尖叫。

“哈哈！被咬了，是不是？”爸说，“活该！叫你只吃自己的。”

玛丽和劳拉互相看看，笑出了声。她们闻到了咸肉和咖啡的气味，还听见煎饼在锅里嘶嘶作响，于是赶紧从床上爬起来。

玛丽可以自己穿衣服，就是扣不上中间那个纽扣，劳拉替她扣上了，接着玛丽帮劳拉把背后的纽扣全部扣好。她们在马车踏板上的铁皮脸盆里洗了手和脸。妈把她们头发里的结全梳通了。爸从小溪那儿提来了清水。

然后，一家人坐在干净的草地上，把铁皮盘子放在腿上，吃煎饼、咸肉和糖浆。

太阳升起来了，周围迎风摇曳的草地上光影婆娑。百灵鸟从茅草丛中一跃而起，唱着歌儿飞向澄澈的朗朗蓝天。一团团珍珠色的云在一望无际的碧空中飘浮。高高的茅草尖上，一些小小的鸟儿轻轻摇摆，用细小的歌喉欢唱。爸说它们是美洲雀。

“啾啾，啾啾！”劳拉对小鸟儿喊道，“啾啾——鸟儿！”

“吃你的早饭吧，劳拉。”妈说，“注意你的吃相，虽然这里前不着村后不着店，离哪儿都有一百英里。”

爸温和地说：“离独立城只有四十英里，卡罗琳，而且附近肯定会有邻居。”

“那好吧，四十英里。”妈承认道，“可是不管怎么说，在饭桌上唱歌都是不礼貌的——吃饭的时候唱歌不礼貌。”妈又补充一句，因为他们并没有饭桌。

周围只是一片广袤、空旷的大草原，茅草在光和影的波浪中起伏，上面是蔚蓝的天空，鸟儿从草丛里飞起来，喜悦地唱着歌儿，因为太阳正在升起。在这片无边无际的大草原上，看不到有人曾经来过的痕迹。

茫茫的天地之间孤零零地站着这辆小小的篷车。车子旁边，爸、妈、劳拉、玛丽和小宝宝卡瑞在吃早饭。两匹野马嚼着谷粒，杰克一动不动地坐着，使劲忍着不讨吃的。劳拉在吃饭的时候不能喂它，但是给它留了一些残渣碎片。妈用最后一点儿面糊给杰克摊了一张大煎饼。

草丛里到处都是野兔，还有成百上千的草原野鸡，但是杰克那天不能捕捉猎物给自己当早饭。爸要出去打猎，杰克必须看守营地。

爸先把帕特和帕蒂拴在桩子上，拿起马车旁的木桶，往里面倒满从小溪打来的清水。妈要洗衣服。

爸把锋利的小斧子别在腰带上，把装火药的牛角挂在小斧子旁边。他把线钉盒和子弹袋放进口袋，端起了枪。

爸对妈说：“别着急，卡罗琳。我们想什么时候动身就什么时候动身。有的是时间。”

爸走了。她们起初还能看见他的上身在高高的茅草丛中越走越远，越来越小，然后就看不见了。大草原上空空荡荡。

妈在马车里铺床，玛丽和劳拉洗盘子。她们把洗干净的盘子整整齐齐地放在箱子里；捡起地上散落的一根根树枝，把它们扔进火堆里；把柴火靠着一个车轮堆好。这下营地就干干净净、整整齐齐的了。

妈从马车里端出盛着肥皂水的木盆。她卷起裙摆，挽起袖子，跪在木盆旁的草地上。她洗了床单、枕套和白色的内衣裤，还洗了裙子和衬衫，把它们用清水漂洗了，摊在干净的草地上，让太阳晒干。

玛丽和劳拉在探险。她们不能离马车太远，但是顶着风在阳光下高高的茅草丛中追跑也是很好玩的。大野兔一蹦一跳地从她们面前逃走，鸟儿扑扇着翅膀飞起来又落下。到处可以看见啾啾鸣叫的小鸟，高高的茅草丛里有它们的小窝。褐色条纹的小地鼠遍地都是。

这些小动物看上去像天鹅绒一样柔软，亮晶晶的圆眼睛，皱巴巴的鼻子，小小的爪子。它们从地洞里跳出来，直起身子朝玛丽和劳拉张望。它们的后腿弯在屁股底下，小小的爪子紧紧抱在胸前，看上去活像地里冒出来的一根根枯木头，只有亮晶晶的眼睛在一闪一闪。

玛丽和劳拉想抓回去一只给妈看看。每次都差点儿就抓住了。地鼠就站在那里一动不动，劳拉以为这次它肯定跑不掉了，可就在快要碰到它的一刹那，它不见了。只留下地上那个圆溜溜的小洞。

劳拉跑啊跑，怎么也抓不到。玛丽静静地守在一个洞旁，等一只地鼠钻出来。在她够不到的地方，地鼠们欢快地跑来跑去，有的还坐在那里看着她。可是没有一只地鼠从她守着的那个洞里钻出来。

有一次，草地上掠过一道阴影，地鼠们呼啦一下全部消失了。一只老鹰在空中盘旋。它飞得很低，劳拉可以看见它那只犀利的圆眼睛正朝下瞪着她。她还看见老鹰锋利的嘴巴，和那双野蛮的、弯曲的、随时准备出击的爪子。除了劳拉、玛丽和地上那些空空的圆洞，老鹰什么也没看见。它盘旋着飞走了，到别处去寻找美味了。

这时，所有的小地鼠又都出来了。

时间差不多是中午了，太阳几乎就悬在头顶。于是劳拉和玛丽从草地上摘了一些鲜花，代替地鼠，拿回去献给妈。

妈正在把晒干的衣物叠起来。小衬裤和小衬裙比雪还要白，被太阳晒得暖乎乎的，闻上去有一股青草味儿。妈把衣物放进马车里，接过鲜花。妈称赞了劳拉给她的花，也称赞了玛丽给她的花，她把它们合在一起，插在一个盛满水的铁皮杯子里。她把花放在马车的踏板上，让住地显得更漂亮。

然后，妈撕开两张冷的玉米饼，抹上糖浆，一张给玛丽，一张给劳拉。这是她们的午饭，味道真不错。

“妈，帕普斯在哪里？”劳拉问。

“嘴里有东西时不要说话，劳拉。”妈说。

于是劳拉把饼子嚼巴嚼巴咽下去，说：“我想看帕普斯。”

“饶了我吧！”妈说，“你为什么想看印第安人？我们会看到很多很多，没准儿比我们愿意看到的还要多。”

“他们不会伤害我们的，是不是？”玛丽问。玛丽总是那么乖，从来不嘴里含着东西说话。

“不会！”妈说，“不许这样胡思乱想。”

“妈，你为什么不喜欢印第安人？”劳拉一边问，一边用舌头去舔手指上的一滴糖浆。

“我就是不喜欢。劳拉，别舔手指。”妈说。

“这是印第安人居住地，是吗？”劳拉说，“如果你不喜欢他们，那我们为什么要到他们的土地上来呢？”

妈说她也不知道这里是不是印第安人的土地。她不知道堪萨斯的边界在哪里。不管怎么说，印第安人不会在这里再待很久。爸听华盛顿的一个人说，印第安居住地很快就开放了，大家可以随便去定居。说不定已经开放了。他们也搞不清楚，因为华盛顿离这里太远了。

妈把熨斗从马车里拿出来，放在火边烤热。她给玛丽的一条裙子、劳拉的一条裙子、小宝宝卡瑞的一条小裙子，还有她自己的那条枝叶图案的印花布裙都喷上了水，在马车的座椅上铺了一条毯子和一条床单，开始熨衣服。

小宝宝卡瑞在马车里睡觉。劳拉、玛丽和杰克躺在马车阴影里的草地上，因为阳光已经很烫人了。杰克张着嘴巴，露出红红的舌头，眨巴着蒙眬的睡眼。妈一边轻声哼着歌儿，一边把那些小衣服上的皱褶都熨平。在她们周围放眼望去直到天边，除了随风摇曳的茅草，没有任何东西。蔚蓝的高空中几朵白云四处飘荡。

劳拉非常高兴。风吹草地，发出轻柔的沙沙声。蚂蚱刺耳的叫声在无边无际的大草原上颤抖。溪谷的树丛里传来若有若无的嗡嗡声。然而，所有这些声音却构成一种浩瀚、温馨、愉快的沉寂。劳拉从来没有到过让她这么喜欢的一个地方。

她突然醒来，才知道早已不知不觉睡着了。杰克站在那里，摇摆着它的秃尾巴。太阳已经落得很低，爸从大草原上走过来了。劳拉一跃而起，朝爸跑去，爸长长的影子在被风吹着的草地上伸过来，与她相会。

爸把猎物举得高高的让劳拉看，是一只野兔。劳拉从没见过这么大的野兔，还有两只胖乎乎的草原母鸡。劳拉兴奋地上蹿下跳，拍着巴掌大声尖叫。然后，她抓住爸的另一只袖子，跟在爸的身旁，在高高的草丛中一上一下地跳跃。

“这片土地上猎物多极了。”爸告诉她，“一次就看见五十只鹿，还有羚羊、松鼠、野兔和各种各样的鸟儿，小溪里全是鱼。”爸对妈说：“告诉你吧，卡罗琳，这里应有尽有，我们可以生活得像国王一样！”

晚饭美味无比。全家人坐在火边，饱饱地吃了一顿鲜嫩可口的野味。最后劳拉放下盘子，心满意足地叹了口气。她再也没有别的要求了。

最后一道天光从广袤的天际隐去，平坦的大草原被黑暗笼罩。晚风凉飕飕的，温暖的炉火令人感到欣慰。菲比鸟从小溪边的树丛里发出悲哀的鸣叫。一只嘲鸫唱了一会儿歌，然后星星出来了，鸟儿们都沉默了。

爸的小提琴在星光下轻轻响起。有时候爸也跟着唱，有时候是小提琴独奏。琴声优美、轻柔而悠扬：

我的心上人，
认识你的人都会爱上你……

明亮的大星星低低地悬挂在夜空。它们越来越低，随着音乐颤抖。

劳拉抽了口冷气，妈赶紧过来了。“怎么啦，劳拉？”她问。劳拉压低声音说：“星星在唱歌。”

“你刚才睡着了，”妈说，“是小提琴的声音。小姑娘们，该睡觉了。”

妈就着火光给劳拉脱掉衣服，换上睡衣，系上睡帽，把劳拉抱到床上，掖好被子。小提琴仍然在星光下歌唱。这个夜晚充满了音乐，劳拉相信其中一部分来自低低悬挂在大草原上的那些璀璨的大星星。

第五章　大草原上的木屋

第二天早晨，劳拉和玛丽醒得比太阳还早。早饭是玉米面糊糊和卤鸡肉，她们吃完了便赶紧帮妈洗盘子。爸把所有的东西都放进马车里，给帕特和帕蒂套上挽具。

太阳升起来的时候，他们已经坐着马车在大草原上穿行。现在没有路了。帕特和帕蒂在草丛中艰难行走，马车后面留下的只有它自己的辙印。

快到中午的时候，爸说："吁！"马车停住了。

"我们到了，卡罗琳！"他说，"我们就把房子建在这里。"

劳拉和玛丽翻过饲料槽，急急忙忙地跳到地上。周围什么也没有，只有一望无际的大草原，一直延伸到天边。

在北边很近的地方，那道溪谷就位于大草原的下面。可以看见墨绿色的树梢，远处是一些断崖，烘托出大草原的茅草。在东边很远的地方，大草原上有一条深浅不一的绿线若隐若现，爸说那就是河。

"是铜绿河。"爸指着那条河对妈说。

爸和妈立刻就开始把马车上的东西搬下来。他们把东西全搬出来堆在地上，然后把马车的篷布摘下来盖在上面。他们还把车厢也拿掉了，劳拉、玛丽和杰克在一旁看着。

很长时间以来，马车就是他们的家。现在只剩下四个轮子和连接轮子的框架。帕特和帕蒂仍然套在马车上，爸拿着斧子和一个水桶，坐在马车的骨架上，把车赶走了。他驶进大草原的深处消失了。

“爸去哪儿了？”劳拉问。妈说：“他到溪谷去弄一些木头来。”

被留在高高的大草原上，没有马车陪伴，这是一种很奇怪、很可怕的感觉。大地和天空这样庞大，劳拉这样渺小。她真想躲在高高的茅草丛里一动不动，像一只草原小鸡崽那样。可是她没有。她帮妈干活儿，玛丽坐在草地上照顾小宝宝卡瑞。

劳拉和妈先在帆布车篷底下铺床。然后，妈整理箱子和包裹，劳拉把帐篷前面一小块地上的草拔光，形成一块空地，让它可以用作生火的地方。她们要等爸拿回柴火来才能生火。

没有什么事情可做了，劳拉就去探险。她没有离开帐篷很远。她在草丛中发现了一条隧道般的奇怪土路。从摇曳的茅草顶上望过去根本发现不了，但如果走到近处，就看见了——草根之间一条又窄又直的硬土路，一直通向远处无边无际的大草原深处。

劳拉顺着土路往前走了一段。她走得很慢，越走越慢，然后站住不动，她心里有一种异样的感觉。于是她转过身，赶紧跑了回来。她扭头看去，其实什么也没有，但她不敢逗留。

爸运木头回来的时候，劳拉把那条土路的事跟他说了。爸说他昨天就看见了。“是一条旧路。”他说。

那天夜里，劳拉在火边又问什么时候能看见帕普斯，可是爸不知道。爸说，只有印第安人让你看见的时候你才能看见他们。他小时候在纽约州见过印第安人，劳拉没有见过。她知道他们都是红皮肤的野人，用的小斧子叫战斧。

关于野生动物的事爸全知道，所以爸肯定也了解野人。劳拉认为总有一天爸会指给她看一个帕普斯，就像他曾经指给她看小鹿、小熊和小狼一样。

爸运了好几天木头。他把木头堆成两堆，一堆盖房子，一堆盖马厩。他每天去溪谷，来来回回地踩出了一条路。晚上，帕特和帕蒂就被拴在木桩子上吃草，最后木桩子周围的草都被啃得又短又秃。

爸先盖房子。他用脚步在地上量出尺寸，然后用铲子在那块空地的两边挖一条浅浅的小沟。他把两根最大的木头滚进浅沟。这两根木头必须粗壮结实，支撑得住整座房子。它们被称为基木。

爸又选了两根结实的大木头，滚压在基木的两端，让它们形成一个中空的正方形，再用斧子在木头的每一端凿出一个又宽又深的凹槽。他一边在木头顶端凿凹槽，一边用眼睛测量基木，使凿出的凹槽正好是基木的一半那么深。

凹槽凿好后，爸把木头滚过去。凹槽正好卡在了基木上。

房子的根基完成了，它有一根木头的高度。基木一半埋在地里，压在它们顶端的两根木头整齐地贴着地面。木头顶端交叉的地方，凹槽使它们相互重叠，以致它们比一根木头厚不了多少。木头两端伸出凹槽之外。

第二天爸开始砌墙。他从每一边把一根木头滚上去，在顶端凿出凹槽，然后他把木头翻过来，让它们跟下面木头的顶端互相咬合，让它们的凹槽正好卡在下面的木头上。现在，整座房子有两根木头高了。

房子四个角的木头咬得很结实。可是没有一根木头是完全笔直的，所有的木头都是一头比另一头粗，所以墙上留下了一些缝隙。不过没关系，爸会把这些缝隙堵住的。

爸一个人就把房子建到了三根木头高。然后妈过去帮他。爸把一根木头的一端搬到墙上，妈扶住木头，让爸把另一端抬起来。爸站在墙上凿凹槽，妈帮着把木头滚过去扶住，爸把它固定在合适的位置，让房子的每个角都四四方方。

就这样，一根木头接一根木头，他们把墙越砌越高，高得劳拉都跨不过去了。劳拉看腻了爸和妈盖房子，就走进高高的茅草丛里探险。突然，她听见爸喊道："放手！赶紧躲开！"

那根沉甸甸的大木头滑下来了。爸拼命扶住他那一头，不让木头砸在妈身上。可是他扶不住了。木头倒下来。妈在地上缩成一团。

劳拉和爸一起飞快地冲到妈的身边。爸跪下来，用焦虑的语气呼唤着妈。妈大口喘着粗气，说："我没事。"

木头砸在了她的脚上。爸抬起木头，妈把脚从下面抽出来。爸抚摩着妈，看是否断了骨头。

"活动活动胳膊，"爸说，"后背疼不疼？脑袋能转吗？"妈动动胳膊，转转脑袋。

"谢天谢地。"爸说。他扶妈坐了起来，妈又说道："我没事，查尔斯，就是砸到脚了。"

爸迅速脱掉妈的鞋袜，把她的脚彻底摸了一遍，还活动了脚踝、脚背和每一个脚趾。"疼得厉害吗？"他问。

妈的脸色发灰，嘴巴抿成一条直线。"不厉害。"她说。

"骨头没断，"爸说，"只是扭了筋。"

妈欢快地说："是啊，扭了筋很快就会恢复的。你别担心了，查尔斯。”

“都怪我，”爸说，“应该使用垫木的。”

爸扶妈进了帐篷。他生起火，把水烧热。水达到妈能忍受的热度时，妈把肿胀的脚放了进去。

上帝保佑妈的脚没有被压得粉碎。地上正好有个小洞，使妈的脚躲过一劫。

爸不停地把热水倒进妈泡脚的盆里。妈的脚被烫得红红的，肿起来的脚踝开始发紫。妈把脚从水里拿出来，用破布一圈一圈地紧紧缠住脚踝。“我能行。”她说。

她穿不上鞋子，只好在脚上又裹了几层破布，走起路来一瘸一拐。她像往常一样准备晚饭，只是动作慢了一些。爸说妈的脚踝没有恢复之前，不能帮着盖房子了。

爸砍出几块垫木，是一些扁平的长木板。木板一头搭在地上，另一头架在木头墙上。爸不准备再搬木头了。他和妈要把木头顺着这些垫木滚上去。

可是妈的脚踝还没有恢复呢。晚上她把破布解开，用热水泡脚时，脚的颜色又青又紫。只能等等再盖房子了。

一天下午，爸愉快地吹着口哨从小溪那条路走来。她们没想到他打猎这么快就回来了。爸一看见她们就大声喊道：“好消息！”

他们有一个邻居，离这里只有两英里，就在小溪的对岸。爸是在树林里碰到他的。他们准备换工，这样双方都会觉得轻松一点儿。

“他是个单身汉，”爸说，“他说，咱们家有你和女儿，他一个人，没有房子也好对付，所以打算先来帮我。等他把木头准备好了，我就去帮他。”

盖房用不着等了，也不再需要妈帮忙了。

“你觉得怎么样，卡罗琳？”爸开心地问。妈说：“太好了，查尔斯。我很高兴。”

第二天一早，爱德华兹先生来了。他瘦瘦高高，皮肤黧黑。他朝妈鞠了一躬，礼貌地称她为“夫人”。他对劳拉说，他是田纳西州来的一个大老粗。他穿着高筒靴和一件破旧的短上衣，戴一顶浣熊皮帽子，能把烟草汁吐得很远。劳拉从没想过有人能把烟草汁吐得这么远。而且，他想吐中什么东西就能吐中什么东西。劳拉试了一遍又一遍，也吐不到爱德华兹先生那么远。

他干活儿是一把快手。一天工夫，他和爸就把四面墙砌到了爸想要的高度。他们一边干活儿，一边开玩笑、唱歌，斧子砍得碎木屑四下飞舞。

他们在墙顶上架起一个细杆子构成的屋顶框架，然后在南墙砍出一个高高的豁口作门，在西墙和东墙砍出四方形的豁口作窗。

劳拉等不及要看看房子内部。高高的豁口刚砍开，她就跑了进去。里面到处都是条条道道。一缕缕阳光从西墙的缝隙射进来，头顶的细杆子投下一条条影子。条条道道的光与影印在劳拉的手上、胳膊上、没穿鞋子的脚上。透过木头间的缝隙，她能看见一道道的大草原。空气中混合着草原的清香和劈开的木头的香味儿。

后来，当爸把西墙的木头砍开时，大片的阳光照了进来。窗户完成了，房子里的地面上躺着方方正正的一大片阳光。

爸和爱德华兹先生在门洞和窗洞周围钉上薄薄的木板，遮住木头的茬口。除了房顶，房子就算盖好了。墙很结实，房子很大，比帐篷大得多。真是一座好房子。

爱德华兹先生说他该回家了，可是爸和妈说他必须留下来吃晚饭。因为有客人，妈做了一顿特别美味的晚餐。

晚餐有炖野兔肉、白面团子和大量的肉汤。还有一张热气腾腾的、厚厚的玉米饼，散发着咸肉的香味。糖浆可以抹在玉米饼上吃。因为晚餐上有客人，他们没有用糖浆给咖啡增甜。妈拿出了那一小纸包浅褐色的糖。

爱德华兹先生说，这顿晚饭他吃得非常满意。

然后爸拿出了他的小提琴。

爱德华兹先生四仰八叉地躺在草地上听爸拉琴。爸先拉给劳拉和玛丽听。他拉了她们最喜欢的歌曲，边拉边唱。这是劳拉最喜欢的，因为爸的声音深深地、深深地与那首歌融在一起。

> 哦，我是吉卜赛王！
> 来去自由像风一样！
> 拉下我的旧睡帽，
> 广阔世界任我闯荡。

他的声音越来越低沉，比年纪最老的牛蛙的声音还要低沉。

> 哦，
> 　我是
> 　　吉卜
> 　　　赛
> 　　　　王！

他们全都笑了起来。劳拉笑得停不下来。

“哦，再唱一遍！爸，再唱一遍！”她喊道。接着她想起小孩子只能乖乖待着，不能随便讲话，就赶紧闭上了嘴巴。

爸继续拉琴，所有的一切都开始舞动。爱德华兹先生用胳膊肘撑起身子，坐了起来，然后一跃而起，开始跳舞。他在月光下像提线木偶一样跳舞，爸继续用小提琴拉出欢快的乐音，并不停地用脚打着拍子，劳拉和玛丽都在拍手，也用脚打着拍子。

“我从没见过像你这么会拉琴的人！”爱德华兹先生赞赏地对爸喊道。他没有停止跳舞，爸没有停止拉琴。爸拉了《金钱麝》《阿肯色的旅行者》《爱尔兰洗衣妇》和《魔鬼的角笛》。

音乐声中，小宝宝卡瑞没法睡觉。她坐在妈的腿上，用圆溜溜的眼睛看着爱德华兹先生，拍着小手，咯咯大笑。

就连火光也在跳舞，火光外围的影子也在跳舞。只有新房子静静地站立在黑暗中，后来大大的月亮升起来，照在它灰色的墙上，照在周围黄色的碎木屑上。

爱德华兹先生说他必须走了。回到树林和小溪对岸他的营地要走很远呢。他拿起枪，对劳拉、玛丽和妈说了晚安。他说单身汉的日子挺孤单的，他很享受这个晚上的家庭生活。

“拉吧，英格尔斯！”他说，“拉琴送我走上小路！”于是，他在通往小溪的那条小路上渐渐远去时，爸一直拉着琴。爸、爱德华兹先生和劳拉用全部的力气高唱：

丹·塔克是个好老汉，
他在锅里洗脸蛋，
他用车轮把头梳，
最后因牙疼小命完。

给丹·塔克让让道！
他吃晚饭要迟到！
饭都吃完盘子收，
只留下一块烂渣糕！

老丹·塔克往镇上走，
骑着骡子牵着狗……

爸的大声音和劳拉的小声音在大草原上回荡，远远地从溪谷里传来爱德华兹先生最后一声高叫：

给丹·塔克让让道！
他吃晚饭要迟到！

小提琴声停止了，他们再也听不见爱德华兹先生的声音了。只有风吹过茅草地沙沙作响。大大的、橙黄色的月亮高高地悬在头顶。天空那样明澈，没有一颗星星在闪烁，整个大草原一片黑暗沉郁。

然后，在小溪边的树林里，一只夜莺开始唱歌。

一切都安静下来，聆听夜莺的歌声。夜莺唱啊唱啊。清凉的晚风吹过大草原，圆润的歌声盖过了茅草的低语。天空像一只明亮的大碗，倒扣在黑色的平原上。

歌声停止了。没有人动弹或说话。劳拉和玛丽一声不响，爸和妈坐着一动不动。只有风在流动，草在叹息。然后爸把小提琴架在肩上，用琴弓轻轻地触动琴弦。几个音符像几滴清水，落进这片寂静里。爸停顿了一下，开始拉那首夜莺的歌。夜莺回应了他，和着爸的琴声又开始歌唱。

琴弦沉默下来后，夜莺继续歌唱。夜莺停顿时，小提琴向它发出呼唤，于是它再次展开歌喉。夜莺和小提琴在清凉夜晚的月光下彼此交谈。

第六章　搬进新屋

“墙已经搭好了，”早晨爸对妈说，“我们最好搬进去，在没有地板和家具的情况下，先尽量凑合一下。我得赶紧把马厩盖起来，让帕特和帕蒂也能待在屋里。昨天夜里，我听见四面八方都有狼的嗥叫，听上去离得很近呢。”

“没事，你有枪呢，我不会担心的。”妈说。

“是啊，还有杰克。但如果你和闺女们都待在结结实实的屋里面，我心里会感到踏实一些。”

“你说，我们为什么没有看见印第安人？”妈问。

“哦，我不知道。”爸漫不经心地回答，“我在悬崖那儿看见了他们的宿营地。估计现在他们都出去打猎了。”

这时妈喊道：“姑娘们，太阳出来了！”劳拉和玛丽手忙脚乱地下床，穿好衣服。

“快吃早饭。”妈说，把最后一点儿炖野兔肉盛进她们的铁皮盘子里。“我们今天要搬进新屋子，里面的木屑都要清理出来。”

于是她们赶紧吃完早饭，抓紧时间清理屋子里的木屑。她们以最快的速度跑来跑去，用裙子兜住一大包木屑，扔在火边的木屑堆里。屋子的地面上还有一些木屑，妈就拿起她的柳枝扫帚开始扫地。

妈扭伤的脚踝正在慢慢好转，走起路来还是一瘸一拐。但她很快就把泥土地扫干净了，玛丽和劳拉就帮着她把东西搬进屋里。

爸骑在墙头，把车篷的帆布蒙在屋顶的框架上。帆布被风吹得像巨浪一般翻滚，爸的胡子四下飘舞，头发都竖在头顶上，似乎想把自己连根拔起。爸牢牢抓住帆布，跟大风搏斗。有一次帆布抖动得厉害，劳拉以为爸肯定要撒手，或者帆布会像一只鸟儿那样飞上天去了。可是爸用两条腿死死夹住木墙，用手紧紧抓住帆布，把它拴在屋顶上。

“下来！”他对帆布说，“待着别动，你给我——”

“查尔斯！”妈说。她站在那里，怀里抱着一些被褥，抬头责备地看着爸。

“——给我乖乖的。”爸对帆布说，“怎么啦，卡罗琳，你以为我要说什么？”

“哦，查尔斯！”妈说，“你这个坏蛋！”

爸顺着屋子的墙角下来了。一根根木头从墙里伸出来，爸就把它们当成了梯子。爸用手揉搓自己的头发，使它们支棱得更厉害了，妈忍不住哈哈大笑。于是爸把妈连同那些被子都搂在怀里。

他们看着屋子，爸说：“这真是一座舒适的小屋！”

“我想赶紧搬进去。”妈说。

屋子没有门窗，只有地面作地板，帆布充当屋顶。可是屋子四面都是结结实实的木头，风吹雨打都不会动摇。它不像马车，每天早晨都要奔赴另一个地方。

“卡罗琳，我们在这里会过得很好，”爸说，“这是一片美妙的土地，我会心满意足地在这里过完我的下半辈子。”

“哪怕有别人来定居？”妈问。

“哪怕有别人来定居。不管周围居住的人有多稠多密，这个地方都永远不会拥挤。看看头顶的天空！”

劳拉明白爸的意思。她也喜欢这个地方。她喜欢无边无际的天空，喜欢野风，喜欢一眼望不到头的大地。这里的一切都是那么自由、辽阔、美妙无比。

到吃午饭的时候，屋子就收拾好了。床整整齐齐地摆在地上，车座和两根木头桩子搬进来当椅子。爸的枪挂在门口上方的钉子上。箱子和包裹都规规矩矩地码放在墙边。这真是一个令人愉快的屋子。柔和的光线从帆布顶棚上透下来，风和阳光从窗洞钻进来，四面墙壁的每道缝隙都微微发亮，那是因为太阳在头顶照耀。

只有篝火还在原来的地方。爸说他会尽快在屋里造一座壁炉。他还要在冬天到来之前劈出一些木板来盖一个结实的屋顶。他要用半圆木料给屋里铺上地板，还要做床，做桌子和椅子。不过这些活儿都得先放一放，他要去帮爱德华兹先生盖房子，还要给帕特和帕蒂盖一个马厩。

“等那些都做完了，”妈说，“我还想要一根晾衣绳。”

爸笑了起来，“对啊，我想要一口井。”

吃过午饭，爸把帕特和帕蒂套在车上，到小溪去汲了满满一桶水回来，给妈洗洗涮涮。“你可以在小溪里洗衣服，”爸对妈说，“印第安女人就是这么做的。”

“如果你愿意像印第安人那样过日子，可以在屋顶上凿一个窟窿，让烟冒出去，我们还要在屋里的地上生火，”妈说，“印第安人就是这么做的。”

那天下午，妈在水桶里洗了衣服，把它们摊在草地上晾干。

吃过晚饭，一家人在篝火旁坐了一会儿。那天晚上他们就睡在屋里，再也不用睡在篝火旁边了。爸和妈聊了会儿威斯康星州的那些乡亲，妈希望能给他们捎一封信。可是独立城离这里有四十英里，爸要走远路赶到那里的邮局才能寄信。

在家乡的大森林里，爷爷奶奶、叔叔姑姑和堂兄堂妹们都不知道爸、妈、劳拉、玛丽和小宝宝卡瑞在什么地方。而坐在篝火旁的他们也没有办法知道大森林里可能发生了什么事。

“好了，该睡觉了。”妈说。小宝宝卡瑞已经睡着了。妈把她抱进屋里，给她脱了衣服。玛丽帮劳拉解开裙子和衬裙后面的纽扣。爸把一条被子挂在门洞上。有被子挡着总比没有门强。然后爸出去把帕特和帕蒂牵到房子旁边。

爸回头轻声唤道：“快出来，卡罗琳，看看月亮。”

玛丽和劳拉躺在新屋泥土地上的小床上，透过东面的窗洞注视着天空。皎洁的大月亮的边缘在窗洞底部闪烁着清辉。劳拉坐了起来，她看着大月亮在明澈的夜空中悄悄地越升越高。

月光给屋子四壁的每一道缝隙都镀上了一层银辉。月光从窗洞洒进来，在地上形成一个四四方方的柔和光斑。月光那么皎洁，劳拉清清楚楚地看见妈撩开门上的被子走进来。

劳拉赶紧躺下，不让妈看见她不听话地坐在床上。

她听见帕特和帕蒂轻轻地对爸嘶鸣。然后他们轻轻的脚步声通过地面传入她的耳朵。帕特、帕蒂和爸正朝屋子走来，劳拉听见爸在唱歌：

银色的月亮飘啊飘！
让清辉把夜空照耀——

他的歌声好像是夜晚、月光和寂静的大草原的一部分。他走到门口，唱道：

在淡淡的银色月光下——

妈轻声说："嘘，查尔斯。你会把孩子们吵醒的。"

于是爸悄悄地走进屋。杰克在他脚后跟了进来，躺在门口。现在他们都待在新家牢固结实的四壁之间了，多么安全和舒适啊。睡意蒙眬中，劳拉听见远处的大草原上传来一声长长的狼嗥，她只感到后背微微哆嗦了一下，很快就睡着了。

第七章　狼群

只用了一天工夫，爸和爱德华兹先生就给帕特和帕蒂盖好了马厩，连顶篷也搭好了。他们一直干到很晚，妈只好等他们回来再开晚饭。

马厩没有门，爸在月光下把两根粗壮的树桩砸进地里，门洞两边各一根。他把帕特和帕蒂牵进马厩，然后把一些劈开的小木头一根根垒起来，堵住门洞。小木头靠在那两根大柱子上，形成了一面结实的墙。

“好了！”爸说，“让那些野狼嗥叫去吧！今晚我也能睡个好觉了。”

早晨，爸搬开门柱后面那些劈开的木头时，劳拉一下子惊呆了：帕特身边站着一只长腿、长耳、摇摇晃晃的小马驹儿。

劳拉朝马驹跑去。温柔的帕特竟然竖起耳朵，冲着劳拉龇牙咧嘴。

“退回去，劳拉！”爸厉声吩咐，然后他又对帕特说，“好了，帕特，你知道我们不会伤害你的小马驹儿的。”帕特轻声嘶叫着回答。帕特让爸抚摸它的小马驹儿，却不让劳拉和玛丽靠近。即使她们透过马厩墙上的缝隙朝里张望，帕特也会朝她们翻白眼，龇牙咧嘴。她们从没见过耳朵这么长的马驹儿。爸说这是一头小骡子，劳拉却说它看上去像一只长耳大野兔。于是他们就给这头小马驹儿取名叫小兔。

当帕特站在木桩旁，小兔在它周围蹦蹦跳跳地为这个辽阔的世界惊叹时，劳拉必须仔细看护好小宝宝卡瑞。只要有人靠近小兔，帕特就会狂怒地尖叫，冲过去咬。

那个星期天的下午，爸骑着帕蒂到大草原上去熟悉熟悉情况。家里还有很多肉，所以他没有带枪。

他顺着小溪上方的悬崖边缘，在高高的茅草丛中越骑越远。鸟儿在他面前扑啦啦地飞起，在空中盘旋一阵，又落回到草丛中。爸一边骑马一边低头看着溪谷，也许是在注视着吃草的野鹿。突然，帕蒂小跑起来，它和爸很快变得越来越小，不一会儿就只能看见茅草随风起舞了。

那天傍晚，爸没有回来。妈翻动篝火里的煤块，又往上面放了一些柴火，开始做晚饭。玛丽在屋里照料小宝宝，劳拉问妈："杰克怎么啦？"

杰克不停地走来走去，一副心神不宁的样子。它对着风皱起鼻子，脖子上的狗毛竖起来，趴下去，又竖起来。帕特的蹄子声突然重重地响起。它围着木桩子跑了一圈，然后站住不动，轻轻地叫了一声。小兔跑到它身边。

"怎么回事，杰克？"妈问。杰克抬头看着妈，却说不出话来。妈仔细打量周围的大地和天空，看不到任何反常的迹象。

"好像没什么事，劳拉。"妈说。她用钩子把煤块扒在咖啡壶和蜘蛛烤肉架周围，放在烤箱上面。草原鸡在蜘蛛架上吱吱作响，玉米饼发出一股好闻的香味儿。妈不停地朝大草原上四处张望。

杰克烦躁不安地走来走去，帕特也不肯吃草了。帕特脸冲西北，那是爸离开的方向，它让小马驹儿紧紧跟在它身旁。

突然，帕蒂从大草原跑来了。它拼命迈开马蹄，全速奔跑，爸几乎是平趴在它脖子后面。

帕蒂直接冲过了马厩，爸才把它勒住。爸勒得真用劲儿，帕蒂差点儿一屁股坐在地上。它全身发抖，黑色皮毛上满是汗水和吐出的白沫。爸翻身下马，上气不接下气。

“出什么事了，查尔斯？”妈问他。

爸望着小溪的方向，妈和劳拉也朝那里望去。可是溪谷上面空荡荡的，只有几棵树的树梢，还有远处高原上茅草丛中裸露的泥土悬崖，并没有什么异样。

“怎么回事？”妈又问道，“你为什么那么紧张地骑着帕蒂？”

爸深深地吸了口气，“我担心狼群会追到这儿来，不过看来没事了。”

“狼群！”妈喊道，“什么狼群？”

“没事了，卡罗琳，”爸说，“你先让我喘口气吧。”

他喘息了一阵，说道：“我并没有那么骑帕蒂。为了不被它甩下来，我只能那么做。五十只呀，卡罗琳，我从没见过这么大的狼。我可再也不愿意遭这种罪了，给我多少钱都不干。”

这时，太阳落山，草原上出现了一道阴影。爸说：“我过会儿再跟你讲。”

“我们上屋里吃晚饭吧。”妈说。

“不用，”爸对她说，“有情况杰克会提醒我们，让我们来得及做出准备。”

他把帕特和小马驹儿从木桩那儿领过来。他没有像往常那样把它们引到小溪边去饮水。他让它们喝妈准备第二天早晨洗衣服用的洗衣桶里的水，桶里的水还是满的。爸抚摸着帕蒂汗淋淋的身体和腿，然后把它、帕特和小马驹儿一起关进了马厩。

晚饭做好了。篝火在黑暗中形成一个光圈。劳拉和玛丽靠近火边，跟小宝宝卡瑞待在一起。她们可以感觉到周围沉沉的黑夜，不停地扭头看着黑暗与火光交界的地方。那里有黑影在移动，那些影子好像活的一样。

杰克直着身子坐在劳拉身边。它的耳朵尖儿竖了起来，听着黑暗里的声音。它不时地朝黑暗里走一段距离，围着篝火绕一圈，再回来坐在劳拉身边。它没有叫，粗脖子后面的毛都平趴着。它的牙齿露出一点儿，是因为它是一条斗牛犬。

劳拉和玛丽吃了玉米饼，啃了草原鸡的鸡腿，坐在那里听爸给妈讲狼的事情。

爸又发现了一些邻居。小溪两岸都有人前来定居。就在不到三英里的地方，在高原的一处洼地里，一个男人和他的妻子正在盖房子。夫妇俩姓司各特，爸说他们是好人。他们家再过去六英里，有一座房子里住着两个单身汉。他们有两片农场，房子就建在两片农场之间。一个男人的床靠着一面墙，另一个男人的床靠着另一面墙。所以他们虽然住在同一座房子里，却睡在各自的农场里。那座房子只有八英尺宽。他们在房子中间一块儿做饭，一块儿吃。

关于狼的事，爸还一个字儿也没有说。劳拉希望他赶紧说。可是劳拉知道，在爸说话的时候，她是绝对不可以插嘴的。

爸说，那两个单身汉不知道这地方还住着别人。他们只见过印第安人，所以看见爸很高兴，爸就在那里多待了一会儿。

爸骑上马时，在草原上一处隆起的地方看见溪谷里有一片白色的东西。他觉得是一辆带顶篷的马车。果然如此。他骑过去一看，是一对夫妇带着五个孩子。他们是从爱荷华州来的，在溪谷里扎营过夜，因为有一匹马病了。现在马倒是好一些了，可是小溪边寒冷的晚风把他们吹病了，他们发烧，打摆子。夫妇俩和三个大孩子病得站都站不起来了。小男孩和小女孩跟玛丽和劳拉差不多大，正在照顾他们。

爸尽力帮助了他们，然后骑马回去把他们的事情告诉了那两个单身汉。其中一个立刻骑马去把那家人转移到高原上，那里空气比较好，他们很快就能恢复健康。

一件事引出另一件事，所以爸回家就晚了。他在大草原上抄近路，帕蒂驮着他大步奔跑。突然，从一道小水沟里蹿出了一群狼。一眨眼的工夫，就把爸团团围住了。

“好大一群狼，”爸说，“约莫有五十只，我活了半辈子都没见过那么大的狼。肯定是他们说的那种野牛狼。头狼凶猛彪悍，全身灰色，站起来肩膀足足有三英尺宽。告诉你吧，我吓得头发根儿都竖起来了。”

“而且你没有带枪。”妈说。

“我当时也想到了这点。不过即使带着枪也没有什么用，你不可能用一杆枪对付五十只狼。而且帕蒂肯定跑不过它们。”

“那你怎么做的呢？”妈问。

“什么也没做。”爸说，“帕蒂想跑。我内心里也巴不得赶紧逃离那个地方。但是我知道，只要帕蒂撒腿一跑，那些狼一眨眼就会追上我们，把我们掀翻在地。所以我勒住帕蒂，让它慢慢走。”

“天哪，查尔斯！”妈惊叹道。

“是啊，给多少钱我也不愿再经历这种事了。卡罗琳，我从没见过那样的狼。一只大狼贴着我小跑，就在我的脚蹬子旁边。我一脚就能踢到它的肋骨。它们根本没有理会我，肯定是刚刚捕到猎物，饱饱地吃了一顿。

“告诉你吧，卡罗琳，那些狼就把我和帕蒂团团围在中间，跟我们一起往前跑——就在光天化日下——跟一群狗追着一匹马没什么两样。它们围在我们四周，一边小跑，一边跳来跳去地要着玩儿，互相龇牙咧嘴，就跟狗一模一样。”

“天哪，查尔斯！”妈又说了一遍。劳拉的心怦怦地跳个不停，嘴巴张开，眼睛睁得老大，目不转睛地盯着爸。

“帕蒂全身都在发抖，拼命压制着恐惧，”爸说，“它吓得浑身冒汗，我也大汗淋漓。可是我勒住它的缰绳，不让它跑，我们就在狼群中间慢慢地走。狼群陪着我们走了四分之一英里左右。那个大家伙就一直贴在我的脚蹬子旁边，好像待着不肯走了。

“后来我们来到通往下面溪谷的水沟顶端。身体彪悍的灰色头狼蹿进水沟，别的狼也都跟着它跑了进去。当看到最后一只狼也钻进了水沟，我立刻让帕蒂撒开蹄子快跑。

“帕蒂径直从大草原跑回了家。我即使用生牛皮做的鞭子狠狠抽它，它也不可能跑得更快了。我一路胆战心惊，生怕那些狼朝这边追来，生怕它们的速度比我快。幸亏你有那杆枪，卡罗琳，幸亏我们盖了这座房子。我知道你能用那杆枪对付狼群，不让它们靠近房子，可是帕特和小马驹儿都在外面呢。”

“你其实不用担心的，查尔斯。”妈说，“我想我肯定有办法保护我们的马。”

“那个时候，我脑子不是完全清楚，”爸说，“现在我知道你肯定能把马保住，卡罗琳。那些狼不会把你怎么样的。如果它们饿着肚子，我就不会在这里……”

“小水罐，大耳朵。[①]”妈说道，她的意思是不让爸吓着玛丽和劳拉。

“好吧，总算是有惊无险。”爸回答道，“现在那些狼离这里很远很远。”

“它们怎么会那样呢？”劳拉问爸。

“我不知道，劳拉。”爸说，“我猜它们刚刚吃饱，准备到小溪里去喝水。或者，它们是到大草原上来玩儿的，除了玩耍，没有心思去注意别的，小姑娘有时候也是这样的。也许它们看到我没有带枪，不会伤害它们。或者，它们以前从没见过人，不知道人会对它们造成伤害，所以压根儿没有把我放在心上。”

帕特和帕蒂心烦意乱地在马厩里走了一圈又一圈。杰克绕着篝火走来走去。当它站住不动、嗅嗅空气、侧耳倾听时，脖子后面的狗毛根根竖起。

“小姑娘们该睡觉了！”妈用欢快的语调说。就连小宝宝卡瑞都没有犯困呢，可是妈把她们都领进了屋子，吩咐玛丽和劳拉上床，给小宝宝卡瑞穿上小睡衣，把她放在大床上。然后她出门去收拾碗碟。劳拉希望爸和妈也在屋里。虽然他们就在外面，但这让劳拉感觉他们离得很远很远。

玛丽和劳拉都很听话，乖乖地躺着不动，可是卡瑞坐了起来，摸黑自己玩耍。黑暗中，爸的胳膊从挂在门洞的被子后面伸进来，悄悄拿走了他的枪。屋外的篝火旁，铁皮盘子叮当作响，然后是

---

① 北美谚语，意思是：小孩子耳朵尖，什么话都能听见。

刀子擦刮蜘蛛烤肉架的声音。妈和爸在说话，劳拉闻到了烟草的气味。

在房子里是安全的，可是爸的枪没有挂在门洞上，而且房子没有门，只挂着一床被子，就感觉不那么安全了。

过了很长时间，妈才撩开被子。小宝宝卡瑞已经睡着了。妈和爸蹑手蹑脚地走进来，悄没声儿地上了床。杰克躺在门口，但没有把下巴搁在爪子上，它竖着脑袋，侧耳倾听。妈的呼吸轻柔，爸的呼吸粗重，玛丽也睡着了。劳拉在黑暗中拼命睁大眼睛看着杰克，她看不清杰克脖子后面的毛是不是竖起来了。

突然，她在床上腾地坐直了身子。她刚才睡着了。黑暗已经消失，月光从窗洞洒进来，从墙上的每道缝隙渗透进来。爸站在窗口的月光下，手里拿着枪，身影黑乎乎的。

一声狼嚎在劳拉耳边响起。

她赶紧缩回身子，离开墙壁。狼就在墙外。劳拉吓坏了，一声儿都不敢出。她不仅脊梁骨里有一股凉气，而且全身发冷。玛丽把被子扯上去蒙住了脑袋。杰克汪汪大叫，朝门洞上挂的被子龇牙咧嘴。

“安静，杰克。”爸说。

一声声可怕的狼嚎在屋里盘旋，劳拉从床上起来。她很想到爸身边去，但又知道这个时候最好别去妨碍他。爸转过脑袋，看见劳拉穿着睡衣站在那里。

“想看看它们吗，劳拉？”爸轻声问。劳拉没有说话，只是点了点头，脚步轻轻地朝爸走去。爸把枪靠在墙上，把劳拉抱到窗洞口。

月光下，一群狼坐在那里，围成一个半圆。它们直着身子，看着窗洞里的劳拉，劳拉也看着它们。她从没见过这么大的狼，最大的那只比劳拉还高，甚至比玛丽还高。它坐在狼群中间，正对着劳拉。它所有的东西都是大的——大尖耳朵，大尖嘴巴，舌头耷拉在外面，肩膀和腿粗壮有力，两个大爪子并排放着，大尾巴在屁股后面弯弯地翘起。它的皮毛是灰色的，十分浓密，两只眼睛闪着绿光。

劳拉把脚趾抠进墙上的缝隙，双臂叠起来搭在窗台上，盯着那只狼看了又看。但她没有把脑袋探到空窗洞的外面去，因为那些狼坐在那么近的地方，动着爪子，舔着嘴巴。爸稳稳地站在劳拉身后，用胳膊紧紧搂着她的腰。

“它真是大得吓人。”劳拉轻声说。

“是啊，看它的皮毛多亮。”爸贴着她的头发耳语。月光在大狼浓密的狼毛周围闪烁着点点银光。

“它们围成一个圆圈，把房子围在中间。”爸小声说。劳拉轻轻地跟着爸走到另一个窗洞。爸把枪靠在那面墙上，又把劳拉抱了起来。果然，那里也有一群狼坐着围成一个半圆。它们的眼睛在房子的阴影里闪着绿光。劳拉能听见它们的呼吸。狼群看见爸和劳拉正往外望，圆圈中间的狼朝后退了一点儿。

帕特和帕蒂在马厩里尖叫、奔跑。它们的蹄子咚咚地踏着地面，砰砰地踢在墙上。

过了一阵儿，爸又回到另一个窗洞口，劳拉也跟了过去。他们正好看见那只大狼扬起脑袋，鼻子对准天空，张开嘴巴，朝月亮发出一声长长的嚎叫。

顿时，房子周围的那一圈狼都把鼻子对着夜空，回应头狼的嚎叫。狼嚎声震得房子发颤，这声音把月光填得满满的，在寂静空寥的大草原上颤巍巍地传得很远很远。

“回床上睡觉去吧，我那喝了一半的小甜酒。”爸说，“回去睡觉，我和杰克会看护好你们大家的。”

劳拉回到床上，很长时间都没能入睡。她躺在那里，听着木头墙外狼群的呼吸声。她听见它们的爪子在地上抓挠，听见一只狼的鼻子对着一道墙缝嗅来嗅去，还听见那只灰色的头狼又发出嚎叫，其他的狼纷纷回应。

爸悄悄地从一个窗洞走到另一个窗洞，杰克不停地在门洞的被子前面走来走去。狼群尽管嚎叫吧，只要有爸和杰克在，它们就进不来。最后，劳拉终于睡着了。

第八章　两扇结实的门

劳拉感觉到脸上有一种柔柔的暖意，她睁开眼睛，看见了早晨的阳光。玛丽正在篝火旁跟妈说话。劳拉跑到屋外，睡衣里面什么也没穿，放眼望去已经没有狼的踪影，但房子和马厩周围有密密麻麻的狼脚印。

爸吹着口哨从小溪那条路走来。他把枪挂回钉子上，像平常一样牵着帕特和帕蒂到小溪边去饮水。他跟着狼的脚印走了很远，后来他知道它们已经追逐一群鹿去了远方。

野马看见狼的脚印，胆怯地往后退缩，并紧张地竖起耳朵。帕特让小马驹儿紧贴在自己身边。它们乖乖地跟着爸走，因为爸知道没什么可害怕的。

早饭做好了。爸从小溪回来后一家人就坐在火边吃炸面糊和草原鸡肉末。爸说他要做一扇门，他希望下次挡在一家人和狼群之间的不只是一床被子。

“我没有铁钉了，但我不能干等着直到去独立城，”他说，“一个男人不需要铁钉也能盖房子、做门。”

吃过早饭，爸把帕特和帕蒂套在马车上，带上斧子去砍做门的木头。劳拉帮着洗碗碟、铺床。那天由玛丽照顾小宝宝，劳拉帮爸做门。玛丽在一旁看着，劳拉给爸递工具。

爸用锯子把木头锯成门的长度，还锯了几根短木条做门的横档。然后他用斧子把木头劈成木板，把表面修光滑。他把一块块长木板铺在地上，把短木板架在上面。接着他用螺旋钻打眼儿，打的孔眼儿穿透横档，深入长木板。他往每个眼儿里敲进一根木钉，把木板牢牢固定住。

门就这样做好了。这是一扇很棒的橡木门，又牢固又结实。

他割了三根长长的皮带作铰链。一个铰链靠近门的顶部，一个靠近底部，一个在当中。

他先把铰链固定在门上。他是这样做的——在门上放一块小木片，凿一个圆洞穿透木片，让它能够打进门板；再把一根皮带的一头在小木片上绕两圈，用刀子在皮带上剜出两个小洞眼儿；然后把小木片再放在门板上，小木片上绕了两圈皮带，所有的洞眼儿都对准那个圆洞。这时劳拉把锤子和一根木钉递给爸，爸把木钉砸进了洞眼儿。木钉穿过皮带，穿过小木片，再穿过皮带，钉进门里。这样就把皮带固定得死死的，不会松脱。

“我早就告诉过你，好汉干活儿不需要铁钉！”爸说。

爸把三个铰链都固定在门上后，就把门装在门框里。木门不大不小正合适。然后他用木钉把一些木条钉在门框一侧的木板上，不让门向外转开。他把门重新放进门框，劳拉用身子把门顶住，爸把铰链钉在门框上。

为了把门关牢，在装门之前，爸已经在门上做了插销。

爸是这样做插销的。他先砍下一截又厚又短的橡木块，在木块一头的中间凿一个又深又宽的凹槽。他把这个木块钉在门的里侧，在木块的上面、下面和边缘都钉了木钉。他把有凹槽的一边贴着门板，这样凹槽就形成了一个小小的狭缝。

然后爸砍下一块木头削成细长的木条。这根木条很小，可以轻松地插进那道狭缝里。爸把木条的一端插进狭缝里，把另一端钉在门上。

但是他没有把木条钉紧。木钉在门上钉得很结实，可是木条上的洞眼儿比木钉大。只有那道狭缝让木条在门上不掉下来。

这根木条就是插销。它在木钉上转动自如，一头可以在狭缝里上下移动。木条很长，当门关上的时候，它能穿过狭缝，跨过门和墙壁的缝隙，贴在墙壁上。

爸和劳拉把门安在门框里，爸在墙上标出插销露出来的位置。他在那里钉了一根非常结实的橡木条。橡木条的顶部凿空了，插销可以落在它和墙壁之间。

劳拉把门推上，她一边推，一边把插销抬起来，让它能插进那道狭缝。她让插销落到那根结实的橡木条后面。橡木条让插销贴在墙上，那根垂直的木条把插销固定在门上的狭缝里。

没有人能闯进门来，除非让牢固的插销断成两半。

但是必须有办法从外面把插销抬起来。于是爸就做了闩锁带。皮带是从一块上好的牛皮上割下来的。他把皮带的一头绑在插销上，就绑在木钉和狭缝之间。然后在插销上方的门上凿一个小洞，把皮带的另一头从小洞里塞出去。

劳拉站在门外，看到皮带头从洞里出来了，就赶紧抓住它往外拉。她用力地拉，直到插销抬起，自己可以开门进去。

门做好了，是用厚厚的橡木做成的，上面还有橡木板做的横档加固，都用结实的木钉牢牢钉在一起。闩锁带挂在门外，如果你想进屋，就拉那根皮带。如果你在屋内，不想让外面的人进来，就把闩锁带从洞眼儿里拉进来，外面的人就进不来了。门上没有把手，也没有锁眼儿和钥匙。但它仍然是一扇很棒的门。

“今天可真干了不少活儿！”爸说，“而且我有一个得力的小帮手！”

他用手摸了摸劳拉的头顶。然后他一边吹口哨，一边把工具收起来放好，到木桩子那儿牵帕特和帕蒂去饮水。太阳正在落山，微风变得凉爽，篝火上煮的晚饭散发出阵阵香气，劳拉从没闻到过这么香的晚饭。

晚饭吃的是腌猪肉。这是最后一点儿腌猪肉了，所以第二天爸就出去打猎了。到了第三天，爸和劳拉给马厩做了一扇门。

马厩的门跟房门一模一样，只是没有插销。帕特和帕蒂不明白插销是做什么用的，也不会在夜里把闩锁带拉进来。所以爸没有做插销，只在门上凿了一个洞，穿了一道铁链子。

夜里，爸会把链条的一头从马厩墙上的缝隙拉过来，把链条两头锁在一起。这样就没有人能进入马厩了。

“现在我们彻底安逸了！”爸说。当周围逐渐有人搬来定居时，夜里最好把马关起来锁好，因为有鹿的地方就会有狼，有马的地方就会有盗马贼。

那天晚上吃晚饭的时候，爸对妈说：“好了，卡罗琳，帮爱德华兹盖好房子之后，我就立刻给你造一个壁炉，这样你就可以在屋里做饭，不受风吹雨打了。我好像从没见过什么地方有这么充足的阳光，但我估计肯定有一天会下雨的。”

“是啊，查尔斯。”妈说，“在这个地球上，好天气不会永远持续下去。”

第九章　壁炉里的火

在门对面那道木头墙壁的外面，爸把茅草割掉，把地收拾得平平整整。他准备造壁炉了。

爸和妈把车厢又装回车轮上了，爸给帕特和帕蒂套上挽具。

太阳正在升起，渐渐缩短了大地上的影子。几百只草地云雀从大草原上飞起，唱着歌儿在空中越飞越高。它们的歌声像一阵音乐之雨，从清澈、辽阔的天空洒落下来。茫茫大地上，茅草在风中婀娜摇摆，轻声呢喃，成千上万只小翠鸟，用细细的爪子紧紧抓住正在开花的野草，吟唱着数不清的小小歌谣。

帕特和帕蒂嗅着风中的气息，欢快地嘶鸣。它们弓起脖子，用蹄子刨地，迫不及待地想要上路。爸吹着口哨爬上马车座位，拿起了缰绳。他低头一看，劳拉正仰面望着他，便停了口哨，说道："你也想去吗，劳拉？你和玛丽？"

妈说她们可以去。于是她们光脚踩着车轮的辐条爬上了马车，跟爸一起坐在高高的车座上。帕特和帕蒂脚步跳跃地上了路，马车在车轮压出的小路上颠簸行走。

他们穿行在裸露的、赤褐色的土墙间，被遗忘的雨水把那些泥土冲出了一道道沟壑。马车继续向前，穿过溪谷里延绵起伏的土地。几座圆圆的小山丘上覆盖着大片的树木，还有几座山丘上是开阔的草地。野鹿有的躺在树荫里，有的在阳光下悠闲地嚼着绿草。它们抬起头，竖起耳朵，站在那里一边吃草，一边用温柔的大眼睛注视着马车。

一路上，野生的飞燕草开出粉红色、蓝色和白色的花朵，小鸟栖息在秋麒麟草的黄茸毛上，蝴蝶翩翩飞舞。星光点点的雏菊给树荫增添了亮色，松鼠在头顶的树枝上叽叽喳喳，白尾巴的野兔蹦蹦跳跳从路上跑过，蛇听见马车驶来的声音便迅速地爬走。

溪谷的最深处，小溪在悬崖的阴影里潺潺流淌。劳拉抬头打量那些悬崖，根本看不见大草原上的茅草。泥土崩塌的地方生长着一些树木，在险峻陡峭、树木难以生长的地方，灌木丛用自己的根紧紧巴住泥土。那些根有一部分裸露在外，比劳拉的脑袋还要高出许多。

“印第安人的营地在哪儿呢？”劳拉问爸。爸在这些悬崖间看见过被印第安人遗弃的营地。可是现在爸太忙了，顾不上去找它们——他必须搜集造壁炉的石头。

“你们小姑娘自己玩吧，”爸说，“但是不许离开我的视线，也不许到水里去。别去招惹蛇，这里的有些蛇是有毒的。”

劳拉和玛丽就在小溪边玩耍，爸把他需要的石头刨出来，搬到马车上。

劳拉和玛丽注视着水里的昆虫在镜子般的水面一掠而过。她们顺着岸边奔跑，吓唬那些青蛙，看到穿着绿上衣、白马甲的青蛙扑通扑通跳进水里，她们乐得哈哈大笑。她们倾听林鸽在树丛间欢叫，褐色的画眉鸟儿啾啾歌唱。她们看见小鲤鱼在小溪的浅水处游来游去，潺潺的流水波光粼粼。在颤动的水面上，鲤鱼像一道道纤细的灰影子，阳光间或照在一条鲤鱼银白色的肚子上，倏忽一闪。

溪谷里没有风，四下里暖暖的、静静的，令人昏昏欲睡。空气里弥漫着潮湿的树根和泥浆的气味，充斥着树叶的沙沙声和流水的哗哗声。

在泥泞的地方，布满了野鹿的足迹，每个蹄印里都积了一汪水，一群群蚊子飞起来，嗡嗡的声音不绝于耳。劳拉和玛丽拍打着脸上、脖子上和手脚上的蚊子，真希望能到水里去玩耍。她们太热了，而溪水看上去那么清凉。劳拉认为，趁爸背对着她们的时候，把一只脚伸到水里去不会有什么事的，她差点儿就这么做了。

“劳拉。”爸说，劳拉赶紧把那只不听话的脚缩了回来。

“小姑娘们，如果你们想蹚水玩儿，”爸说，“可以在那片浅水里。别让水超过你们的脚脖子。”

玛丽只蹚了一会儿。她说泥沙硌疼了她的脚，然后她就坐在一根木头上，耐心地拍打蚊子。劳拉一边拍打，一边继续蹚水。她往前迈步的时候，脚底被泥沙硌得生疼。她站住不动，一群小鲤鱼游到她的脚趾周围，用它们的小嘴轻轻地啃她的脚。那种痒痒的感觉真滑稽。劳拉很想抓住一条鲤鱼，她试了一次又一次，却只是弄湿了自己的裙摆。

马车上装满了石头，爸喊道：“走喽，姑娘们！”于是她们又爬到车座上，离开了小溪。马车又一次穿过树林，翻过山丘，驶向高原，那里总是刮着风，茅草似乎在唱歌、耳语和欢笑。

她们在溪谷里玩得很开心。但劳拉还是最喜欢高原，高原那么开阔、美丽、干净。

那天下午，妈坐在房子的阴凉处做针线活儿，小宝宝卡瑞坐在她旁边的被子上玩耍，劳拉和玛丽看爸造壁炉。

爸先在野马饮水的桶里，把泥土和水搅拌成漂亮的、黏稠的泥浆。他让劳拉搅拌泥浆，自己在房子墙边清理出的空地三面围了一排石头。他用木铲把泥浆抹在石头上，又在泥浆里再码上一排石头，并在石头的顶部、底部和内侧均匀地抹上一层泥浆。

爸在地上搭了一个小棚屋。棚屋的三面是石头和泥浆，第四面就是房子的木头墙壁。

爸用更多的石头、更多的泥浆把棚屋砌得齐到劳拉的下巴。他在墙上贴近房屋的地方放了一根木头，在木头的上上下下都抹了泥浆。

爸在那根木头上用泥浆垒砌石头。他是在砌烟囱了，烟囱越往上砌得越小。

爸还要到小溪那儿去弄石头。劳拉和玛丽不能再去了，因为妈说潮湿的空气会让她们发烧。玛丽坐在妈的身边，缝她那条九块补丁组成的被子，劳拉又搅拌出一桶泥浆。

第二天，爸把烟囱砌得有房子的墙壁那么高了。他站在那里打量着，把手指叉进自己的头发。

“你看上去像个野人，查尔斯，”妈说，“你把头发弄得全都竖起来了。”

“它本来就是竖着的，卡罗琳。”爸回答道，“当年我向你求婚的时候，不管抹多少熊油，它都不肯平趴下来。”

爸一下子躺倒在妈脚下的草地上，“我实在是累坏了，在那里搬了那么多石头。”

“你一个人把烟囱砌得那么高，真是不简单。”妈说。她用手抚弄爸的头发，头发翘得更厉害了。“剩下的就用泥浆糊吧？”她问爸。

“对，那样会轻松一些，”爸承认道，“我绝对相信这一点。”

爸一跃而起。妈说：“哦，在阴凉地里再歇一会儿吧。”爸摇了摇头。

“还有活儿要干呢，可不能在这里犯懒，卡罗琳。早点儿把壁炉造好，你就能早点儿在屋里做饭，不被风吹着。”

爸从树林里拉来一些小树苗，砍砍削削，把它们一根压一根地摞在石头烟囱顶上，就像盖房子的木头墙壁那样。他一边把树苗摞起来，一边用泥浆把它们全部糊起来。就这样，烟囱造好了。

爸走进屋里，用斧子和锯子在墙上开了个洞。他把烟囱底部第四面墙上的木头砍掉，壁炉就完成了。

壁炉很大，劳拉、玛丽和小宝宝卡瑞全坐进去都绰绰有余。壁炉底部是泥土地，爸已经把野草清除掉了，壁炉前面是爸砍掉木头形成的空间。空间顶部就是那根涂满泥浆的木头。

壁炉两侧，爸在砍开的木墙边缘各钉了一块厚厚的绿色橡木板。他还在壁炉的左上角和右上角往墙里钉了橡木块，并在橡木块上架了一块橡木板，牢牢钉住，这就是壁炉架。

壁炉架刚做好，妈就把她从大森林里带来的那个小女瓷人放在中间。小女瓷人千里迢迢地来到这里，居然没有被打碎。它站在壁炉架上，脚上穿着小瓷鞋，身上穿着宽摆的瓷裙子和紧身的瓷胸衣，红扑扑的面颊、蓝莹莹的眼睛、金黄色的头发也都是瓷做的。

爸、妈、玛丽和劳拉站在那里欣赏壁炉，只有卡瑞对它不感兴趣。她指着小女瓷人大声尖叫，玛丽和劳拉告诉她，除了妈谁都不能碰它。

“你用火的时候一定要当心，卡罗琳。”爸说，“可不能让火星蹿到烟囱里去，把房顶给点着了。帆布烧起来是很快的。我要尽快劈出一些木板，把房顶盖起来，那样你就不用担心了。”

妈小心地在新壁炉里生了一小堆火，烤了一只草原鸡做晚饭。那天晚上，一家人是在屋里吃的晚饭。

他们坐在西边窗口的桌子旁。爸已经三下五除二地用两块橡木板做了一张桌子。木板的一头插在墙壁的缝隙里，另一头搭在几根短短的木桩上。爸用斧子把木板削得很平，妈在上面铺了一块桌布，桌子看上去就很漂亮了。

椅子就是敦敦实实的大木疙瘩。妈用那把柳条扫帚把泥土的地面扫得干干净净。床放在墙角的地上，铺着拼缝的被子，整齐清爽。夕阳的余晖透过窗户照进来，房子里充满了金色的柔光。

外面，风在刮，野草在摇摆，一直延伸到很遥远很遥远的粉红色天边。

屋里，温暖舒适。喷香的烤鸡吃在劳拉嘴里无比美味。她的手和脸都洗干净了，头发也梳得很整齐，脖子上系着餐巾。她端端正正地坐在圆木疙瘩上，像妈教她的那样，优雅地使用着刀叉。她一句话也没说，因为小孩子吃饭时不许说话，除非大人有话要问，她看着爸、妈、玛丽和坐在妈腿上的小宝宝卡瑞，心里觉得无比满足。多好啊，又能住在房子里了。

第十章　屋顶和地板

每天从早到晚，劳拉和玛丽都很忙碌。碗碟洗好了，床铺好了，还有那么多事情要做，那么多东西要听、要看。

她们在高高的茅草丛中寻找鸟窝，找到后，鸟妈妈总是呱呱叫着责骂她们。有时她们轻轻抚摸鸟窝，一眨眼间，刚才还昏昏欲睡的鸟窝突然冒出那么多张开的小嘴巴，饥饿地呱呱叫着。这时鸟妈妈会疯了一样破口大骂，玛丽和劳拉就赶紧悄悄地溜走，因为她们不愿意让鸟妈妈太担心。

她们像老鼠一样静静地躺在高高的茅草丛中，注视着一群群草原小鸡崽围着鸡妈妈跑来跑去，东啄西啄，鸡妈妈焦急不安地咕咕叫着，身上褐色的羽毛溜光水滑。她们注视着带条纹的蛇在草根边蜿蜒爬过，或者一动不动地躺在那里，只有跳动的小舌头和闪烁的眼睛才显示它们还活着。它们是束带蛇，不会咬人，但是劳拉和玛丽也不敢去摸。妈说最好别去招惹蛇，有的蛇会咬人，还是保险一点儿好，免得到时候后悔都来不及。

有时，草原上会出现一只大灰兔，在一簇野草的光与影中静止不动，你差点儿就要碰到了才突然看见它。如果你非常安静，就可以站在那里长时间地看着它。圆溜溜的兔眼睛就那样痴痴地盯着你。它的鼻子抽动着，一对长耳朵被阳光映成了玫瑰色，里面有纤细的血管，耳朵边缘还有最最柔软的短短绒毛。它身上其他部位的毛都是又松又密，最后你终于忍不住了，非常小心地伸手去摸它。

像一道闪电，野兔不见了，它刚才蹲的地方空空的、平平的，还留着它屁股上的热乎气儿。

当然啦，除了睡午觉的时候，小宝宝卡瑞时时刻刻都需要劳拉或玛丽照料。那时她们就坐下来享受阳光和风，最后劳拉忘记了宝宝在睡觉，跳起来边跑边喊，妈便会走到门口，“天哪，劳拉，你非得像印第安人那样嚷嚷吗？”妈说，“你们这两个姑娘看上去越来越像印第安人！我叫你戴上草帽，你怎么就不听呢？”

爸在房子的墙头开始盖房顶。他低头看着她们，哈哈大笑。

“一个小印第安人，两个小印第安人，三个小印第安人，”他轻声唱道，“不对，只有两个。”

“加上你就是三个了，”玛丽对他说，“你也晒黑了。”

“但你不是小孩，爸。”劳拉说，“爸，我们什么时候才能看见帕普斯？”

“天哪！”妈惊呼道，“你为什么这么想看到印第安小孩？快把草帽戴上，忘记这些无聊的事情。”

劳拉的草帽耷拉在背后，她一拽帽绳，帽檐就跑到她的脸颊前面了。戴上草帽，只能看见面前的东西，所以她总是把草帽推到背后，让脖子上的绳子挂着它。听到妈吩咐，她把草帽戴上了，但心里并没有忘记帕普斯。

这里是印第安人居住区，她不明白为什么看不见印第安人。不过她知道早晚会看见的，爸是这么说的，她等了这么长时间，已经不耐烦了。

爸已经把屋子上的马车帆布掀掉，准备安屋顶了。这些日子以来，他一直从溪谷往回拉木头，并且把木头劈成长长的薄木板。现在屋子周围码了好几堆木板，还有一些木板靠在墙上。

“快从屋里出来，卡罗琳。”爸说，“我可不能冒险，让东西掉下去砸到你或卡瑞。”

“等等，查尔斯，让我把小陶瓷牧羊女拿走。”妈回答道。她很快就出来了，拿着她的针线活儿和一床被子，抱着小宝宝卡瑞。妈把被子铺在马厩旁树荫下的草地上，坐在那里缝缝补补，看着卡瑞玩耍。

爸探身下来，抽了一块木板，把它架在屋梁上，边缘比墙宽出来一点儿。然后爸把几颗钉子含在嘴里，从腰袋里拔出锤子，开始用钉子把木板往屋梁上钉。

钉子是爱德华兹先生借给他的。他们俩都到树林子里去砍木头，就碰上了。爱德华兹先生一定要把钉子借给爸盖屋顶。

“这样的邻居就是好样的！”爸跟妈讲起这件事的时候，这样说道。

“是啊。”妈说，“但是，我不喜欢欠人家东西，哪怕是最好的邻居。”

“我也不喜欢。”爸回答，“我还从没欠过别人东西呢，以后也不会。不过邻居互相关照是另一回事，我只要能去一趟独立城，就会把钉子一颗不少地还给他。”

此刻，爸小心地把嘴里的钉子一颗颗取出来，砰砰砰地砸进木板里。这可比在木板上钻洞，再把木钉子敲进洞里快多了。可是锤子砸下去时，钉子会时不时地从坚硬的橡木上蹦出来，如果爸抓得不紧，钉子就飞到空中去了。

这时候玛丽和劳拉就盯着掉落的钉子，然后在草丛里把它找出来。有时候钉子被砸弯了，爸就仔细地把它重新敲直。钉子很珍贵，一颗都不能丢失或浪费。

爸钉好两块木板后，就爬到木板上去。他把更多的木板放上去钉好，最后到了屋梁的顶部。每块木板都搭在下面一块木板的边缘。

然后，爸又开始从屋子的另一边钉木板，一直钉到屋梁的顶部。最高处的木板间有一道窄窄的缝隙，爸就用两块木板做了一个小水槽，他把水槽倒扣在缝隙上，用钉子钉牢。

屋顶盖好了。屋里比以前暗，因为没有亮光从木板间透进来。整个屋顶一道裂缝也没有，雨水打不进来。

“你干得真漂亮，查尔斯。”妈说，“头顶上有一个结实的屋顶，我心里就踏实多了。”

“你还会有家具，我会尽量拿出我的手艺来。”爸回答，“等地板一铺好，我就做一个床架。”

爸又开始拉木头。日子一天天过去，他每天都拉回木头，没有停下手专门去打猎。他把枪带在马车上，赶车时随手打点儿野味，晚上拿回家来。

拉回来的木头够铺地板了，爸开始把它们劈开。他把每根木头从中间一劈两半。劳拉喜欢坐在木头堆上看着爸。

爸先用斧子使劲一劈，把木头顶部劈开，往裂缝里塞进一个铁做的楔子。然后他把斧子从木头里拔出来，把楔子往裂缝里砸，越砸越深，坚硬的木头渐渐被劈开了。

爸要把那根粗壮的橡木一路劈到底。他将斧子插进裂缝，又往裂缝里塞进一些木块，把铁楔子往前推进。一点点地，裂缝贯穿了整根木头。

爸高高抡起斧子，胸膛里发出一声闷哼，“嗨！”大力地劈了下去。砰！斧子带起一阵风，总是正好落在爸希望的地方。

最后，随着一阵吱吱嘎嘎的爆裂声，整个木头都裂开了。木头一分为二躺在地上，露出里面浅色的纹理和深色的年轮。爸擦了擦额头上的汗，重新握住斧子，又去对付另一根木头。

这一天，最后一批木头也劈开了，第二天早晨爸就开始铺地板。他把木头拖进屋子，一根挨一根地摆在地上，平的那面朝上。他用铲子刮掉下面的泥土，让木头圆的那一面稳稳地固定在地里，再用斧子砍去树皮，把木头削直，一根根木头就能互相紧贴，中间几乎不留缝隙。

然后爸用手抓住斧子的头，非常小心地、轻轻地把木头砸平。他眯起眼睛打量木头，看表面是不是平直，偶尔清除掉最后一点儿瑕疵。最后他用手抚摸着光滑的木头，点了点头。

“一根木刺也没有！”他说，“小光脚丫在上面跑来跑去都没问题。”

他把那根木头稳稳地放好，再去拖第二根木头。

铺到壁炉那儿时，爸用的是比较短的木头。他在壁炉前面留了一块泥土地，这样炉子里的火星或煤块跳出来时，就不会把地板烧着。

那一天，地板终于铺好了，光滑、硬实、稳当，是用结实的橡木做成的上好的地板，用爸的话说，能用千秋万代。

“用半圆木料铺的好地板永远踩不坏。”爸对妈说。妈说真高兴终于摆脱了泥土地。她把小瓷女放在壁炉架上，在桌子上铺了一块红格子布。

“瞧，”妈说，“现在我们又过上文明人的生活了。”

之后，爸又填补墙上的缝隙。他把细细的木条塞进墙缝，再用泥浆抹平，把每道缝隙都堵得严严实实。

“干得不错，”妈说，“堵上缝隙，外面的风不管刮得多厉害，都透不进来了。”

爸停止吹口哨，笑嘻嘻地看着妈。他把最后一点儿泥浆塞进墙上的木缝，然后抹平，把桶放在地上。房子总算彻底完工了。

“真希望有玻璃安在窗户上。”爸说。

“我们不需要玻璃，查尔斯。”妈说。

“不管怎样，如果今年冬天我打猎和下套子的收获不错，开春就到独立城去买一些玻璃。”爸说，“开销真大呀！”

“如果能安上玻璃，肯定是很漂亮的。”妈说，“到时候看情况吧。”

那天夜里全家都很高兴。壁炉里的火令人感到温馨，在大草原上，即使夏天夜里也是凉爽的。红格子布铺在桌上，小瓷女亮晶晶地站在壁炉架上，新铺的地板在摇曳的火光中金灿灿的。屋外辽阔的夜空群星闪烁。爸在门口坐了很长时间，一边拉小提琴，一边唱歌给屋里的妈、玛丽和劳拉听，给外面的星夜听。

第十一章　屋里的印第安人

一大清早，爸就拿着枪出去打猎了。

那天爸本来打算做床架的。他已经把木板搬进屋里，但妈说午饭没有肉吃了。于是爸就把木板靠在墙上，取下了他的枪。

杰克也想去打猎，它用眼睛恳求爸带它去，呜咽声从它的胸膛里发出，在嗓子眼里颤抖，最后劳拉差点儿跟它一块儿哭起来。可是爸用链条把杰克拴在了马厩旁。

“好了，杰克，”爸说，“你必须留在这里，看家护院。”然后爸对玛丽和劳拉说：“闺女们，别把它放开。”

可怜的杰克躺了下来。被拴是一件丢脸的事，它感到深深的耻辱。它转过脑袋，不去看爸扛着枪远去的身影。爸越走越远，最后大草原把他完全吞没了。

劳拉想安慰杰克，可是杰克怎么也开心不起来。它越想那根铁链，就越觉得难受。劳拉想鼓动它跳起来玩耍，它却只是越发闷闷不乐。

玛丽和劳拉看到杰克这么不开心，都觉得不能把它独自撇下。整个上午她们都待在马厩旁。她们摸摸杰克光滑的、带花纹的脑袋，挠挠它的耳朵周围，并且告诉它，这种情况下不得不把它拴起来，她们也感到很难过。杰克舔舔她们的手，但还是很忧伤，很生气。

杰克把脑袋趴在劳拉的膝头，劳拉正在跟它说话。突然，杰克站了起来，发出一声恶狠狠的低吠。它脖子后面的毛都竖了起来，眼睛红红的，冒着凶光。

劳拉吓坏了。杰克以前可从没有对她凶过。她扭头循着杰克的目光望去，看见两个没穿衣服的野人，在那条印第安人的小路上一前一后地走来。

"玛丽！快看！"劳拉喊道。玛丽也看见了那两个人。

他们又高又瘦，面相凶狠，皮肤是赤褐色的，头顶像一座山峰，顶上一簇头发直直地竖起来，上面插着羽毛。他们的眼睛漆黑、沉静、闪闪发亮，像蛇的眼睛一样。

他们越走越近，转到房子后面不见了。

劳拉转过脑袋，玛丽也转过脑袋，等着看那两个可怕的人从房子另一边出来。

"印第安人！"玛丽轻声说。劳拉身子发抖，腹部有一种异样的感觉，两条腿的骨头发软。她想坐下来，但还是站在那里，等着那两个印第安人从房子后面转出来。然而印第安人没有出来。

杰克一直汪汪叫个不停。此刻它停住嘴，使劲挣着铁链。它眼睛通红，嘴唇往后咧着，背上的毛全都竖了起来。它一次次地腾空跃起，想挣脱那根铁链。劳拉庆幸铁链让杰克留在自己身边。

"杰克在这儿呢，"她低声对玛丽说，"杰克不会让他们伤害我们的。只要待在杰克身边，我们就没有危险。"

"他们在屋子里呢。"玛丽轻声说，"他们和妈、卡瑞一起在屋子里呢。"

这下劳拉全身都开始哆嗦了，她不知道那两个印第安人把妈和小宝宝卡瑞怎么样了。屋子里没有一点儿动静。

“哦，他们把妈怎么样了？！”她压低声音尖叫。

“哦，我不知道！”玛丽轻声说。

“我要把杰克放开，”劳拉声音嘶哑地低语，“杰克会把他们咬死的。”

“爸说过不行。”玛丽回答。她们害怕极了，不敢大声说话。把脑袋凑在一起，望着屋子，窃窃私语。

“爸不知道印第安人会来。”劳拉说。

“爸说不许放开杰克。”玛丽快要哭了。

劳拉想到小宝宝卡瑞和妈跟那两个印第安人一起关在屋里。她说：“我要去帮妈！”

她跑了两步，走了一步，然后转身奔回到杰克身边。她死命地紧紧搂住喘着粗气的杰克，搂住它粗壮的脖子。杰克不会让任何东西来伤害她的。

“我们不能把妈一个人留在屋里。”玛丽轻声说。她一动不动地站着，瑟瑟发抖。玛丽害怕的时候就不会动弹了。

劳拉把脸埋在杰克身上，拼命地抱着它。

然后她松开胳膊，双手捏成拳头，眼睛闭得紧紧的，以最快的速度拔腿朝屋子跑去。

她脚下一绊，摔倒在地，眼睛猛地睁开。她不让自己多想，赶紧爬起来继续往前跑。玛丽紧紧跟在后面。跑到门口，门是开着的，她们悄没声儿地进了屋。

那两个没穿衣服的野人站在壁炉旁。妈在炉子前弯腰做吃的，卡瑞用两只手揪着妈的裙子，脑袋藏在裙摆的褶缝里。

劳拉朝妈跑去，刚跑到壁炉前的泥土地上，就闻到一股特别难闻的气味，于是抬头看着那两个印第安人。她像闪电一样躲到了靠在墙上的那块窄长的木板后面。

木板的宽度正好能挡住她的两只眼睛。如果她脑袋保持不动，鼻子贴着木板，就看不见印第安人。她觉得安全一些了。可是她忍不住把脑袋微微探出去一点儿，用一只眼睛朝外张望，这样就能看见那两个野人了。

她先看见了他们的鹿皮鞋，然后是精瘦的、赤裸着的红褐色长腿。每个印第安人腰间都系着一条皮腰带，前面挂着一只小动物的皮毛。皮毛是黑白条纹的，那是新鲜臭鼬的皮，劳拉这下知道臭味儿是从哪儿来的了。

每张臭鼬皮里插着一把爸用的那种刀子和一把爸用的那种短柄斧子。印第安人赤裸着胸膛，肋骨根根毕现，手臂抱在胸前。最后劳拉又看了一眼他们的脸，便赶紧躲到木板后面去了。

他们的脸粗糙、凶狠，看着吓人，黑眼睛亮闪闪的。高高的额头上和耳朵上面本来应该有头发的，但这两个野人没有，只是头顶上有一簇竖起的头发，用带子缠着，里面插着羽毛。

当劳拉再次从木板后面探头张望时，两个印第安人都直直地盯着她。她的心一下子跳到嗓子眼儿里，连气儿都喘不过来了。印第安人两只亮晶晶的黑眼睛与她对视着，他们没有动弹，脸上的肌肉纹丝不动，只有眼睛闪烁着亮光。劳拉也没有动，甚至连呼吸都不敢。

一个印第安人的喉咙里发出两声嘶哑、短促的声音。另一个也出了一声，听着像是“哈！”劳拉赶紧把眼睛又藏到了木板后面。

她听见妈掀开了烤箱的盖子，听见印第安人蹲坐在壁炉前的地上。过了一会儿，她听见他们在吃东西。

劳拉偷看一眼，缩回来，再偷看一眼。印第安人在吃妈烤的玉米饼。他们吃得一点儿也不剩，还把掉在地上的碎屑也捡起来吃掉了。妈站在那里一边看着他们，一边抚摸卡瑞的脑袋。玛丽站在妈的身后，抓着妈的袖子。

劳拉隐约听见杰克的铁链哐啷啷作响。杰克还在拼命想挣脱出来。

最后一点儿玉米饼的碎屑也吃完了，印第安人站了起来。他们一走动，臭鼬的气味更强烈了。一个印第安人喉咙里又发出一些嘶哑的声音。妈用大眼睛望着他，什么也没说。印第安人转过身，另一个印第安人也转过身，踩着地板走出了屋门。他们脚下没有发出一点儿声音。

妈长长地舒了一口气，用一只胳膊紧紧搂着劳拉，另一只胳膊紧紧搂着玛丽，三个人一起站在窗口，注视着两个印第安人在那条模糊的小路上一前一后地往西走去。然后妈在床上坐下，更紧地搂着劳拉和玛丽，浑身发抖，脸色很不好。

“妈，你觉得难受吗？”玛丽问妈。

“不，”妈说，“我只是庆幸他们走了。”

劳拉耸了耸鼻子，说：“他们的气味真难闻。”

“他们身上挂着臭鼬皮。”妈说。

劳拉和玛丽告诉妈，她们之所以离开杰克，来到屋里，是因为担心印第安人会伤害妈和小宝宝卡瑞。妈夸她们是她勇敢的小女孩。

“现在我们得做午饭了，”妈说，“爸很快就要回来，必须把午饭做好了等他。玛丽，给我搬些柴火进来。劳拉，你摆桌子。”

妈卷起袖子，洗了洗手，开始做玉米饼，玛丽把柴火搬进来，劳拉摆桌子。她给爸放了一个铁皮盘、一副刀叉和一个杯子，也给妈放了同样的一套，卡瑞的小铁皮杯放在妈的餐具旁边。然后她给自己和玛丽放了铁皮盘子和刀叉，她们只有一个杯子，放在两个盘子中间。

妈把玉米面和水揉成两个薄薄的半圆形玉米饼。她让饼子平的一侧互相贴在一起，把它们放进了烤箱，并用手按了按每个玉米饼表面。爸总是说，只要玉米饼上有妈的手印，他就不需要别的甜味剂了。

劳拉刚把桌子摆好，爸就回来了。他把一只大野兔和两只草原鸡放在门外，走进屋来，把枪挂在木钉上。劳拉和玛丽跑过去抱住他，同时抢着说话。

“怎么回事？怎么回事？”爸揉弄着她们的头发说，“印第安人？这么说，你们终于看见印第安人了，是吗，劳拉？我注意到他们在西边的小溪谷里扎营了。卡罗琳，印第安人进屋了吗？”

“进屋了，查尔斯，他们是两个人。”妈说，“对不起，他们把你的烟草都拿走了，还吃了很多玉米饼。他们指着玉米面，比画着让我做给他们吃。我不敢不做。哦，查尔斯！我当时真害怕！”

“你做得对。”爸对妈说，“我们可不能得罪了印第安人。”爸又说：“呸！什么味儿呀？”

“他们系着新鲜的臭鼬皮，”妈说，“除此之外没穿别的衣服。”

“他们在这里的时候气味肯定很呛人。”爸说。

“没错，查尔斯。我们的玉米面也不多了。”

“哦，没关系。我们足够对付一阵儿的，漫山遍野都跑着我们的野味儿。别担心，卡罗琳。”

“可是他们把你的烟草都拿走了。”

“不要紧。”爸说，“在去独立城之前，我可以不抽烟。最重要的是跟印第安人搞好关系，我们可不愿意夜里一觉醒来，看见一群尖声怪叫的——”

爸顿住了。劳拉真想知道他要说什么。可是妈的嘴唇抿得紧紧的，朝爸轻轻摇了摇头。

“来吧，玛丽，劳拉！”爸说，“妈烤玉米饼的时候，我们给兔子剥皮，把鸡肉腌起来。快！我已经饿得像头狼了！”

外面微风袭来，阳光灿烂，她们坐在木头堆上，看着爸用他的猎刀干活儿。大野兔眼睛中弹，草原鸡的脑袋都被打飞了。爸说，它们根本不知道是被什么打中的。

劳拉揪住野兔皮的边缘，爸用猎刀把它从兔肉上剥了下来。“我给这张皮子抹上盐，挂在墙外晾干。”爸说，“今年冬天可以给某个小姑娘做一顶暖乎乎的毛皮帽子。”

劳拉忘不掉那两个印第安人，她对爸说，如果她们把杰克放开，杰克肯定会把印第安人咬死的。

爸放下刀子。“闺女们，你们想过要把杰克放开？”他用严厉的声音问道。

劳拉低下头，小声说：“是的，爸。”

“我明明说过不许那么做的！”爸的声音更严厉了。

劳拉说不出话来，玛丽哽咽着说：“是的，爸。”

爸沉默了一会儿，他像印第安人走后妈长舒一口气那样，也长长地叹了口气。

“以后，”爸说，声音严厉得可怕，“你们两个一定要记住照大人的吩咐做！绝对不可以不听我的话，想都不许想！听见了吗？”

“听见了，爸。”劳拉和玛丽小声回答。

“如果你们把杰克放开，知道会发生什么吗？”爸问。

“不知道，爸。”她们轻声说。

“杰克就会咬那些印第安人，”爸说，“然后就会有麻烦，很可怕的麻烦。明白了吗？”

“明白了，爸。”她们答道，其实心里并不明白。

“他们会把杰克杀死吗？”劳拉问。

“是的，而且不仅如此。你们千万要记住：不管遇到什么事，都要听大人的话。”

“记住了，爸。”劳拉和玛丽回答道，她们都暗自庆幸没有把杰克放开。

“只要听大人的话，”爸说，“你们就不会遭殃。”

第十二章　喝到了清水

爸把床架做好了。

他把一些橡木板修得平平的，一根木刺也没有，然后用木钉把它们牢牢地钉在一起。四块木板构成一个箱子，爸在里面放稻草垫子，又在箱子底部绷了一根绳子，来回编成之字形，拽得紧紧的。

爸把床架一头稳稳地钉在房子的墙角。床只有一个角不靠墙。爸在这个床角竖了一块高高的木板，把木板跟床架钉在一起。他在手能够到的高度，在墙和高木板之间钉了两块板子。然后他爬上板子，把木板牢牢地钉在一根屋梁上。他在床上方的板子上又架了一层搁板。

“成了，卡罗琳！”他说。

“我真想马上看到床铺好的样子。”妈说，“快帮我把稻草垫子搬进来。”

妈那天早晨就把稻草垫子填好了。高高的大草原上没有稻草，妈就在垫子里填满清爽干燥的枯草。枯草被阳光晒得暖乎乎的，散发着一股芳香。爸帮妈把垫子搬进屋，放在床架里。妈把床单掖好，在上面铺了她最漂亮的那床补丁被子。她把鹅绒枕头放在床头，上面铺了枕套，每只白色的枕套上都有两只用红线勾勒的小鸟。

然后，爸、妈、劳拉和玛丽站在那里看着这张床。真是一张漂亮的床！睡在用绳子绷成的床架上比睡在地板上软乎多了。床垫里填满了香喷喷的草，被子铺得平平的，美丽的枕套挺括地支棱着。搁板是存放东西的好地方。有了这样一张床，整个屋子的感觉顿时不一样了。

那天夜里，妈走到床边，躺到咔咔脆响的稻草垫上，对爸说："告诉你吧，我太舒服了，简直都感到内疚了。"

玛丽和劳拉还睡在地上，不过爸一腾出手来就会给她们做一张小床。爸做了大床，还做了一个结实的碗柜，上面配了挂锁，如果印第安人再来，就无法把玉米面都拿走了。现在爸只需要再挖一口井，就能出发去镇上了。他必须先把井挖好，这样他不在家的时候，妈就不会缺水用。

第二天早晨，他在屋外墙角的草地上画出一个很大的圆圈，并用铲子把圆圈里的草皮割成一块一块的，铲了出来。然后他开始挖土，越挖越深。

爸挖土的时候，玛丽和劳拉不能到井边去。后来她们看不见爸，只看见一铲又一铲的土飞出来。最后，铲子也飞出来，落到草丛中。接着爸出现了，他用双手抓住草皮，然后撑着一个胳膊肘，再是另一个胳膊肘，爸往上一发力，翻身出来。"已经挖得很深，我没法把土扔上来了。"他说。

他需要帮手了。于是他拿上枪，骑着帕蒂走了。爸回来的时候带了一只胖乎乎的野兔。他已经跟司各特先生谈好了换工，司各特先生先过来帮爸挖井，爸再去帮司各特先生挖井。

妈和劳拉、玛丽还没有见过司各特夫妇。他们的房子隐藏在草原上的一个小山谷里。劳拉曾看见袅袅炊烟从那里升起，仅此而已。

第二天日出的时候，司各特先生来了。他矮矮胖胖，头发被太阳晒得发白，皮肤红兮兮的，像鱼鳞一样脱落。他没有被晒黑，他是在蜕皮。

“都怪这该死的太阳和风。”他说，“不好意思，夫人，但这日子过得就连圣人也难免说点儿粗话。我在这里不停地蜕皮，差不多快变成一条蛇了。”

劳拉喜欢他。每天早晨，一洗好碗、铺好床，她就跑过去看司各特先生和爸挖井。太阳火辣辣的，就连风也是滚烫的，草原上的茅草正在变黄。玛丽喜欢待在屋里缝她的补丁被子。可是劳拉喜欢明亮的光线，喜欢太阳和风，她怎么也不愿意离开那口井。但大人们不许她靠近井边。

爸和司各特先生做了一个结实的绞盘机，悬在井口，一根绳子上吊着两只桶，挂在绞盘机上。绞盘机转动时，一只桶下到井里，另一只桶升上来。早晨，司各特先生顺着绳子滑下去，在井里挖土。他往桶里装满土，爸把桶拉上来倒空，爸倒土倒得有多快，司各特先生就挖土挖得多快。吃过午饭，爸顺着绳子下到井里，司各特先生负责把桶拉上来。

每天早晨，爸都要在一只桶里点一根蜡烛，放到井的底部，然后才让司各特先生顺着绳子下去。有一次，劳拉凑到井边，看见蜡烛在黑黢黢的井底烧得很亮。

这时爸说：“看来没问题。”他把桶拉上来，把蜡烛吹灭。

“这都是白耽误工夫，英格尔斯，”司各特先生说，“昨天井里还是好好的。”

“这可是说不准的，”爸回答，“最好谨慎点儿，免得到时候后悔。”

劳拉不知道爸用那根蜡烛测试的是什么危险。她没有问，因为爸和司各特先生都忙着呢。她打算过后再问的，可是忘记了。

一天早晨，爸还在吃早饭，司各特先生就来了。他们听见他喊道：“嗨，英格尔斯！太阳出来了，走吧！”爸喝完咖啡，走了出去。

绞盘机吱吱嘎嘎响了起来，爸开始吹口哨。劳拉和玛丽在洗碗碟，妈在铺大床的被子。突然，口哨声停了。他们听见他说：“司各特！”他喊道：“司各特！司各特！”接着又喊：“卡罗琳！快来！”

妈从屋里跑了出去，劳拉也跟了过去。

“司各特好像在井下晕过去了。”爸说，“我得下去看看。”

“你把蜡烛放下去了吗？”妈问。

“没有。我以为他放了。我问他有没有问题，他说没问题。”爸把空桶从绳子上割下来，然后把绳子牢牢地系在绞盘机上。

“查尔斯，你不能下去！绝对不能！”妈说。

“卡罗琳，我必须下去！”

“不能。哦，查尔斯，不能！”

“不会有事的，我在下面屏住呼吸。我们不能眼睁睁看着他死在下面。”

妈口气凶狠地说：“劳拉，退后！”劳拉就往后退了退。她背靠屋子站着，害怕得直哆嗦。

“不要，不要，查尔斯！我不能让你下去！”妈说，“骑上帕蒂去找人来帮忙。”

“来不及了。”

“查尔斯，如果我不能把你拉上来——如果你在底下昏过去，我没法把你拉上来——”

“卡罗琳，我必须下去。”爸说。他一步跨进井里，顺着绳子滑下去，脑袋看不见了。

妈蹲在井边，用手遮住阳光，盯着井里往下看。

在茫茫的大草原上，云雀唱着歌儿飞向天空。风热乎乎地吹着，但是劳拉感到全身发冷。

突然，妈跳起来，抓住绞盘机的把手。她用尽全身力气转动把手，绳子绷紧了，绞盘机吱嘎作响。劳拉本来以为爸在漆黑的井底昏了过去，妈没法把他拉上来。但是绞盘机开始一点儿一点儿地转动了。

爸的手伸上来抓住了绳子，另一只手也上来了，抓住绳子上面一点儿。接着，爸的脑袋出现了。他把胳膊肘撑在绞盘机上，手脚并用地爬到地面，坐在那里。

绞盘机一圈圈地转着，井底传来“砰”的一声。爸挣扎着要站起来，妈说：“坐着别动，查尔斯！劳拉，拿点儿水来。快！”

劳拉撒腿就跑。她提着水桶匆匆跑回来。爸和妈都在转动绞盘机，绳子一圈圈地绕上来，那只桶从井里出现了，拴在桶上的是司各特先生。他的胳膊、腿和脑袋都耷拉着，轻轻晃动，嘴巴微微张开，眼睛半睁半闭。

爸把他拖到草地上，给他翻了个身。司各特先生就那样毫无生气地躺着。爸摸摸他的手腕，听听他的胸口，然后在他身边躺下。

"还有气儿。"爸说，"到了露天里，他就不会有事了。我也没事，卡罗琳。我只是累坏了，别的没什么。"

"好吧！"妈骂道。"我早就应该知道你没事！搞出这种莫名其妙的事情！仁慈的上帝啊！简直要把人吓死，就不能动动脑子，当心一点儿！上帝啊！我——"妈用围裙捂住脸，放声大哭。

那真是可怕的一天。

"我不要井了，"妈哭着说，"不值得。我再也不让你这样拿生命当儿戏！"

司各特先生吸进了地底深处的某种气体。那种气体比空气重，所以沉积在地底。它看不见也闻不出，但吸多了就会送命。爸下到那种气体里，把司各特先生绑在绳子上，把他从那种气体里拉了上来。

司各特先生缓过来之后就回家了。他走之前对爸说："你那个放蜡烛的做法是对的，英格尔斯。我以为那是瞎耽误工夫，不肯费事，现在我知道自己错了。"

"是啊，"爸说，"如果烛光熄灭，就知道有危险。我希望尽量做到安全第一。不过还好，总算是有惊无险。"

爸歇了一会儿。他也吸进了一点儿那种气体，想要休息休息。下午，他从麻袋上拆了一根线，又从装火药的牛角里倒出一点儿火药。他用一块布拴住火药，把麻绳的一头埋在火药里。

"过来，劳拉，"爸说，"我让你看点儿东西。"

他们来到井边。爸把麻绳的另一头点着，等火星迅速往上爬时，把小火药包扔进井里。

一分钟后，他们听见一声沉闷的"砰！"井里冒出一股烟。"这样就把毒气赶出来了。"爸说。

烟消散后，爸让劳拉点亮蜡烛，站在他身边，看着他把蜡烛放到井里。蜡烛慢慢降落到黑黢黢的井洞里，一直像星星一样闪亮着。

第二天，爸和司各特先生继续挖井。之后的每天早晨他们都要把蜡烛放下去看看。

井里开始出水了，但还不多。拖上来的桶里装满泥浆，爸和司各特先生就在越来越深的泥浆里干活。早晨放下去的蜡烛，照亮了湿漉漉的井壁，水桶碰到井底时，水面映出一圈圈烛光。

爸站在齐膝深的水里，把水一桶桶地舀出来，然后才能在泥浆中开始挖掘。

有一天，他正挖着，井里突然发出一声巨响。妈从屋里跑出来，劳拉跑到井边。“快拉，司各特！快拉！”爸喊道。井底下传出哗哗的流水声和冒泡声。司各特先生用最快的速度转动绞盘机，爸拉着绳子，双手交替着爬了上来。

“肯定是泥土塌陷！”爸喘着气说。他跨到地面上，满身都是泥浆和水。“我正在使劲用铲子挖，突然铲子往下一塌，整个铲子都陷下去了，水一下子在我周围涌上来。”

“这根绳子下面湿了整整六英尺呢。”司各特先生说着，把绳子卷上来。满满一桶水。“英格尔斯，你还算聪明，双手交替着爬上来。如果光靠我拉，可赶不及水涌上来的速度。”接着司各特先生一拍大腿，喊道：“我敢肯定你没把铲子拿上来！”

果然，爸把他的铲子留在井底了。

过了一会儿，井里的水几乎就满了。一小片圆圆的蓝天倒映在井里，劳拉往下看的时候，一个小姑娘正在井里朝她张望。劳拉挥挥手，水面也有一只手在挥动。

井水清澈凉爽，劳拉觉得没有什么比痛痛快快地喝几大口井水更美味的了。爸再也不用从小溪打来那些温吞吞的死水了。爸在井上盖了个结实的井台，留一个洞让水桶通过，洞上加了沉甸甸的盖子。劳拉绝对不许碰井盖，但不管什么时候，只要她和玛丽渴了，妈就会掀开井盖，从井里打上来一桶凉凉的清水。

第十三章　得克萨斯长角牛

一天晚上，劳拉和爸坐在门口。四下里没有风，月亮照着黑茫茫的大草原，爸轻轻拉着小提琴。

他让最后一个音符颤抖着飘向很远很远的地方，最终消融在皎洁的月光中。一切都是这么美丽，劳拉希望这一刻永远不要结束。可是爸说小姑娘们该睡觉了。

这时，劳拉听见远处有一种奇怪而低沉的声音。“什么声音！”她说。

爸听了听。“天哪，是牛！”他说，“肯定是到北方道奇堡去的牛群。”

劳拉脱掉衣服，换了睡衣站在窗口。夜晚静静的没有风，草叶儿纹丝不动，她听见那种声音隐隐约约地从远处传来，像是雷声，又像是歌声。

“是歌声吗，爸？”她问。

“是的，”爸说，“是牛仔在唱歌哄牛睡觉。好了，快跳到床上去，你这个小坏蛋！”

劳拉想着躺在月光下黑暗大地上的牛，想着轻轻吟唱催眠曲的牛仔。

第二天早晨，劳拉跑出屋子，就看见马厩旁边有两个骑马的陌生人，正在那里跟爸说话。他们的皮肤像印第安人一样黑里透红，眼皮眯着，眼睛窄得像一道缝。他们腿上绑着皮护膝和踢马刺，头上戴着宽檐帽，脖子上扎着手帕，屁股后面挂着手枪。

“再会啦！”他们对爸说，然后又对他们的马说“嘿！驾！”就迅速地骑马走了。

“运气真不错！”爸对妈说。那两个人是牛仔，他们想要爸帮忙照看牛群，不让牛掉到溪谷的悬崖里去。爸不收他们的钱，但是对他们说想要一块牛肉。“你觉得一块上好的牛肉怎么样啊？”爸问。

“哦，查尔斯！”妈说，两只眼睛放出亮光。

爸把他最大的那条手帕系在脖子上，他给劳拉示意怎么把手帕拉上来捂住鼻子和嘴巴，遮挡灰尘。然后他就骑上帕蒂顺着那条印第安小路走了，劳拉和妈看着他在视线里消失。

一整天太阳都火辣辣的，热风一阵阵地吹，牛群的声音越来越近了。牛在哞哞地叫，声音低沉而忧伤。中午，地平线那儿腾起了灰尘，妈说是无数头牛把草踩平，搅起了大草原上的尘土。

太阳落山的时候，爸骑马回来了，满身是灰。他的胡子里、头发里、眼皮的皱褶里都是灰，衣服上也有灰尘落下来。他没有带回牛肉，因为牛还没有通过小溪。牛走得很慢，一边走一边吃草。它们必须吃大量的草，养得胖胖的，才能到城镇去给人宰了吃。

那天夜里爸没说几句话，也没拉小提琴，吃过晚饭就上床睡觉了。

牛群已经离得很近了，劳拉可以清楚地听见它们的声音。天黑以后，哀婉的哞哞声还在大草原上回荡。后来，牛群安静了，牛仔开始唱歌。他们唱的不是催眠曲，而是高亢、寂寞、悲伤的歌，听上去简直像狼群在嗥叫。

劳拉没有睡着，躺在床上听着那寂寞的歌声在黑夜里飘荡。更远的地方，是真正的狼群在嗥叫。偶尔，牛哞哞地叫几声，牛仔的歌声一直没有停，在月光下忽高忽低，充满悲伤。家里人都睡着后，劳拉悄悄地来到窗口，看见黑黢黢的大地边缘有三点火光，像红眼睛一样闪烁。头顶上的夜空浩瀚、沉静，充盈着月光。孤独的歌声似乎在向月亮发出恳求，劳拉听了觉得喉头发酸。

第二天，劳拉和玛丽从早到晚都在往西眺望。她们远远地听见牛叫，还看见尘土飞扬。有时她们隐约听见一声尖利的叫喊。

突然，十几头长角牛从草原上冲过来，就在离马厩不远的地方。它们是从一道通向下面溪谷的水沟里出来的，尾巴竖着，凶猛的牛角左右摇摆，蹄子重重地踏在地上。一个骑花斑野马的牛仔拼命跑来，冲到它们前面。他挥着大帽子，扯开嗓门严厉地大喊："嘿！吁——吁——吁！嘿！"牛群急忙转身，长长的牛角砰砰地撞在一起。它们竖着尾巴，慢吞吞地远去，野马跟在后面，跑过来跑过去，把它们赶到一起。牛群和野马都翻过一道高坎，看不见了。

劳拉也跑过来跑过去，挥着自己的草帽，大声喊道："嘿！吁——吁——吁！"后来被妈阻止了。她那样大喊大叫不像一个淑女。劳拉希望自己是个牛仔。

那天傍晚，西边来了三个骑马的人，他们赶着一头母牛。其中一个骑手是爸，骑着帕蒂。慢慢地他们越来越近，劳拉看见母牛还带着一头花斑小牛犊。

母牛横冲直撞，两个牛仔骑在它前面，互相分得很开。两根绳子一头系在它的长角上，另一头系在牛仔的马鞍上。母牛的角朝一个牛仔顶去时，另一个牛仔的马便站稳脚跟，把它拉住。母牛哞哞地叫，小牛犊也发出细弱的叫声。

妈站在窗口往外看，玛丽和劳拉靠在屋外的墙上朝那边注视着。

牛仔用绳子牵住母牛，爸把它拴在了马厩里。然后牛仔就跟爸告别，骑马远去了。

妈不敢相信爸真的带回来一头母牛。确确实实，这头母牛属于他们了。爸说，小牛犊太小，不能走远路，母牛太瘦，卖不出好价钱，所以牛仔就把它们送给了爸。他们还给了爸牛肉，很大的一块，绑在他的鞍头上。

爸、妈、玛丽、劳拉，甚至还有小宝宝卡瑞，都开心得哈哈大笑。爸笑起来声音总是很大，像洪钟一样。妈高兴的时候露出温柔的微笑，劳拉看了心里暖乎乎的。此刻就连妈也笑出了声，因为家里有了一头母牛。

“给我一个桶，卡罗琳。”爸说，他要立刻去挤奶。

爸拎着桶，把帽子往后推了推，蹲在母牛身边挤奶。母牛弓起身子，照着爸的后背踢了一脚。

爸一下子跳起来，脸涨得通红，眼睛里冒出了火光。

“嘿，我就不信这个邪，非挤不可！”他说。

他拿起斧子，把两块粗粗的橡木板削薄。他将母牛推到马厩墙边，把两块木板深深地插进母牛身体两边的地里。母牛哞哞大叫，小牛犊也跟着叫。爸把一些木杆牢牢地拴在柱子上，另一头插进马厩墙上的缝隙里，形成了一道栅栏。

现在母牛前后左右都动弹不得了，但是小牛犊可以挤到牛妈妈和墙中间。小牛犊觉得很安全，就不叫了。它站在母牛的另一侧，吃自己的晚餐。爸把手从栅栏伸进去，从这一侧挤奶。他弄到了差不多一铁皮杯的牛奶。

“明天早上再来试试。”他说，“这家伙的性子像鹿一样野。但我们会驯服它的，会驯服它的。”

夜幕降临了，夜鹰在黑暗里捕捉昆虫，牛蛙在溪谷里呱呱鸣叫。一只鸟叫道：“啾啾！啾啾！”一只猫头鹰叫道：“喔！喔！”狼群在远处嗥叫，杰克也在汪汪地叫。

“狼在跟踪牛群。”爸说，“明天我要给母牛盖一个高高的、结结实实的牛栏，狼就进不来了。”

一家人拿着牛肉进屋。爸、妈、玛丽和劳拉都同意把牛奶给小宝宝卡瑞喝。他们看着卡瑞喝牛奶，铁皮杯子把卡瑞的脸挡住了，但劳拉看见牛奶一口口地通过她的喉咙。卡瑞把香甜的牛奶全喝掉了，然后用红红的小舌头舔掉嘴唇上的泡沫，咯咯地笑了起来。

似乎过了很长时间，玉米饼和吱吱作响的牛排终于做好了。从来没有什么东西像肥嫩厚实的牛排那么好吃。全家人都很高兴，因为现在有牛奶喝了，说不定还会有黄油可以做玉米饼呢。

牛群的哞哞声又远去了，牛仔的歌声几乎听不见了。现在所有的牛都到了溪谷的另一边，在堪萨斯州境内了。明天他们将继续长途跋涉，前往北面的道奇堡，那里驻扎着士兵。

第十四章　印第安人营地

天气一天比一天热，风也是热乎乎的。“就好像是从炉子里出来的。”妈说。

草变黄了。在热浪灼人的天空下，大草原翻滚着一片翠绿和金黄。

中午风止住了。没有鸟儿唱歌，四下里一片沉寂。劳拉听见松鼠在下面小溪边的树丛里叽叽喳喳。突然一群黑色的乌鸦飞过头顶，发出沙哑难听的呱呱叫声。然后一切又沉寂下来。

妈说现在是仲夏。

爸很想知道印第安人去了哪里。他说他们在大草原上留下了一片小营地。一天爸问劳拉和玛丽愿不愿去营地看看。

劳拉高兴得拍着巴掌上蹿下跳，可是妈不同意。

“太远了，查尔斯，”她说，“而且天气这么热。”

爸的蓝眼睛闪闪发亮。“热天奈何不了印第安人，也奈何不了我们。”他说，“走吧，姑娘们！”

“求求你，把杰克也带去好吗？”劳拉央求道。爸已经拿了他的枪，他看看劳拉，看看杰克，又看看妈，把枪放回到钉子上。

“好吧，劳拉，”爸说，“带上杰克。卡罗琳，我把枪留给你。”

杰克在他们身边摇着秃尾巴蹦蹦跳跳。它看清了要往哪儿去，就一下子冲到了前面。爸跟了上去，爸的后面是玛丽，然后是劳拉。玛丽戴着草帽，但劳拉把草帽挂在背上。

光脚下的地面热得发烫，阳光穿透她们的旧裙子，晒得胳膊和后背又痒又疼。空气确实热得像在炉子里一样，而且有一股淡淡的烤面包的气味。爸说那是草籽儿被烤干的气味。

他们在茫茫的大草原上越走越远。劳拉觉得自己变得越来越渺小，就连爸看上去也没有那么魁梧了。最后他们走进了印第安人扎营的那个小山谷。

杰克跳起来去追一只大野兔。野兔从草丛里窜出来，把劳拉吓了一跳。爸赶紧说道："别追它了，杰克！我们的肉够吃了。"于是杰克坐下来，看着大野兔一跳一跳地逃进了下面的山谷。

劳拉和玛丽看着四周。她们不敢离开爸的身边。山谷四周生长着低矮的灌木——荆棘上挂着一串串浅粉红色的浆果，漆树上结着绿色球果，这里那里还露出一片红艳艳的叶子。秋麒麟的草绒毛已经变成灰色，牛眼雏菊的黄花瓣从花蕊里耷拉下来。

所有这一切都藏在这个秘密的小山谷里。劳拉从小屋里向外看，除了草什么也看不见，现在从这山谷里也看不见小屋。大草原看上去一马平川，其实并不是平的。

劳拉问爸大草原上是不是有很多这样的山谷。爸说是的。

"山谷里有印第安人吗？"劳拉把声音压得很低。爸说不知道，大概有吧。

他们看着印第安人的营地，劳拉紧紧地抓住爸的一只手，玛丽抓住爸的另一只手。地上有印第安人的篝火留下的灰烬，还有一些窟窿，是支帐篷留下来的。几根骨头散落在地，是被印第安人的狗啃过后留下的。溪谷两侧的草都被印第安人的马吃得只剩短短的草茬。

到处都有大鹿皮鞋和小鹿皮鞋留下的脚印，还有小光脚丫踩出的痕迹。在这些足迹上面是野兔、小鸟和狼群留下的足迹。

爸把这些足迹一一指给玛丽和劳拉看。爸让她们看篝火的灰烬旁边一双中等大小的鹿皮鞋留下的脚印。一个印第安妇女曾经蹲在那里。她穿着带流苏的皮裙子，尘土里还留着流苏掠过的痕迹。她穿着鹿皮鞋留下的脚趾印子比脚跟深，因为她向前探着身子，搅拌放在火上的锅里煮的东西。

接着爸捡起一根被烟熏黑的分叉的树枝。爸说锅挂在一根树枝上，那根树枝又架在两根直立的树杈上。他指给玛丽和劳拉看地上的两个洞眼儿，那是树杈扎在地里留下的。爸又叫她们看篝火周围散落的骨头，然后告诉他当时锅里煮的是什么。

玛丽和劳拉看了看，说："兔子。"对了。那些骨头是兔子的骨头。

突然劳拉喊道："看，快看！"尘土里有一个蓝莹莹的东西闪闪发光。劳拉把它捡起，是一颗美丽的蓝珠子。劳拉高兴地喊了起来。

接着玛丽看见了一颗红珠子，劳拉看见了一颗绿珠子。顿时她们忘记了一切，心里只想着珠子。爸也帮她们一起找，找到了白珠子、褐珠子，又找到了更多的红珠子、蓝珠子。整个下午他们都在印第安人的营地里寻找珠子。爸不时地走到山谷边，朝家的方向看看，然后回来继续帮她们找珠子。他们睁大眼睛，把那片地方都找遍了。

后来再也找不到了，太阳也快要落山了。劳拉手里有了几颗珠子，玛丽手里也有了几颗珠子。爸把它们仔细地包在他的手帕里，劳拉的珠子包在一个角上，玛丽的包在另一个角上。爸把手帕塞进口袋，他们就回家了。

走出山谷时，太阳已经在他们身后落得很低。家看上去那么小，那么遥远，而且爸没有带枪。

爸走得飞快，劳拉简直跟不上他的步子。她拼命地快步奔跑，可是太阳落山的速度更快了。家似乎越来越远了。大草原变得更加辽阔，风不停地刮，轻声诉说着可怕的事情。所有的茅草都在颤动，似乎很害怕的样子。

这时爸转过身，蓝眼睛一闪一闪地看着劳拉。他说："累了吗，我的喝了半瓶的小甜酒？对你的小腿来说，路确实怪远的。"

劳拉是个大姑娘了，爸还是把她抱起来，让她稳稳地靠在他的肩膀上。爸拉起玛丽的手，三个人一起回到了家。

火上烧着晚饭，妈在摆桌子，小宝宝卡瑞坐在地上玩小木块儿。爸把手帕扔给了妈。

"我回来晚了，卡罗琳。"爸说，"可是你看看闺女们找到了什么。"爸拿起挤奶桶，迅速把帕特和帕蒂从木桩那儿牵回来，去给母牛挤奶。

妈解开手帕，看到里面的东西，兴奋地叫了起来。珠子看上去比在印第安人营地的时候还要漂亮。

劳拉用手指拨弄她的珠子，看着它们发出闪闪的亮光。"这些是我的。"她说。

这时玛丽说道："我的送给卡瑞。"

妈等着听劳拉怎么说。劳拉什么也不想说。她想留着这些漂亮的珠子。她觉得心里火烧火燎的，多么希望玛丽不要总是表现得这样乖巧。可是她不能让玛丽把自己比下去。

于是她慢吞吞地说："我的也送给卡瑞。"

"这才是我无私、善良的好闺女。"妈说。

妈把玛丽的珠子倒进玛丽的手心，把劳拉的珠子倒进劳拉的手心，说要给她们一根线把珠子穿起来。这些珠子可以穿成一条漂亮的项链，给卡瑞戴在脖子上。

玛丽和劳拉并排坐在小床上，把美丽的珠子穿在妈给她们的那根线上。她们每人都把手里的线头放在嘴里润湿，拿出来捻得紧紧的。玛丽把她的线头儿穿进每个珠子的小洞眼儿，劳拉用她的线头儿串起她的珠子，一颗接一颗。

两个人都没有说话。也许玛丽心里觉得美滋滋的，可是劳拉没有。她看着玛丽就想打她，所以她不敢再看玛丽了。

珠子穿成了一条美丽的项链。卡瑞看见了，拍着小手咯咯大笑。妈把项链挂在卡瑞的小脖子上，珠子闪闪发光。劳拉觉得心里好受些了。毕竟她的那些珠子不够穿成一整条项链，玛丽的也不够，但合在一起，就给卡瑞做成了一条完整的珠链。

卡瑞感觉到了脖子上的项链，用手去抓。她还太小，不懂事，眼看就要把项链扯断了。妈赶紧把它摘下收了起来，等卡瑞大一些再给她戴。从那以后，劳拉经常想起那些漂亮的珠子，她心里仍然很不服气，总希望那些珠子属于自己。

不过那天真是过得很开心。她总会想起他们在大草原上走过的那段长长的路，想起在印第安人营地看到的一切。

第十五章　打摆子

黑莓熟了，炎热的下午，劳拉跟妈一起去摘黑莓。溪谷里的荆棘丛中挂满了一串串又大又黑、汁液饱满的浆果。有些在树荫里，有些在阳光下。阳光太毒热了，劳拉和妈就待在树荫里。浆果真多啊。

野鹿躺在阴凉的小树丛中，望着妈和劳拉。蓝鸫鸟绕着她们的草帽盘旋，好像因为她们把浆果摘走了所以在责怪她们。蛇匆匆地从她们身边爬走，树上的松鼠醒来了，朝她们叽叽喳喳地叫。在扎人的荆棘丛中，不管走到哪里都有一群群蚊子嗡嗡地飞起来。

成熟的大浆果上蚊子特别多，都在吮吸那甜蜜的浆汁。讨厌的是，它们不仅喜欢吃黑莓，还喜欢叮咬劳拉和妈。

劳拉的手指和嘴巴被浆果汁儿染成了紫黑色，脸上、手上和脚上布满了荆棘的划痕和蚊子叮的红包。她用手拍打蚊子，就把一个个紫色的巴掌印留在了身上。但是她们每天都把满满的一桶桶浆果拎回家，妈把它们摊在太阳底下晒干。

她们每天都敞开肚皮吃黑莓，到了冬天，还有黑莓干可以炖菜吃。

玛丽几乎不怎么出去摘黑莓。她比劳拉大一点儿，所以留在屋里照顾小宝宝卡瑞。白天屋里只有一两只蚊子，到了夜里，如果风不大，蚊子就成群成群地飞进来。在无风的夜晚，爸把一些湿草堆在房子和马厩周围闷烧。湿草燃烧时散发浓烟，可以驱散蚊子，可是仍然有许多蚊子飞进来。

爸晚上不能拉小提琴了，因为有那么多蚊子叮他。爱德华兹先生吃过晚饭也不来串门儿了，因为溪谷里的蚊子太多。马厩里帕特、帕蒂、小马驹儿、小牛犊儿和母牛整夜都在跺脚，甩尾巴。早晨，劳拉的额头上满是蚊子叮的小包。

“很快就会好起来的，”爸说，“秋天快要到了，只要寒风一吹，蚊子就都完蛋了！”

劳拉觉得不太舒服。有一天她在大太阳底下也浑身发冷，坐到火炉边也暖和不过来。

妈问她和玛丽怎么不出去玩耍，劳拉说她不想玩。她感到很累，身上疼。妈停住手里的活儿，问道：“哪儿疼？”

劳拉也说不清楚。她只是说：“就是疼嘛。我的腿疼。”

“我也疼。”玛丽说。

妈打量着她们，说她们看上去挺健康的。可是妈说肯定有什么地方不对头，不然她们不会这么安静。妈撩起劳拉的裙子和衬裙，看她的腿哪儿疼，突然劳拉浑身哆嗦起来。她哆嗦得那么厉害，连牙齿都在打战。

妈用手贴了贴劳拉的面颊。“你不可能冷，”妈说，“你的脸烫得像火一样。”

劳拉想哭，当然啦，她没有哭，只有小宝宝才会哭呢。“我现在不热，”她说，“我的后背疼。”

妈去叫爸，爸进来了。“查尔斯，快看看闺女们吧，”妈说，

“我认为她们肯定是病了。”

“是啊，我自己也觉得不太舒服。”爸说，“我先是浑身发热，然后浑身发冷，而且哪儿都疼。姑娘们，你们也是这种感觉吗？是不是骨头疼？”

玛丽和劳拉说她们正是这种感觉。妈和爸互相对视了很久，然后妈说：“姑娘们，你们应该上床躺着。”

大白天被打发上床，这感觉很奇怪，劳拉烧得很厉害，周围的一切看上去都飘忽不定。妈给她脱衣服时，她搂住妈的脖子，央求妈跟她说说她生了什么病。

“你不会有事的，别担心。”妈语气轻快地说。劳拉钻进被窝，妈给她掖好被角。躺在床上真舒服啊。妈用柔软、清凉的手抚摩她的额头，说：“好了，睡吧。”

劳拉躺了很长很长时间，她并没有睡着，但也没有真正清醒。迷迷糊糊中，一直有奇怪的事情在发生。她看见爸半夜蹲在炉火旁，突然阳光刺痛了她的眼睛，妈用勺子喂她喝肉汤。眼前的东西慢慢地越缩越小，越缩越小，缩得比什么都小，然后又慢慢地越变越大，越变越大，变得比什么都大。有两个人在说话，语速越来越快，然后一个慢悠悠的声音拖腔拖调，慢得让劳拉受不了。劳拉只听见说话声，却听不清在说什么。

躺在她旁边的玛丽也在发烧。玛丽把被子掀掉，劳拉哭喊起来，因为她浑身发冷。接着她又烧了起来，爸的手颤抖着端来一杯水，水洒在了劳拉的脖子上，铁皮杯嗒嗒地撞着她的牙齿，使她没法儿喝水。当妈来给劳拉盖被子时，妈的手摸在劳拉脸上也是滚烫的。

劳拉听见爸说：“上床躺着吧，卡罗琳。”

妈说:“你病得比我厉害，查尔斯。”

劳拉睁开眼睛，看见了灿烂的阳光。玛丽在哭，“我要喝水！我要喝水！我要喝水！”杰克在大床和小床之间来回地跑。劳拉看见爸躺在大床边的地板上。

杰克用爪子挠挠爸，哀哀地叫。它用牙齿叼住爸的袖子，使劲摇晃。爸的脑袋抬起一点儿，说道:“我必须起来，必须起来。还有卡罗琳和姑娘们呢。”说完脑袋往后一倒，又躺下不动了。杰克抬起鼻子，汪汪地叫。

劳拉挣扎着想起来，可是全身一点儿力气也没有。这时她看见妈烧得通红的脸从大床边探出来。玛丽一直在哭着要水喝。妈看看玛丽，又看看劳拉，轻声地说:“劳拉，你行吗？”

“可以，妈。”劳拉说。这次她终于下了床，可是站起来的时候感到地板在摇晃，她扑通摔倒了。杰克一遍遍地用舌头舔她的脸，哆嗦着身体，哀哀地叫。可是当劳拉抓住它，挣扎着靠坐在它身上时，它稳稳地站住不动。

劳拉知道她必须弄点儿水来，止住玛丽的哭喊。她在地板上一直爬到水桶那儿。桶里只有一点儿水了。劳拉冷得一个劲儿发抖，几乎拿不住长柄勺。但她还是用力抓住勺子，舀了一点儿水，开始往回爬，感觉距离那么遥远。杰克一直陪在她身边。

玛丽没有睁开眼睛。她双手捧住长柄勺，把里面的水全喝光了，然后她就不哭了，勺子掉在地上。劳拉钻进被子里，过了很长时间，身体才又暖和过来。

劳拉有时听见杰克在哭泣。有时杰克发出号叫，让劳拉以为它是一只狼，但她并不害怕。劳拉发着高烧躺在那里，听杰克号叫。她又听见许多声音在说话，还有那个很慢的声音在拖腔拖调。

她睁开眼睛，看见一张又大又黑的脸凑在她面前。

这张脸黑得像煤，黑得发亮，一双眼睛又黑又温柔，厚厚的大嘴唇里，牙齿白得耀眼。这张脸露出微笑，一个低沉的声音温和地说："小姑娘，把这个喝了。"

一只胳膊托着她的肩膀，一只黑色的手把杯子举到她嘴边。劳拉咽下一口苦苦的东西，想把脑袋转开，可是杯子追着她的嘴不放。那个低沉、淳厚的声音又说："把它喝掉，你就会好了。"于是劳拉就把苦药都喝了下去。

她醒来时，一个胖女人在捅火。劳拉仔细看看她，发现她不是黑人，她像妈一样被太阳晒黑了。

"对不起，我想喝水。"劳拉说。

胖女人立刻把水端来了。凉凉的清水使劳拉觉得好受了一些，她看看睡在旁边的玛丽，又看看睡在大床上的爸和妈。杰克躺在地板上半睡半醒。劳拉看着那个胖女人，问道："你是谁？"

"我是司各特太太。"女人笑眯眯地说，"那么，你觉得好些了，是吗？"

"是的，谢谢你。"劳拉很有礼貌地说。胖女人给她端来一杯热腾腾的草原鸡汤。

"乖，快把它喝了吧。"女人说。劳拉把鲜美的鸡汤喝得一滴不剩。"现在睡吧。"司各特太太说，"这里由我照应，直到你们都好起来。"

第二天早晨，劳拉觉得好多了，就想起床，可是司各特太太说她必须躺在床上等大夫过来。劳拉躺在那里，看着司各特太太打扫屋子，喂爸、妈和玛丽吃药。轮到劳拉吃药了，她张开嘴巴，司各特太太从纸包里把一种特别苦的药倒在劳拉舌头上。劳拉喝一口水，咽两下，再喝水。药粉可以咽下去，那种苦味儿却一直留在嘴里。

后来医生来了，是个黑人。劳拉以前从没见过黑人，怎么也不肯把眼睛从谭医生身上挪开。谭医生真黑啊，幸亏劳拉很喜欢他，不然肯定会害怕的。谭医生朝劳拉微笑，露出满嘴的白牙。他跟爸、妈说话，笑起来声音爽朗、欢快。他们都希望他多待一会儿，可是他时间很紧。

司各特太太说，溪谷上下的定居者都得了打摆子。健康人不够照顾病人的，所以她一直挨家挨户地干活儿，从早忙到晚。

“你们能活过来真是个奇迹，”她说，“一家子全都病倒了。”如果不是谭医生发现你们，真不知道会发生什么事。

谭医生是印第安人医生，他要去北面的独立城，路过爸的小屋。杰克真是反常；平常除非爸妈发话，它从不让陌生人靠近小屋，那天却主动上前迎接谭医生，恳求他进屋。

“结果你们都躺在这里，只剩一口气了。”司各特太太说。谭医生照顾了他们一天一夜，然后司各特太太就来了。现在谭医生在给所有生病的定居者治病。

司各特太太说，生病的人都是因为吃了西瓜。她说：“我说过一百次了，西瓜是……”

“什么？”爸兴奋地喊了起来，“谁有西瓜？”

司各特太太说，一个定居者在溪谷里种了西瓜。只要是吃了那些西瓜的人，都当场病倒了。她说她曾经警告过他们的，“可是，不听，”她说，“他们根本就不听，偏要吃那些西瓜，结果现在付出代价了。”

“我已经很长很长时间没有尝到一块美味的西瓜了。”爸说。

第二天爸起床了。又过了一天，劳拉也起来了，然后是妈，然后是玛丽。他们都很消瘦，走路不稳，但可以自己照顾自己了。于是司各特太太就回家了。

妈说不知道怎样感谢她，司各特太太说："别说这个！邻居不就应该互相帮助吗？"

爸面颊塌陷，走路慢吞吞的。妈经常坐下来休息。劳拉和玛丽没有精神玩耍。每天早晨，他们都要吃那种很苦的药粉。但是妈脸上仍然挂着甜美的笑容，爸快活地吹着口哨。

"再坏的事情，都有好的一面。"爸说。他不能出去干活儿，就可以给妈做摇椅了。

他从溪谷弄来一些细长的柳条，在屋里做椅子。他随时可以停下手，往炉子里添柴火，或帮妈拎水壶。

爸先做了四条粗粗的椅腿，用横档把它们牢牢固定住。然后割下柳树上面的那层又薄又结实的皮，把它们编织起来，做成椅子的座。

爸把一根又长又直的树枝从中间劈开，用木钉把其中一半树枝的一头儿钉在座侧面，然后把树枝弯上去，弯成一个弧度，另一头儿在椅座的另一侧弯下来钉住，就形成了高高的弧形椅背。爸把椅背牢牢固定，用细细的柳藤纵横编织，填满椅背中部。

爸用另一半树枝做成椅子的扶手。他把树枝从椅座前面弯到椅背上，用交织的柳藤把中间填满。

最后爸把一根长成弧形的大柳枝劈开。他把椅子翻转过来，把弯枝钉在椅腿上，做成了弧形弯脚。这样椅子就算完成了。

全家搞了个庆祝仪式。妈脱掉围裙，把柔顺的头发梳得更加柔顺。她把那枚金胸针别在领子前面。玛丽把那串珠链戴在卡瑞的脖子上。爸和劳拉把玛丽的枕头放在椅座上，把劳拉的枕头靠着椅背。爸把小床的被子铺在两个枕头上。然后，爸牵着妈的手，领她坐到椅子上，再把小宝宝卡瑞放进她怀里。

妈靠在松软的椅子里，清瘦的面颊上泛起红晕，眼里闪烁着泪光，她的笑容那么美丽。椅子轻轻摇晃着，她说："哦，查尔斯，我不记得什么时候这么舒服过。"

爸拿出小提琴，在火光里给妈拉琴、唱歌。妈轻轻摇晃着，小宝宝卡瑞进入了梦乡。玛丽和劳拉坐在板凳上，心里美滋滋的。

就在第二天，爸骑着帕蒂走了，也没说要去哪里。妈一直在纳闷儿他上哪儿去了。爸回来的时候，面前的马鞍上放着一个大西瓜。

他简直没力气把西瓜搬进屋子。他让西瓜落在地板上，自己一屁股坐在旁边。

"我还以为肯定搬不进来呢，"他说，"肯定有四十磅重，而我全身像水一样没有力气。快把切肉刀拿给我。"

"可是，查尔斯！"妈说，"你不能。司各特太太说——"

爸又发出他那种爽朗的大笑。"那都是胡说八道，"他说，"这是一个好西瓜，吃它怎么会得打摆子呢？谁都知道得打摆子是因为吸了夜晚的寒气。"

"这个西瓜是在夜晚的寒气里长大的。"妈说。

"胡扯！"爸说，"快把刀给我。即使知道它会让我发冷、发烧，我也要吃这个西瓜。"

"我相信你会的。"妈说，把刀递给了他。

刀插进西瓜，发出一声甜美的脆响。绿色的瓜皮裂开，露出鲜红色的瓜瓤，黑黑的瓜子点缀其间。红瓤的中央好像结着白霜。

天气这么热，没有什么东西比这个西瓜更诱人的了。

妈不肯尝，也不让劳拉和玛丽吃一口。爸吃了一片又一片，一片又一片，最后叹了口气，说只能把剩下的给母牛吃了。

第二天，爸有点儿发冷和发热。妈怪他不该吃西瓜。可是又过了一天，妈也有点儿发冷和发热。所以，谁也不知道究竟是什么导致了他们得打摆子。

那些日子，人们不知道打摆子就是疟疾，有些蚊子叮人的时候，就把这种病传给了人。

第十六章　烟囱着火

大草原变了，变成了深黄色，近乎褐色，这点缀着一道道红色的毒漆树。风在枯干的草丛中呼啸，在短而弯曲的野牛草间悲哀地低语。夜里，风声听上去像一个人在哭泣。

爸又说这是一个奇妙的地方。在大森林里的时候，爸要把草割下来，晒干，码垛，存放在牲口棚里，准备过冬用。而在这里的大草原上，野草不用割下来，太阳就把它们晒干了。整个冬天野马和母牛都能自己去吃干草。爸只需要储存一个小草垛，在暴风雪的天气使用。

天气越来越凉，爸准备到镇上去了。夏天太热，他不能去，帕特和帕蒂会被太阳烤坏的。马车一天要走二十英里，两天才能走到镇上。爸希望离开家的时间越短越好。

爸在牲口棚旁边堆了一个小草垛。他劈好过冬用的木柴，用一根长绳子绑好放在墙根。现在只需要给家里留下足够的肉，于是他背上枪出去打猎了。

劳拉和玛丽在屋外的风中玩耍。她们听见小溪边的树林里传来了枪声，便知道爸打到了野味。

风寒了，溪谷里到处都是成群的野鸭，扑啦啦地飞起来，盘旋一阵又落下。排成V字形长队的野鹅从小溪里飞起，去遥远的南方过冬。飞在最前面的首领对后面的野鹅喊道：“嘎！”队伍里的野鹅一只接一只地回答，“嘎！”“嘎！”“嘎！”首领大叫一声“嘎！”后面的野鹅又叫着回答：“嘎——嘎！嘎——嘎！”首领拍打着强壮的翅膀飞向南方，V字形的长队整整齐齐地跟在后面。

小溪边的树梢也变了颜色。橡树变成了红色、黄色、褐色和绿色。杨树、梧桐树和胡桃树金灿灿的。天空也不那么蓝得耀眼了，风很硬。

那天下午，狂风呼啸，天变得很冷。妈把玛丽和劳拉叫进屋里。她生起炉火，把摇椅拖过来靠近壁炉，坐在那里摇晃小宝宝卡瑞，嘴里轻轻哼唱着：

看啊，小小的白颈雀，
爸爸出门去打猎，
打回一张野兔皮，
裹住小小的白颈雀。

劳拉听见烟囱里有噼噼啪啪的声音。妈停止唱歌，探身朝烟囱上面望。然后妈轻轻地站起来，把卡瑞放进玛丽怀里，把玛丽推到摇椅里坐下，便匆匆走出屋门。劳拉也跑着跟了出去。

整个烟囱顶部都在燃烧。砌烟囱的树枝着火了。火苗在风中呼呼直冒，舔向毫无防备的屋顶。妈抓起一根长杆子去捅熊熊的火焰，那些燃烧的树枝纷纷落在她身边。

劳拉不知道怎么办才好。她也抓起一根长杆子，可是妈叫她躲开。风助火势，那场面太可怕了，能把整个小屋都烧成灰烬，而劳拉却束手无策。

她跑进屋里。燃烧的树枝和煤块扑啦啦地从烟囱掉下来，滚到炉子外面的地上。满屋都是浓烟。一根燃烧的大树枝滚到了玛丽裙子底下的地板上。玛丽动弹不得，她吓坏了。

劳拉吓得脑子发木。她抓住沉甸甸的摇椅的椅背，用吃奶的力气往后拉。坐在椅子里的玛丽和卡瑞随着椅子在地板上往后滑了一段。劳拉又抓起那根燃烧的树枝，扔进壁炉，这时妈正好进来了。

“真是好孩子，劳拉，还记得我告诉过你的话，千万不能让火落到地板上。”妈说。她拎起水桶，不出声地迅速把水泼在壁炉的火上，滚滚的水蒸气冒了出来。

然后妈说：“烧到手了吗？”她看着劳拉的双手，还好，没有烧到，因为劳拉飞快地把树枝扔掉了。

劳拉并没有真哭。她已经长大，不能哭了。只是两只眼睛里都有一滴眼泪流出来，而且嗓子哽住了，那不叫哭。她把脸埋在妈的怀里，紧紧地抱住妈。谢天谢地，火没有把妈烧伤。

“别哭，劳拉。”妈抚摸着她的头发说，“你当时害怕吗？”

“害怕。”劳拉说，“我害怕玛丽和卡瑞会被烧死，害怕屋子会着火，那样我们就没有屋子了。我这会儿……这会儿还在害怕！”

玛丽现在能说话了，她告诉妈劳拉怎么把椅子从火边拉开。劳拉那么小，椅子那么大，而且里面还坐着玛丽和卡瑞，重得要命。妈感到很吃惊，她说真不知道劳拉是怎么做到的。

“你是个勇敢的小姑娘，劳拉。”妈说。其实劳拉当时心里害怕极了。

“没有造成什么损失，”妈说，“房子没有烧着，玛丽的裙子也没有着起火来，她和卡瑞没有被烧伤。一切都没事。”

爸回家时，发现火灭了。大风在烟囱底部的石头上吹口哨，屋里很冷。爸说他要用青树枝和新鲜的泥土把烟囱修好，涂抹得结结实实，让它再也不会起火。

爸带回来四只肥嘟嘟的鸭子，他说要打可以打死几百只，但四只足够一家人吃了。爸对妈说：“你把我们吃的鸭子和鹅的羽毛都留着，我要给你做一床羽绒被子。”

当然啦，爸也可以打一只鹿的，但天气还不够冷，不能把肉冻起来防止变质。爸还找到了一群野火鸡栖息的地方。“我们感恩节和圣诞节的火鸡有了，”他说，“又大又肥的火鸡，到时候我就去打。”

妈收拾鸭子的时候，爸吹着口哨拌泥浆，割青树枝，把烟囱又砌了起来。接着，火苗愉快地噼啪作响，上面烤着一只肥嘟嘟的鸭子，烘着玉米饼。家里又充满了温馨和舒适。

吃过晚饭，爸说他觉得最好第二天一早就出发去镇上。“还是尽早去把这件事办了吧。”他说。

“是的，查尔斯，你还是去一趟吧。”妈说。

“其实不去我们也能过得很好，”爸说，“没必要为了一点儿小事就动不动往镇上跑。司各特在路易安那州种的烟草不如我以前抽的好，但也没问题。我明年夏天自己种一些还给他。真后悔向爱德华兹借那些钉子。”

“但你还是借了，查尔斯。”妈回答道，“至于烟草，你和我都不愿再借了。我们的奎宁①也不多了。我一直省着用玉米面，现在

① 一种抗疟疾的药。

也差不多快用光了，糖也是。你虽然可以找到蜂蜜，但据我所知，这里的树上可不结玉米面，而我们要到明年才能种庄稼。吃了这么多野味，来点儿腌猪肉也会很美味的。还有，查尔斯，我想给威斯康星的亲戚们写信。如果现在把信寄出去，他们今年冬天就能写回信，我们开春时就能得到他们的消息了。”

“你说得对，卡罗琳。你总是对的。”爸说。然后他转向玛丽和劳拉，说她们该上床了。如果他明天一大早出发，今晚最好早点儿睡觉。

爸脱掉靴子，玛丽和劳拉换上睡衣。她们上床后，爸却拿来他的小提琴，一边轻轻拉琴，一边轻声唱道：

月桂绿油油，
芸香绿葱葱，
分别在眼前，
难舍心上人。

妈朝爸转过身，笑了。“路上照顾好自己，查尔斯，别为我们担心。”妈对爸说，“我们会好好的。”

第十七章　爸去镇上

天还没亮，爸就出发了。劳拉和玛丽醒来时，爸已经走了，到处都显得空荡荡、冷清清的。这跟爸出去打猎感觉不一样，他是到镇上去，要过整整四天才能回来。

小马驹儿——小兔被关在马厩里，不能跟妈妈一起去。这趟路途对小马驹儿来说太遥远了。小兔孤单地哀叫着。劳拉和玛丽陪妈待在屋里。爸不在家，屋外太辽阔、太空旷，她们不敢在外面玩。杰克也烦躁不安，提高了警惕。

中午，劳拉跟妈一起去喂小兔饮水，并把拴母牛的桩子移到没啃过的草地上。母牛现在已经很温顺了，妈走到哪里就跟到哪里，还让妈给它挤奶。

挤奶的时间到了，妈戴上草帽，突然，杰克脖子后面的毛都竖了起来，它一下子冲出屋去。她们听见一声大喊，接着一阵纷乱，有人叫道："叫你们的狗走开！叫你们的狗走开！"

爱德华兹先生爬到了柴堆上，杰克正要爬上去追他。

"它把我赶上来了。"爱德华兹先生说。他在柴堆上往后退。妈简直没法儿让杰克走开。它凶狠地龇牙咧嘴，眼睛瞪得通红。最后杰克不得不允许爱德华兹先生从柴堆下来，但一直警惕地盯着他。

妈说："天哪，它好像知道英格尔斯先生不在家。"

爱德华兹先生说，狗知道的事情超过了大多数人的想象。

爸早晨去镇上的路上，到爱德华兹先生家去了一趟，请他每天过来看看是否一切都好。爱德华兹先生这个邻居真不错，在晚上干杂活儿的时候来了，想帮妈干活儿。可是杰克打定主意，爸不在的时候，除了妈任何人都不能靠近母牛或小马驹儿。爱德华兹先生干活儿的时候，杰克只能被关在屋里。

爱德华兹先生离开的时候对妈说："今晚把狗放在屋里，你们就会很安全。"

夜幕渐渐笼罩在小屋周围。风凄厉地呼号着，猫头鹰叫道："喔——喔——喔。"一只孤狼在嚎叫，杰克喉咙里发出低吼。玛丽和劳拉靠近妈坐在火光里。她们知道待在屋里很安全，因为有杰克，而且妈把拴锁带拉了进来。

第二天跟前一天同样冷清。杰克在马厩周围走一圈，在屋子周围走一圈，然后又绕着马厩周围走一圈，绕着屋子走一圈。它根本顾不上理睬劳拉。

那天下午，司各特太太过来看妈。有客人的时候，劳拉和玛丽都很有礼貌地坐着，像小老鼠一样安静。司各特太太赞赏了爸新做的那把摇椅。她坐在上面越摇越喜欢，连声夸赞小屋多么整齐、舒服、漂亮。

她说，看在上帝的分上，千万别跟印第安人有什么麻烦。司各特先生听到一些不好的传闻。司各特太太说："大地知道，印第安人永远不会对这片土地做什么，他们只是像野兽一样到处流浪。不管有没有契约，土地都属于在上面耕作的人，这才符合常识，这才公正。"

她不知道政府为什么要跟印第安人签订契约。印第安人没有一个好东西。她一想到印第安人就全身发冷。她说："我永远忘不掉明尼苏达大屠杀。我爸和我的几个兄弟跟其他定居者一起出征，在我们西边十五英里的地方才把他们拦住。我经常听我爸说印第安人……"

妈嗓子里发出一种突兀的声音，司各特太太就停住了。不管是什么样的大屠杀，大人们都不应该当着小姑娘的面谈论。

司各特太太走后，劳拉问妈什么是大屠杀。妈说她现在没法儿解释，等劳拉长大了就会明白。

那天傍晚，爱德华兹先生又来干杂活儿，杰克又把他赶到了柴堆上。妈把杰克拖走了。妈对爱德华兹先生说，她也不明白这条狗是着了什么魔，也许是大风让它感到不安。

风中夹杂着一种奇怪的呼啸，寒意直钻进劳拉的衣服里，就好像她没穿衣服似的。她和玛丽往屋里抱柴火时，冻得牙齿直打战。

那天夜里，她们想着在独立城的爸。如果没有什么事情耽误的话，爸现在应该在镇上了，在靠近房屋和人群的地方过夜。明天他就会在商店里买东西，然后如果动身得早，他就能往回赶一阵儿，明天夜里在大草原上过夜，后天夜里就能到家了。

早晨风刮得很猛，天气冷极了。妈让屋门一直关着。劳拉和玛丽坐在火边，听着风在房子周围号叫，在烟囱里嘶吼。那天下午，她们猜想爸是不是已经离开独立城，正顶着狂风往家赶呢。

天黑下来后，她们又猜想爸在哪里过夜。风寒冷刺骨，甚至钻进了舒适的小屋。她们的脸被炉火烤得热乎乎的，后背却冷得要命。在黑暗、苍茫、孤寂的大草原上，爸就在这样的狂风里过夜。

接下来的一天非常漫长，她们知道上午爸不会回来，就耐心地等到爸可能回来的时候。下午她们开始盯着通往小溪的路，杰克也朝那里看。它闹着要出去，然后在马厩和小屋周围走来走去，停下来朝溪谷的方向张望，露出嘴里的牙齿。风吹得它几乎站都站不稳。

进屋之后它也不肯躺下，不停地走来走去，坐立不安。它脖子后面的毛竖起来、趴下去，又竖起来。它想朝窗外看，又冲着门汪汪叫。可是当妈把门打开时，它又改变主意，不肯出去了。

“杰克在害怕什么东西。”妈说。

“杰克从来什么都不怕！”劳拉反驳道。

“劳拉，劳拉，”妈说，“顶嘴是不好的。”

一分钟后，杰克又决定出去。它去查看母牛、小牛犊儿、小马驹儿是否都安全地待在马厩里。劳拉真想对妈说：“我怎么说来着！”她很想说，但没有说。

傍晚干杂活儿的时候，妈把杰克关在屋里，这样它就不会把爱德华兹先生撵到柴堆上去了。爸还没有回来。风把爱德华兹先生吹进了门，他气喘吁吁，浑身都冻僵了。他先在炉边烤了烤火，才去干活儿，干完活儿后，又坐下来烤火。

他告诉妈，印第安人正在悬崖底下安营扎寨。他穿过溪谷时看见了他们篝火的烟。他问妈有没有枪。

妈说她有爸的手枪，爱德华兹先生说：“在这样的夜晚，我估计他们不会离开营地。”

“是啊。”妈说。

爱德华兹先生说，如果妈需要，他可以在马厩里过夜，睡在干草堆里也很舒服。妈对他表示感谢，说不能给他添这么多麻烦，家里有杰克就很安全了。

“英格尔斯先生随时都会回来的。”妈对他说。于是爱德华兹先生穿上大衣，戴上帽子、围巾和手套，拿起他的枪告辞了。他说他也认为妈不会遇到什么麻烦的。

“是啊。”妈说。

爱德华兹先生走后，虽然天还没黑，妈就把门关好，把拴锁带拉了进来。劳拉和玛丽还能清清楚楚地看到那条通往小溪的路，她们一直望啊望，直到夜色把它笼罩。然后妈闩上窗板。爸还没有回来。

她们吃了晚饭，洗了碗碟，把壁炉前面扫干净，爸还是没有回来。爸置身于茫茫黑夜中，狂风哭号、惨叫、咆哮。它摇晃着门闩，摇晃着窗板。它在烟囱里发出凄厉的尖叫，火苗呼呼地腾起老高。

劳拉和玛丽一直竖着耳朵，捕捉马车车轮的声音。她们知道妈也在听，虽然她哼着歌儿，摇晃着哄卡瑞睡觉。

卡瑞睡着了，妈继续摇晃。最后妈给卡瑞脱去衣服，把她放在床上。劳拉和玛丽互相看着，她们不想睡觉。

“该上床了，姑娘们！”妈说。劳拉恳求让她们坐在那里等爸回来，玛丽也跟着央求，妈同意了。

她们坐了很长很长时间。玛丽打了个哈欠，劳拉打了个哈欠，然后两人同时打了个哈欠。但她们一直把眼睛睁得大大的。劳拉眼前的东西变得很大，又变得很小，有时看见两个玛丽，有时什么也看不见，但是她一定要坐着等爸回来。突然一声可怕的巨响吓了她一跳，妈把她抱了起来。原来她从板凳上掉下，摔在了地板上。

她想告诉妈，她其实不困，不需要上床睡觉，可是一个巨大的哈欠差点儿把她的脑袋劈成两半。

半夜里，劳拉突然坐了起来。妈一动不动地坐在火边的摇椅里。门闩咔嗒嗒地响，窗板在摇晃，风在咆哮。玛丽睁着眼睛，杰克在屋里走来走去。随后劳拉又听见了狂野的号叫，那声音响起来，低下去，又响起来。

“躺下，劳拉，快睡觉。”妈温和地说。

“那是什么叫声？”劳拉问。

“是风在叫。”妈说，“好了，听话，劳拉。”

劳拉躺下了，但眼睛不肯闭上。她知道爸在外面的黑夜里，就在那可怕的号叫声发出的地方。野人在溪谷的悬崖底下，而爸要摸黑穿过那道溪谷。杰克汪汪叫。

然后，妈又坐在舒服的摇椅里微微摇晃。火光一闪一闪地照着她腿上爸的那把手枪。妈用甜美的声音轻轻唱道：

有一片幸福的土地，
在遥远遥远的地方，
那里的圣徒满心喜悦，
如同白昼一般辉煌。

哦，听天使们在歌唱，
荣耀属于上帝，我们的王——

劳拉不知道自己已经睡着了。她以为那些灿烂的天使开始跟妈一起歌唱，她躺在那里聆听她们圣洁的歌声，突然她睁开眼睛，看见爸站在火边。

劳拉立刻从床上跳下来，喊道："哦，爸！爸！"

爸的靴子上有一层冻硬了的泥浆，他的鼻子也冻红了，头发乱糟糟地支棱在头上。爸身上真冷啊，劳拉扑向爸时，那股寒意渗透了她的睡衣。

"等等。"爸说。他用妈的大披肩把劳拉裹起来，紧紧搂着。现在一切都好了。小屋温暖舒适，火光暖融融的，还有醇厚温馨的咖啡味儿，妈在微笑，爸回家了。

大披肩真大啊，玛丽把披肩的一头儿裹在自己身上。爸脱掉硬邦邦的靴子，烘烤他冻得硬邦邦的双手。然后他坐在板凳上，把玛丽抱到一条腿上，把劳拉抱到另一条腿上，把裹在大披肩里的她们紧紧搂住。她们的光脚丫被温暖的炉火烘烤着。

"啊！"爸说，"我还以为永远回不来了呢。"

妈翻看着爸买回来的东西，用勺子把红糖舀进一个铁皮杯里。爸在独立城买了糖。"你的咖啡很快就好了，查尔斯。"妈说。

"我出了独立城就开始下雨了。"爸告诉她们，"回来的路上，泥浆冻在了轮子的辐条之间，后来整个车轮都封住了。我只好从车上下来，把泥浆捣掉，马才能拉得动马车。可是没走几步又得下车去捣泥浆，只有这样才能让帕特和帕蒂顶风往前走。它们都累坏了，脚步踉踉跄跄的。我从来没见过这么厉害的风，像刀子一样。"

他在镇上的时候就起风了。人们对他说最好等风停了再走，可是他归心似箭。

"我真弄不懂，"他说，"为什么他们管南风叫北风？为什么从南边刮来的风会这么冷？我从没见过这样的风。在这片土地上，吹到北边来的南风是我听说过的最冷的风。”

爸喝了咖啡，用手帕擦了擦胡子，说：“啊！这正是我需要的，卡罗琳！现在我开始解冻了。”

然后他两眼亮晶晶地看着妈，叫妈打开桌上那个四四方方的包裹。“小心点儿，”他说，“别掉在地上。”

妈把包裹打开一半，停住手说道：“哦，查尔斯！不会吧！”

“打开吧。”爸说。

方方正正的包裹里是八块方方正正的窗玻璃。家里的小屋有玻璃窗了。

玻璃一块也没有碎。这么远的路，爸把它们安全地运回了家。妈摇摇头，说爸不该花这么多钱，可是妈的脸上乐开了花，爸也开心地哈哈大笑。全家人都高兴极了。整个冬天他们都能尽情地往窗外望，外面的阳光也能洒进来。

爸说他认为妈、玛丽和劳拉会喜欢玻璃窗超过任何其他的礼物。爸是对的，确实如此。而且爸不只给她们带回了玻璃，还有满满一小纸袋纯白糖。妈打开纸袋，玛丽和劳拉看着美丽的亮晶晶的糖，每人尝了一小勺。然后妈就把它小心地捆扎起来，他们有白糖可以招待客人了。

最棒的是，爸安全回家了。

劳拉和玛丽回到床上，感觉全身舒坦。只要爸在，一切都好了。现在有了铁钉、玉米面、猪油、盐，什么都有了，爸可以很长时间不用再到镇上去了。

第十八章　高个子印第安人

这股北风在大草原上狂吼、尖叫了整整三天，才慢慢停息。现在阳光明媚，微风习习，但是空气里已然有了一种秋天的感觉。

印第安人骑马经过小屋近旁的那条小路，他们来来往往，就好像小屋不存在似的。

他们瘦瘦的、皮肤黧黑，赤裸着身体骑在小矮马上，没有马鞍也没有笼头。他们直挺挺地坐在矮马赤裸的背上，从不东张西望，但是他们的黑眼睛却闪闪发亮。

劳拉和玛丽靠在墙边，抬头望着印第安人，看见他们红褐色的皮肤在蔚蓝天空的衬托下格外醒目，头顶上的头发用彩色带子绑着，羽毛微微颤动。印第安人的脸就像爸给妈做托架用的那种红褐色木头。

“我本来以为那是一条很老的小路，他们不再使用了。”爸说，“如果知道它是大马路，我绝不会把房子盖得离它这么近。”

杰克不喜欢印第安人，妈说这不能怪它。妈说：“真是的，这里的印第安人越来越多，我一抬眼就能看见一个。”

她说着抬头一看，眼前果然站着一个印第安人。印第安人就站在门口看着他们，虽然他们一点儿声音也没听见。

“天哪！”妈惊呼道。

杰克不声不吭地扑向印第安人。爸及时地一把抓住它的项圈。印第安人没有动。他一动不动地站着，似乎杰克压根儿就不存在。

“好！”他对爸说。

爸抓住杰克，回答道：“好！”他把杰克拖到床柱上牢牢绑住。他这么做的时候，印第安人走进屋，坐在火边。

爸在印第安人身边坐下来，他们友好地坐在一起，但没有说一句话，妈把午饭做好了。

劳拉和玛丽默默地坐在墙角的小床上，互相挨得很近。她们的眼睛一直盯着印第安人。印第安人一动不动，头顶上那根漂亮的老鹰羽毛也是静止的，只有赤裸的胸膛和肋骨下的肌肉随着呼吸微微起伏。他裹着带流苏的皮绑腿，鹿皮鞋上缀满了珠子。

妈把午饭盛在两个锡皮盘子里端给爸和印第安人，他们不出声地吃着。然后爸给了印第安人一些烟草。他们装满烟斗，用火里的煤块点燃烟草，默默地把烟斗抽空。

这期间没有人说话。抽完烟后，印第安人对爸说了句什么，爸摇摇头，说：“不说话。”

他们又默默地坐了一会儿。然后印第安人站起身，一声不响地走了。

“谢天谢地！”妈说。

劳拉和玛丽跑到窗口，看见印第安人骑着一匹矮马远去的直挺挺的后背。他膝盖上架着一杆长枪，两端从身子两边伸出来。

爸说这个印第安人可不是普通老百姓，从他头顶上的那束头发看，爸猜他是个奥萨格部落的人。

“如果我没有猜错的话，”爸说，“他说的是法语。真希望我能听懂几句那种话。”

“印第安人别来妨碍我们，”妈说，“我们也不会去妨碍他们。我不喜欢印第安人在周围碍手碍脚。”

爸叫妈不要担心。

“那个印第安部落是相当友好的，”爸说，“他们在悬崖下面的营地也非常平静。只要我们善待他们，看住杰克，就不会有什么麻烦。”

就在第二天，爸开门去马厩的时候，劳拉看见杰克站在印第安人的小路上。杰克站着不动，龇牙咧嘴，背上的毛都竖了起来。它面前的小路上，有一个骑着矮马的高个子印第安人。

印第安人和矮马几乎完全静止。杰克的样子清清楚楚地告诉他们，如果敢动一动，它就会扑上去。只有印第安人头顶上的老鹰羽毛在风中飘舞着。

印第安人看见爸，举起枪来瞄准杰克。

劳拉向门口跑去，爸比她动作更快。爸冲过去挡在杰克和那杆枪之间，弯腰抓住项圈把杰克拎了起来。他把杰克从印第安人面前带走，印第安人骑着马继续顺着小路往前走。

爸叉开双脚站着，手插在口袋里，注视着印第安人在大草原上渐行渐远。

“真是好悬啊！”爸说，“唉，那是他的路，是印第安人的路，早在我们来之前就是了。”

爸在墙的木头上钉了一根铁链，用它拴住杰克。从那以后，杰克就一直被拴着了。白天拴在家里，夜里拴在马厩门上，因为现在这片地方有盗马贼了，他们偷走了爱德华兹先生的马。

杰克因为被拴着，脾气变得越来越坏。它不肯承认那条小路是印第安人的，它认为小路属于爸。劳拉知道如果杰克伤害了一个印第安人，他们就会大祸临头。

冬天到来了。灰蒙蒙的天空下，草也变得灰暗无光。风凄厉地哀号着，似乎在寻找它们不可能找到的东西。野兽们换上了冬天厚厚的皮毛，爸在溪谷里放置了捕兽夹。他每天都去检查捕兽夹，每天都去打猎。现在夜里寒冷刺骨，爸打了鹿肉来吃。爸打狼和狐狸取它们的皮毛，那些捕兽夹逮住了河狸、麝鼠和水貂。

爸把这些皮毛摊在屋外，仔细地钉好、晾干。夜里他用双手把晾干的皮毛揉搓得松松软软，放在墙角那堆皮毛里。那堆皮毛每天都在增加。

劳拉喜欢抚摩红狐狸浓密的皮毛。她还喜欢河狸柔软的褐色皮毛，以及浓密的狼毛。但是她最喜欢的是丝绸般的水貂皮。爸把所有这些皮毛都存着，开春到独立城去换东西。劳拉和玛丽戴上了兔皮帽，爸的帽子是麝鼠皮做的。

有一天，爸出去打猎，两个印第安人来了，他们大摇大摆地走进屋子，因为杰克被拴住了。

这两个印第安人浑身脏兮兮的，满脸阴沉，看上去脾气很不好。看他们的样子，就好像这屋子是他们的。他们一个看看妈的碗柜，把玉米面都拿走了；另一个拿走了爸的烟草包。他们看了看爸架枪的大木钉，然后其中一个抱起了那堆皮毛。

妈抱着小宝宝卡瑞，玛丽和劳拉站在她身边。她们看着那个印第安人拿走爸的皮毛却没有办法阻止他。

印第安人把皮毛抱到门口，另一个印第安人对他说了些什么。他们用嗓子里发出的粗哑声音交谈了几句后，他扔下了那堆皮毛，然后两人一起离开了。

妈坐了下来，紧紧地搂住玛丽和劳拉，劳拉感觉到妈的心在怦怦地跳。

“还好，”妈笑微微地说，“他们没有把犁和种子拿走。”

劳拉听了很吃惊，问道：“哪来的犁呀？”

“明年我们用的犁和种子都靠那堆皮毛去换呢。”妈说。

爸回来后，她们告诉他那两个印第安人的事，爸神色凝重。但是他说还算万幸，有惊无险。

那天夜里，玛丽和劳拉躺在床上后，爸拉起了小提琴。妈抱着小宝宝卡瑞，坐在摇椅里摇晃，跟着小提琴的音乐，开始轻轻哼唱：

印第安女郎在旷野徜徉，
她是聪明的阿法拉塔，
蓝色的朱念答河
在她身边流淌。
我的箭结实粗壮，
插在我彩绘的箭囊，
我的小筏子轻盈敏捷，
顺着河水驶向前方。

我们的武士勇敢无畏，
阿法拉塔把他放在心上，
他头顶上灿烂的羽毛
在朱念答河骄傲地飘扬。
他用低柔的声音跟我说话，

他战斗的呐喊那么响亮，
雷鸣一般传到远方，
响彻了河谷山岗。

印第安女郎在歌唱，
她是聪明的阿法拉塔，
蓝色的朱念答河啊，
在那里静静流淌。
阿法拉塔的歌声流逝
如同那消逝的时光，
蓝色的朱念答河
仍在那里静静流淌。

妈的歌声和小提琴的琴声轻轻消失了。劳拉问道："妈，阿法拉塔的歌声到哪里去了？"

"天哪！"妈说，"你还没有睡着吗？"

"我这就睡。"劳拉说，"可是请告诉我，阿法拉塔的歌声去了哪里？"

"哦，我猜是往西去了，"妈回答道，"印第安人都那么做。"

"他们为什么要那么做，妈？"劳拉问，"他们为什么要往西去？"

"他们不得不去。"妈说。

"为什么不得不去？"

"是政府要他们去的，劳拉。"爸说，"好了，快睡觉吧。"

爸又轻轻拉了会儿小提琴。然后劳拉问道："求求你，爸，我能再问一个问题吗？"

“应该说‘可不可以’。”妈说。

劳拉重新说:“爸，求求你，我可不可以……”

“什么问题？”爸问。小姑娘打断别人的话是不礼貌的，但是当然啦，爸可以这么做。

“政府会让这些印第安人往西去吗？”

“会的。”爸说，“白人到一个地方定居，印第安人就必须离开。政府随时都会让这些印第安人迁到遥远的西部去。所以我们才会来这里，劳拉。白人要在这片地方定居，我们得到最好的土地，因为先来先挑。现在明白了吗？”

“明白了，爸。”劳拉说，“可是，爸，我本来以为这里是印第安人定居的地方。印第安人被逼着离开，他们不会生气吗……”

“不许再提问了，劳拉。”爸严厉地说，“快睡觉。”

第十九章　爱德华兹先生遇见圣诞老人

白天变得很短、很冷，风凄厉地呼啸着，但是没有下雪。寒雨一场接一场。每天都在下雨，雨点啪啪地打在屋顶上，从屋檐上落下来。

玛丽和劳拉坐在火边，一边听着外面哗哗的雨声，一边缝她们的九块补丁拼成的被子，或者用包装纸剪娃娃。每天夜里都冷极了，以为第二天会看到雪，可是到了早晨依然只看见肃杀的、湿漉漉的茅草。

她们把鼻子贴在爸安的玻璃窗上，庆幸能够看见外面。真希望能够看到雪啊。

劳拉心里着急，圣诞节就要到了，没有雪圣诞老人就不能驾着他的驯鹿出来。玛丽担心即使下了雪，圣诞老人也找不到她们，因为她们是在这么遥远的印第安人居住区。她们去问妈，妈说她也不知道。

“今天几号了？”她们急切地问妈，“离圣诞节还有几天？”她们扳着手指数日子，只剩下最后一天了。

那天早晨雨还在下。天空灰蒙蒙的，一丝亮光也没有。她们觉得肯定没法过圣诞节了，可是心里仍存着一线希望。

接近中午的时候，天色变了。乌云散开，云朵在清澈的蔚蓝色天空里白得耀眼。太阳出来了，鸟儿唱起歌来，成千上万的小水珠在草叶上晶莹闪烁。当妈打开门让清凉的空气进来时，她们听见小溪哗哗的流水声。

她们之前没有考虑到那条小溪，现在知道肯定过不了圣诞节了，因为圣诞老人不可能越过那条咆哮的小溪。

爸回来了，带来一只胖胖的大火鸡。爸说，如果它没有二十磅，他就把它连毛带骨头全吃了。他问劳拉，“这顿圣诞大餐怎么样？你觉得你能吃得了这样一只鸡腿吗？”

劳拉说没问题，她能吃得了，可是她的脸上没有笑容。玛丽问爸小溪的水位是不是下降了，爸说还在上涨。

妈说真是糟糕，她不愿意让爱德华兹先生在圣诞节孤零零地一个人做饭吃。他们已经邀请爱德华兹先生过来一起吃圣诞午餐，可是爸摇摇头，说现在要想蹚过那条小溪，简直是拿自己的生命当儿戏。

“不可能，”爸说，“水流太急了。我们只能认定爱德华兹先生明天不会来了。”

当然啦，这意味着圣诞老人也不会来了。

劳拉和玛丽尽量不往心里去。她们看妈收拾那只野火鸡，真是一只肥肥胖胖的大火鸡。妈说，她们是幸运的小姑娘，住在结实的小屋里，坐在温暖的炉火旁，还有这样一只火鸡做圣诞大餐。妈说的是实情。妈说真遗憾圣诞老人今年不能来了，但她们是很乖的小姑娘，圣诞老人不会忘记她们的，明年肯定会来。

她们还是不开心。

那天吃过晚饭，她们洗干净手和脸，扣上红色法兰绒睡衣的纽扣，系好睡帽的带子，神情严肃地念了祷词。她们在床上躺下来，盖好被子，感觉这一点儿也不像圣诞节。

爸和妈默默地坐在火边。过了一会儿，妈问爸为什么不拉小提琴，爸说："我觉得好像没有心情，卡罗琳。"

又过了一会儿，妈突然站了起来。

"姑娘们，我要把你们的长袜子挂起来，"妈说，"说不定会发生点儿什么事。"

劳拉的心欢跳起来，接着她又想起了那条小溪，知道什么事也不会发生。

妈分别拿出玛丽和劳拉的一只干净长袜，挂在壁炉架上，炉子两边各挂一只。劳拉和玛丽从被子上面注视着妈。

"好了，快睡觉吧。"妈吻了吻她们，"睡着了，明天就会来得更快。"

妈又在火边坐下来，劳拉迷迷糊糊地快睡着了。蒙眬中她听见爸说："你只是把事情弄得更糟了，卡罗琳。"接着似乎又听见妈说："不，查尔斯。还有白糖呢。"也许她是在做梦吧。

突然她听见杰克凶猛地狂吠起来。门闩咔啦啦地响，有人说道："英格尔斯！英格尔斯！"爸正在捅火，当他把门打开时，劳拉看到天已经亮了，屋外灰蒙蒙的。

"我的天哪，爱德华兹！快进来，伙计！出什么事了？"爸惊讶地喊道。

劳拉看见长袜软绵绵地耷拉着，便闭上眼睛，把脸埋在枕头里。她听见爸给炉子里添了木柴，还听见爱德华兹先生说他把衣服顶在头上，游过了小溪。他的牙齿打战，声音也在发抖。他说只要暖和过来就没事了。

“这太冒险了，爱德华兹。”爸说，“你来了我们很高兴，可是为了一顿圣诞大餐，冒这么大的风险不值得呀。”

“一定要让你们家小姑娘过一个圣诞节。”爱德华兹先生回答，“我从独立城把给她们的礼物带回来了，什么样的河水都别想挡住我。”

劳拉一下子从床上坐了起来。“你看见圣诞老人了？”她喊了起来。

“当然看见了。”爱德华兹先生说。

“在哪儿？什么时候？他长得什么样儿？他说什么了？他真的托你给我们带东西了？”玛丽和劳拉大声问。

“等等，等等！”爱德华兹先生大笑着说。接着妈说她要按照圣诞老人的意思，把礼物放在长筒袜里，还说她们都不许看。

爱德华兹先生走过来坐在小床边的地板上，回答了她们提出的每一个问题。她们很诚实，使劲儿忍着不去看妈，所以没有看清妈在做什么。

爱德华兹先生说，他看见溪水上涨，就知道圣诞老人肯定过不来了。“可是你过来了。”劳拉说。“是的，”爱德华兹先生回答，“但圣诞老人又老又胖。我这样一个细瘦精干的人能做到的事，他可做不到。”爱德华兹先生还分析说，既然圣诞老人过不了小溪，他到了独立城就不会再往南来了。为什么要在大草原上白白地跑四十英里再返回去呢？他当然不会那么做！

因此，爱德华兹先生就走到独立城去。“冒着雨吗？”玛丽问。爱德华兹先生说他穿了雨衣。结果他就在独立城的街上遇见了圣诞老人。“在大白天吗？”劳拉问。她没有想到大白天也能看见圣诞老人。“不是，”爱德华兹先生回答，“是晚上，但是酒吧里的灯光照到了街上。”

圣诞老人见到他的第一句话就是，“你好，爱德华兹！”“他认识你？”玛丽问。劳拉的问题是，“你怎么知道他真的是圣诞老人？”爱德华兹先生说圣诞老人认识每一个人。而他是从圣诞老人的胡子一眼认出来的。圣诞老人有着密西西比州西部最长、最密、最白的胡子。

圣诞老人说：“你好，爱德华兹！我上次看见你睡在田纳西州的一张玉米壳铺的床上。”爱德华兹先生清楚地记得那次圣诞老人给他留下的那双红色棉线手套。

然后圣诞老人说：“我知道你目前住在铜绿河边，你有没有在那儿附近碰到两个名叫玛丽和劳拉的小姑娘？”

“我跟她们很熟的。”爱德华兹先生回答。

“我心里一直放不下一件事。”圣诞老人说，“她们俩都是很乖、很漂亮、很懂事的小姑娘，我知道她们在等着我去。我真不愿意让这样两个懂事的小姑娘失望。可是溪水上涨得这样厉害，我不可能过得去。今年我没有办法去她们的小屋了。”圣诞老人说，“爱德华兹，这次你能帮我把她们的礼物捎给她们吗？”

“我非常乐意。”爱德华兹先生对他说。

于是圣诞老人和爱德华兹先生走向路边的拴马桩，驮包裹的骡子就拴在那里。“圣诞老人没有带着驯鹿吗？”劳拉问。“你知道他不能，”玛丽说，“因为没有下雪。”一点不错，爱德华兹先生说。圣诞老人在西南部是用骡子驮包裹的。

圣诞老人解开包裹，往里面看了看，拿出给玛丽和劳拉的礼物。

“哦，是什么呀？”劳拉喊道。玛丽却问：“然后他做了什么？”

然后圣诞老人跟爱德华兹先生握手，之后就翻身上了他那匹枣红色的骏马。圣诞老人身材肥胖、体态臃肿，骑马倒是一把好手。他把那一大把长长的白胡子塞到大手帕下面。“再会，爱德华兹。”他说完就吹着口哨，顺着道奇堡的那条小路骑走了，后面拖着那头骡子。

劳拉和玛丽沉默了一会儿，想着那场景。

这时妈说：“姑娘们，你们可以看了。”

劳拉的长袜子顶上有个东西闪闪发亮。她尖叫一声，从床上跳了下来。玛丽也一跃而起，可是劳拉比她先跑到壁炉前。那亮晶晶的东西是一个崭新的铁皮杯。

玛丽也有一个完全一样的铁皮杯。

这两个铁皮杯完全属于她们，现在她们有自己的杯子用了。劳拉乐得跳上跳下，又喊又笑；玛丽只是一动不动地站在那里，用亮闪闪的眼睛看着自己的铁皮杯。

她们又把手伸进长袜子。这次掏出来的是两根长长的糖棒，是薄荷味的糖，有红白相间的条纹。她们盯着糖棒看了又看。劳拉舔了一下自己的糖棒，只舔了一下。玛丽就没有这么贪嘴，她一口也没有舔。

长袜子里还有东西呢。玛丽和劳拉又掏出两个小包裹，打开一看，两个包裹里面都是一块心形的小蛋糕。精致的褐色表面洒着白色的糖霜。糖霜晶莹闪烁，看上去真像细细的雪粒。

蛋糕太漂亮了，玛丽和劳拉都舍不得吃，只是盯着它们看。最后劳拉把她的蛋糕翻过来，在底下不显眼的地方小心地啃了一点点。小蛋糕里面是白色的！

蛋糕是用纯白面粉做的，加了白糖。

劳拉和玛丽差点儿不再往长袜里看了。铁皮杯、蛋糕和糖棒已经太丰富了。她们高兴得说不出话来。可是妈问她们有没有弄清袜子里是否已经空了。

于是她们又把手伸进了长袜。

在两只袜子的脚尖部分，有一枚崭新的、闪闪发亮的一分钱硬币！

她们从没想过拥有一分钱是什么滋味。想想吧，完全属于自己的一分钱。想想吧，一个杯子、一块蛋糕、一根糖棒，再加上一分钱。

她们从来没有经历过这样的圣诞节。

当然啦，劳拉和玛丽应该马上感谢爱德华兹先生大老远地从独立城给她们带回这些漂亮的礼物。可是她们把爱德华兹先生完全忘记了，甚至把圣诞老人也忘记了。一分钟后她们肯定会想起来的，可是没等她们回过神来，妈就温和地说："你们不向爱德华兹先生表示感谢吗？"

"哦，谢谢你，爱德华兹先生！谢谢你！"她们说，这感谢是完全发自内心的。爸跟爱德华兹先生握了握手，又握了握手。爸、妈和爱德华兹先生好像都忍不住要哭的样子，劳拉不明白是为什么。于是她又去端详那些美丽的礼物了。

她突然听见妈抽了口冷气，抬头一看，爱德华兹先生正从口袋里掏出土豆来。他说他游过小溪时，土豆装在口袋里可以保持平衡。他想爸和妈也许会喜欢土豆，跟圣诞节火鸡配在一起。

一共有九个土豆，也是爱德华兹先生大老远地从镇上带回来的。这份礼太重了。"实在太重了，爱德华兹。"爸说。他们怎么感谢他都不够。

玛丽和劳拉太兴奋了，吃不下早饭。她们用亮晶晶的新杯子喝了牛奶，但炖兔肉和玉米糊糊一口也咽不下去。

“别逼她们了，查尔斯，”妈说，“很快就该吃午饭了。”

圣诞大餐就是那只肥嫩多汁的烤火鸡，还有土豆，在炉灰里烤熟，仔细地擦干净，可以连皮吃。还有用最后一点儿白面粉做的一大块盐发面包。

在这些之后，还有炖黑莓干和小蛋糕。但这些小蛋糕是红糖做的，上面没有亮晶晶的白色糖霜。

饭后爸、妈和爱德华兹先生坐在火边，回忆田纳西州和北边大森林的圣诞节。玛丽和劳拉看着她们的漂亮蛋糕，玩那个硬币，用新杯子喝水。她们一小点儿一小点儿地舔和吮吸糖棒，最后糖棒一头儿变得尖尖的。

那是一个快乐的圣诞节。

第二十章　夜里的尖叫

白天很短，天色阴沉，夜晚非常黑暗和寒冷。乌云低沉地悬在小木屋上空，笼罩着荒凉的茫茫大草原。雨在下，有时狂风夹杂着雪花。硬硬的雪粒在风中旋舞，掠过东倒西歪的枯草。到了第二天，雪就停了。

爸每天都出去打猎，下套子。在舒适的、温暖的小屋里，玛丽和劳拉帮妈干活儿，然后缝被子。她们和卡瑞一起玩“帕蒂糕”的游戏，还玩“藏顶针”，还用一根细绳玩“翻绳儿”。她们还玩“热豆粥”——面对面站着，互相对拍巴掌，一边打拍子一边念道：

热豆粥，
凉豆粥，
热粥在锅里，
放到第九天。

有人吃热粥，
有人吃凉粥，
有人把粥放锅里

放到第九天。

我爱吃热粥，
我爱吃凉粥，
我爱把粥放锅里
放到第九天。

这倒是真的，什么样的晚饭也没有稠稠的豆粥好吃，里面放了咸肉丁。爸打猎回家，满身寒气地进门时，妈把粥盛进铁皮盘子里。劳拉喜欢吃热粥，也喜欢吃凉粥，豆粥放多久味道也不变。但是从来没有真的放九天，在那之前他们就把它吃光了。

风一直在刮，尖叫、咆哮、哀号、哭泣。他们已经听惯了风声，听了整个白天，夜里睡梦中也知道风在呼啸。有一天晚上，他们突然听见一声非常可怕的尖叫，全都被惊醒了。

爸从床上跳了下来，妈说："查尔斯！什么声音？"

"一个女人在尖叫。"爸说，一边手忙脚乱地穿上衣服，"好像是从司各特家传出来的。"

"哦，会出什么事呢！"妈惊呼道。

爸正在穿靴子。他把一只脚伸进去，用手指勾住长筒靴顶部的鞋带，使劲一拽，脚重重地跺在地板上，靴子就穿好了。

"也许司各特病了。"爸说着，穿上第二只靴子。

"你不会是认为……"妈压低声音问。

"不，"爸说，"我一直跟你说，他们不会惹事的。他们在悬崖下面的营地里非常太平、安静。"

劳拉动身从床上爬起来，妈说："躺下别动，劳拉。"于是劳拉又躺下了。

爸穿上那件暖和的鲜艳条纹大衣，戴上毛皮帽子和围巾。他点燃提灯里的蜡烛，拿上枪，匆匆走出门去。

在爸出去把门关上时，劳拉看见了外面的夜色：一片漆黑，没有一颗星星在闪烁。劳拉从没见过这样浓得化不开的黑暗。

“妈？”她说。

“怎么啦，劳拉？”

“天为什么这样黑？”

“暴风雪要来了。”妈回答道。她把门锁带拉进来，往炉子里添了一根木柴，然后回到床上。“睡吧，玛丽，劳拉。”她说。

可是妈没有睡，玛丽和劳拉也没有睡。她们睁着眼睛躺在那里，侧耳聆听，可除了呜呜的风声，什么也听不见。

玛丽把脑袋钻到被子底下，低声对劳拉说：“真希望爸赶紧回来。”

劳拉在枕头上点点头，什么也没说。她仿佛看见爸走在悬崖顶上，走在通向司各特先生家的那条小路上。烛光从铁皮提灯上掏出的洞眼儿照射出来，一个个闪烁的小光点儿似乎被沉沉的黑夜吞没了。

过了很久，劳拉轻声说：“天肯定快要亮了。”玛丽点点头。她们一直躺在那里听着风声。爸没有回来。

在凄厉的狂风中，她们又听见了那种可怕的尖叫声，似乎离小屋很近。

劳拉也尖叫起来，一下子从床上跳起来。玛丽钻到了被子里。妈起身匆匆地穿衣服，她又往炉火里添了一根柴火，叫劳拉回去睡觉。可是劳拉苦苦地央求妈，妈只好允许她不回床上去。“用披巾把自己裹起来。”妈说。

她们站在火边听着，除了风声什么也听不见。她们什么事情也做不了，但至少没有躺在床上。

突然，有拳头砰砰地砸门，爸在外面喊道：“让我进来！快，卡罗琳！”

妈打开门，爸迅速闪身进来把门关上。爸上气不接下气，把帽子往后推了推，说：“哎呀！吓死我了！”

“怎么回事，查尔斯？”妈问。

“一头豹子。”爸说。

当时，爸以最快的速度匆匆赶往司各特先生家。到了那儿，屋里一片漆黑，什么动静也没有。爸在屋外转了一圈，仔细倾听，用提灯照来照去，没有发现任何异常。他觉得自己像个傻瓜，竟然大半夜地起床穿好衣服，走了两英里路过来，其实听到的不过是风的呼啸。

他不想让司各特夫妇知道这件事，就没有去把他们叫醒。他只想赶紧回家，因为冷得刺骨。他匆匆走在悬崖边的小路上，突然听见脚下又传来那种尖叫。

“告诉你吧，我的头发连根竖起，把帽子都顶起来了。”他对劳拉说，“我像一只受了惊吓的野兔一样往家跑。”

“那头豹子在哪儿，爸？”劳拉问他。

“在树梢上。”爸说，“就是长在崖壁上的那棵大杨树的树梢上。”

“爸，它来追你了吗？”劳拉问。爸说：“我不知道，劳拉。”

“好了，你现在安全了，查尔斯。”妈说。

“是啊，真是谢天谢地！这么漆黑的夜晚，跟豹子一起待在外面可真够呛。”爸说，“对了，劳拉，我的脱靴器呢？”

劳拉给爸拿来了。脱靴器是一块薄薄的橡木板，头儿上有一道凹槽，一根木条横着钉在木板中间。劳拉把它放在地上，有木条的那一面朝下，让有凹槽的那头儿翘起来。爸一只脚站在上面，把另一只脚卡进凹槽，这样，爸从靴子里把脚抽出来的时候，凹槽就卡住了靴跟。爸又用同样的方法脱掉了另一只靴子。靴子很紧，但有了脱靴器，就不成问题了。

劳拉看着爸脱靴子，问道："豹子会把小女孩叼走吗，爸？"

"会的，"爸说，"还会把她咬死、吃掉。在我把那头豹子打死之前，你和玛丽必须待在屋里。天一亮，我就拿上枪去找它。"

第二天，爸一直在搜寻那头豹子。第三天、第四天也是如此。他找到了豹子的脚印，还发现了豹子吃的一只羚羊的皮毛和骨骸，可是哪儿也找不到豹子。豹子在树梢上来去如风，没有留下任何痕迹。

爸说不把那头豹子打死决不罢休。他说："在一个有小姑娘的地方，可不能允许豹子跑来跑去。"

爸没能把豹子打死，却也不再去搜寻它了。有一天，他在树林里碰见一个印第安人。他们站在寒冷潮湿的树丛中，望着对方，却无法交谈，因为听不懂对方的话。印第安人指了指豹子的脚印，又用枪比画了几下，告诉爸他把那头豹子打死了。他指指树梢，再指指地上，告诉爸他把豹子从一棵树上射了下来。然后他指指天空，西边、东边，表示他是前一天打死豹子的。

这就行了，豹子死了。

劳拉问豹子会不会叼走印第安小姑娘，并把她咬死、吃掉，爸说会的。也许这就是印第安人杀死那头豹子的原因吧。

第二十一章　印第安人的狂欢

冬天终于结束了。风柔和多了，严寒过去了。一天，爸说他看见一群野雁向北飞去。现在可以把他的那些皮毛拿到独立城去了。

妈说："印第安人离得这么近！"

"他们非常友好。"爸说。他打猎的时候经常在树林里碰见印第安人，对印第安人没什么可担心的。

"是的。"妈说。可是劳拉知道妈很害怕印第安人。"你非去不可，查尔斯，"妈说，"我们必须要有犁和种子，而且你很快就会回来的。"

第二天天还没亮，爸就把帕特和帕蒂套在马车上，把那些皮毛放在车里，赶车出发了。

劳拉和玛丽一天天数着那些漫长而冷清的日子。一天、两天、三天、四天，爸还没有回来。第五天早晨，她们开始十分热切地盼望爸。

这是一个晴朗的日子，风仍然带着一些寒意，但已经有了春天的气息。一望无际的蔚蓝天空里回荡着野鸭的嘎嘎叫声和野雁的高亢啼鸣。一个个黑点儿排成的野雁长队正在往北飞去。

劳拉和玛丽在屋外宜人的天气里玩耍。可怜的杰克看着她们叹气，它再也不能奔跑嬉戏，因为被拴住了。劳拉和玛丽想方设法安慰它，可是它不需要她们的爱抚，它希望重新获得自由，像以前一样。

那天上午爸没有回来。下午他也没有回来。妈说用皮毛换东西肯定花了他很多时间。

下午，劳拉和玛丽在玩“跳房子”游戏。她们用一根树枝在院子的泥土地上画出道道。玛丽其实不想玩跳房子，她快要满八岁了，觉得跳房子不是淑女玩的游戏。可是劳拉连哄带劝，说如果她们在屋外玩，爸一出溪谷肯定就能看见。于是玛丽就跟她一起玩跳房子了。

突然，她单脚停在那里，问道：“那是什么？”

劳拉已经注意到了那个奇怪的声音，正在仔细地听，“是印第安人。”

玛丽的另一只脚也落下来，站在那里像凝固了一样。她吓坏了。劳拉倒没有吓坏，只是那声音使她感到奇怪。是很多很多印第安人在急速地说话，像一把斧头在砍树，又像一条狗在狂吠，又像在唱一首歌，却跟劳拉以前听过的歌都不一样，那是一种野性而激烈的声音，但似乎其中并没有怒气。

劳拉想听得更清楚些。她听不真切，因为声音被山丘、树木和风挡住，而且杰克在一声接一声地疯狂吼叫。

妈走到屋外，听了一会儿，然后叫玛丽和劳拉都进屋去。妈把杰克也牵了进去，并把门锁带拉进门里。

她们不再玩了，而是望着窗外，仔细听那种声音。在屋里更难听清楚了。声音时高时低，一直没有停止。

妈和劳拉早早地把杂活儿干完。她们把小兔、母牛和小牛犊锁在马厩里，把牛奶拿进屋。妈把牛奶过滤了收好，从井里打了一桶清水，劳拉和玛丽把柴火抱进来。这期间那声音一直在响，此刻变得更高亢、更激烈了。它使劳拉的心跳加快。

她们都进了屋，妈把门拴好，闩锁带已经在门里。她们要到明天早晨才会出去。

太阳慢慢落山。在大草原的边缘，天边映着粉红色的晚霞。昏暗的小屋里火光闪烁，妈在准备晚饭，可是劳拉和玛丽默默地看着窗外。她们看见外面的一切都褪去了色彩。大地上暗影浮动，天空是一片清澈的浅灰色。溪谷底部的声音一直没有停止，越来越响，越来越激烈。劳拉的心跳也越来越快。

听见马车声时，她真想大声喊叫！她跑到门口，一个劲儿地蹦跳，却没法儿把门打开。妈不让她出去。妈自己走了出去，帮爸把那些大包小包拿进来。

爸怀里抱满了东西走进来，劳拉和玛丽抓住他的袖子，跳到他的脚上。爸发出爽朗的大笑。"嘿！嘿！别把我拽倒了！"他笑着说，"你们把我当成什么啦？一棵可以爬的树吗？"

爸把包裹扔在桌上，亲热地紧紧搂住劳拉，然后松开，又一下子搂住。他用另一只胳膊把玛丽舒舒服服地拥在了怀里。

"快听，爸，"劳拉说，"听那些印第安人的声音。他们为什么总发出那么奇怪的声音呀？"

"哦，他们在举行某种狂欢仪式呢，"爸说，"我穿过溪谷的时候听见了。"

然后爸出去给马解开缰绳，把其他的包裹也拿进来。他买了犁铧，放在马厩里了，为了安全起见，把所有的种子都拿进了屋里。他买了糖，但这次不是白糖，而是红糖。白糖太贵了。他买了一点儿白面粉，还有玉米面、盐、咖啡，和他们需要的所有种子。爸甚至还买了作种的土豆。劳拉真想吃那些土豆啊，可是必须留着它们播种。

接着爸满脸喜滋滋地打开一个小纸包，里面都是薄脆饼干。他把纸包放在桌子上，饼干旁边还有满满一玻璃罐绿色的酸黄瓜。

“我觉得我们要好好犒劳自己一下。”爸说。

劳拉流口水了。妈看着爸，眼里闪着温柔的光。爸还记得她多么怀念酸黄瓜的滋味。

还有好东西呢。爸给了妈一个包裹，看着妈打开，里面是一块漂亮的印花布，够妈做一条连衣裙的。

“哦，查尔斯，你真不该花钱买这个！太贵了！”妈说。可是妈的脸上和爸的脸上都乐开了花。

爸把帽子和格子呢大衣挂在墙上的钉子上。他转眼看了看劳拉和玛丽，就坐下来，把两条腿伸向炉火。

玛丽也坐下来，双手交叉放在腿上。可是劳拉爬上爸的膝头，抡起两个小拳头打他。“在哪儿呢？在哪儿呢？我的礼物呢？”她一边打一边问。

爸又发出洪钟般的爽朗笑声，说道：“哎呀，我的衬衫口袋里好像有点儿什么东西。”

爸掏出一个奇形怪状的包裹，很慢很慢地打开。

“玛丽，先给你，”爸说，“因为你这样有耐心。”他给了玛丽一个发箍。“给你，小坏蛋，这是你的。”他对劳拉说。

两个发箍一模一样，都是黑橡胶做的，弯成一个弧形，可以戴在小姑娘的头顶。发箍顶上是一片平平的黑橡胶，上面刻出几道缝儿，正中间有一个镂空的小五角星。发箍底下箍着一根鲜艳的彩色丝带，透过发箍能看见颜色。

玛丽发箍的丝带是蓝色的，劳拉发箍的丝带是红色的。

妈把她们的头发梳到后面，把发箍戴在她们头上。在玛丽额头的正上方，金色秀发里是一颗蓝色的小星星；而在劳拉额头的正上方，褐色头发里是一颗红色的小星星。

劳拉看着玛丽的星星，玛丽看着劳拉的星星，都开心地笑了起来。她们还从没有过这么漂亮的东西呢。

妈说："可是，查尔斯，你什么都没给自己买！"

"哦，我给自己买了犁铧，"爸说，"这里的天气很快就会转暖，我要耕地了。"

他们很长时间都没有吃过这么愉快的晚餐了。爸平平安安地回到了家。吃了这么多月的野鸭、野雁、火鸡和鹿肉之后，煎咸肉的味道太鲜美了，还有那些薄脆饼干和绿色小酸黄瓜，那滋味更是什么也比不上。

爸给她们详细介绍了那些种子。他买了芜菁、胡萝卜、洋葱和白菜的种子，还买了豌豆和大豆的种子，还有玉米、小麦、烟草、土豆及西瓜的种子。爸对妈说："告诉你吧，卡罗琳，等这片肥沃的土地上有了收成，我们会过上国王那样的日子！"

他们几乎忘记了印第安人营地传来的声音。窗户关上了，风在烟囱里呜咽，在小屋周围哀号。他们对风已经习惯，听不见它的声音了。可是偶尔风声平息时，劳拉就又听见印第安人营地里传来的那种野性、尖厉、节奏很快的声音。

后来爸对妈说了几句话，劳拉听了一下子坐得笔直，竖起耳朵。爸听独立城的人们说，政府准备让白人定居者离开印第安人居住区。爸说印第安人一直在提出抗议，现在华盛顿终于给了他们答复。

“哦，查尔斯，不！”妈说，“我们已经付出了这么多心血！”

爸说他不相信这事。他说：“政府一向都是让定居者保有自己的土地，他们会让印第安人迁移的。我之前不是听到了直接从华盛顿传来的消息，说这片土地随时都会对定居者开放吗？”

“真希望他们赶紧把事情定下来，别再扯来扯去的。”妈说。

劳拉上床后，很长时间没有睡着，玛丽也是。爸和妈坐在火光和烛光边读报纸。爸从堪萨斯州带回来一份报纸，正在念给妈听。报上证明爸是对的，政府不会对白人定居者采取任何措施。

每次风声渐息，劳拉都能隐约听见印第安人营地传来的野蛮狂欢的声音。有时即使风在呼啸，她似乎也能听见那些激烈的欢呼。越来越快，越来越快，劳拉心跳在加速。“嘿！嘿！嘿——噫！哈！嘿！哈！”

第二十二章　草原大火

春天来了，温暖的春风里有一股令人兴奋的气息，屋外到处都开阔、明亮、清香宜人。洁白耀眼的云朵在辽阔的蓝天上飘浮，在大草原上投下它们的影子。影子是淡淡的褐色，而大草原的其他地方则是一片暗淡柔和的枯草色。

爸把帕特和帕蒂套在犁上，正在翻耕大草原的草皮。草皮坚硬结实，布满密密的草根。帕特和帕蒂用吃奶的力气慢慢拖动犁铧，锋利的犁头把草皮翻开一道长沟。

枯草又高又密，牢牢地巴住草皮。爸犁过的地方，土地并没有变成农田。长长的草根被翻到了草皮上，草叶从泥土间支棱出来。

爸和帕特、帕蒂一刻不停地耕耘。爸说今年杂草丛生的土地里会长出土豆和玉米，到了明年，草根和枯草就会腐烂。两三年后，他就有了很好的农田。爸喜欢这片土地，它是这样肥沃，没有一点儿树根、残桩和石头。

现在那条印第安人小路上有大量的印第安人骑马经过。到处都是印第安人，他们在溪谷里打猎，枪声传出很远。谁也不知道大草原上藏着多少印第安人。大草原看上去一马平川，其实并不是这样。劳拉经常会在刚才还空无一人的地方突然看见一个印第安人。

印第安人经常到小屋来，有的很友好，有的却是一脸凶相。他们都想要食物和烟草，妈把他们要的东西都给他们。妈不敢不给。印第安人指着某个东西嘟囔几句，妈就赶紧把东西给他。不过大多数食物都藏起来锁好了。

杰克最近总是不开心，甚至在生劳拉的气。他们一直没有松开它的链子，因此它整天躺在那里仇恨印第安人。劳拉和玛丽已经对印第安人司空见惯，看见他们不再觉得意外。可是待在爸和杰克身边总是感到更踏实一些。

有一天她们正在帮妈准备午饭，小宝宝卡瑞在地板上的阳光下玩耍。突然间阳光不见了。

“准是暴风雨要来了。”妈看着窗外说。劳拉也朝窗外望去，南边聚集起大团大团的乌云，遮住了太阳。

帕特和帕蒂从田地里跑来，爸抓住沉重的犁铧，大步跟在后面跑。

“草原起大火了！”爸喊道，“快把大桶灌满水！把麻袋浸在里面！快！”

妈奔到井边，劳拉也拖着桶跑了过去。爸把帕特拴在小屋旁，把母牛和小牛犊从桩子上解下来，关在马厩里。他抓住小马驹儿，把它牢牢地拴在小屋的北墙角。妈以最快的速度打上一桶又一桶井水。劳拉跑来跑去地把爸从马厩扔出来的麻袋捡起来。

爸在耕地，一边嚷嚷着叫帕特和帕蒂加快速度。天空已经变成黑色，天色昏暗，似乎太阳已经落山。爸在小屋的西边和南边犁出一道长长的沟槽，然后回到小屋东边。兔子一只接一只跳过他身边，好像他不存在似的。

帕特和帕蒂嘚嘚地奔过来，犁铧和爸跟在后面。爸把它们拴在小屋北面的另一个墙角。大桶里已经灌满了水，劳拉帮着妈把麻袋按进水里浸湿。

“我只能再犁出一道沟，没有时间了。”爸说，“卡罗琳，快！火势比马跑得还快呢！”

爸和妈拎起大桶，一只大野兔从大桶上一跃而过。妈叫劳拉待在小屋旁。爸和妈拎着大桶跌跌撞撞地跑向沟槽。

劳拉站在小屋近旁，她看见滚滚浓烟下面蹿起红色的火苗。更多的野兔从身边窜过，它们没有理会杰克，杰克也没把它们放在心上。杰克盯着翻滚的黑烟下的熊熊火焰，挤在劳拉身边，瑟瑟发抖，低声呜咽。

风越来越大，发出疯狂的尖叫。成千上万只鸟在大火前飞舞，成千上万只兔子在逃跑。

爸顺着沟槽往前跑，把沟槽另一边的草点燃。妈拿着一块湿麻袋跟在后面，看到有火苗朝沟槽这边蔓延，就把它扑灭。整个大草原上，到处都是匆匆奔跑的野兔。蛇嗖嗖地在院子里爬过。草原鸡无声地奔跑，翅膀张开，脖子向前伸着。鸟儿在呼啸的风中声嘶力竭地鸣叫。

爸点燃的小火苗已经把小屋都包围了，他帮着妈用湿麻袋控制火势。火呼呼地烧着，火舌舔舐着沟槽这边的干草。爸和妈用湿麻袋拼命扑打，一旦火苗蹿过沟槽，就用脚把它踩灭。他们在浓烟中来回奔跑，跟火搏斗。草原的大火越烧越旺，在凄厉的风声中发出越来越响的呼呼声。巨大的火苗呼啸而起，扭曲着蹿向高处。互相交织的火焰被风吹散，乘着风势，扑向前面的茅草，把它们迅速点燃。头顶上翻滚的黑烟里泛着红光。

玛丽和劳拉站在小屋边，手拉着手，浑身颤抖。小宝宝卡瑞在屋里。劳拉想做点儿什么，可是脑子里也像着了火似的呼呼旋转，嗡嗡作响。她的五脏六腑在哆嗦，泪水从刺痛的眼睛里涌出来。眼睛、鼻子和喉咙都被浓烟熏得发疼。

杰克在狂吠，小兔、帕特和帕蒂挣扎着想摆脱绳索，发出吓人的嘶吼。橘红色和黄色的骇人火焰，蔓延的速度比马跑得还快，颤动的火光笼罩了一切。

爸点燃的小火苗已经烧出黑黑的一条线。小火苗逆着风势慢慢退去，蜿蜒爬过去与凶猛的大火相会。突然，大火把小火苗彻底吞噬。

风助火势，呼啸着蹿起老高，发出噼噼啪啪的声音，火苗随着风势往上攀升。大火很快把小屋整个包围。

随后，这一切都结束了。大火咆哮着离开这里，往远处蔓延。

爸和妈扑打着院子里这儿那儿残余的小火苗。火全部扑灭后，妈到屋里去洗手洗脸。她满身都是烟灰和汗迹，浑身发抖。

妈说没有什么可担心的了。"'迎火'[①]的办法救了我们。"妈说，"总算是有惊无险。"

空气里有一股焦煳味儿，直到天边的茫茫大草原都被烧得赤裸、焦黑。一缕缕黑烟袅袅不绝，烟灰被风吹得四散飘舞。一切都变了样儿，肃杀凄凉。可是爸和妈很高兴，因为大火过去了，没有造成任何损失。

爸说他们差点儿就葬身火海了，不过，死里逃生也算幸事。他问妈："如果着火的时候我在独立城，你们会怎么办？"

---

① 迎火，指为清除一块地方以阻挡前进的森林或草原大火而点的一种火。

“那还用说，我们就跟那些鸟儿和野兔一起到小溪去。”妈说。

大草原上所有的野生动物都知道该怎么做。它们以最快的速度或跑、或飞、或跳、或爬，赶往能使它们远离火海的水边。只有软软的花纹小地鼠深深钻进了它们的地洞，这时它们首先跑出来，环顾这片烧得寸草不留、冒着青烟的大草原。

接着鸟儿从溪谷飞了过来，一只野兔小心翼翼地跳出来，东张西望。又过了很长很长时间，蛇才从溪谷爬出来，草原鸡也走来了。

大火在悬崖那儿熄灭了，没有蔓延到溪谷和印第安人营地。

那天晚上爱德华兹先生和司各特先生来看爸。他们都很担心，认为可能是印第安人为了烧死白人定居者而故意纵火。

爸不相信这点，他说印第安人总是放火烧荒，好让绿草长得更快，人们出行也更轻松些。他们的小矮马在又高又密的枯草丛中没法儿跑得很快。现在杂草都被清理干净了，爸很高兴，这下子犁地会比较轻松了。

大人们聊天时，可以听见印第安人营地里有鼓声和叫喊声。劳拉像小老鼠一样静静地坐在门口，听着大人们的谈话和印第安人的吵闹声。一颗颗大星星低低地悬挂在焚烧过的大草原上空，微微颤动，风柔和地吹着劳拉的头发。

爱德华兹先生说那些营地里的印第安人太多了，让他感到不快。司各特先生说他不明白，那些野蛮人如果不是为了行凶作恶，为什么这么多人聚在一起。

“只有死了的印第安人才是好印第安人。”司各特先生说。

爸说他对此不能苟同。他认为只要不去招惹他们，印第安人会像任何人一样和平生活。另一方面，他们一次次被迫往西迁移，自然对白人心生怨恨。但是印第安人应该知道识时务者为俊杰。吉布森堡和道奇堡都驻扎了士兵，爸认为这些印第安人肯定不敢轻举妄动。

“至于他们为什么在营地里集会，司各特，我可以告诉你，”爸说，“他们正在准备春季的水牛大狩猎。”

爸说下面那些营地里有六七个部落，平时这些部落都互相争斗，可是每年春天，他们就会握手言和，一起参加大狩猎。

“他们发誓彼此和平相处。”爸说，“他们考虑的是猎捕水牛，因此不太可能向我们开战。他们举办宴会、商量事宜，然后某一天就会跟踪牛群的足迹而去。水牛很快就要跟着绿草往北去了。天哪！我真希望也能参加那样一场狩猎，肯定非常壮观。”

“唉，也许你说得对，英格尔斯。”司各特先生慢慢地说，“反正我很高兴把你的话告诉司各特太太。她脑子里怎么也忘不了明尼苏达大屠杀。”

第二十三章　印第安人的呐喊

第二天早晨，爸吹着口哨耕地去了。中午回来的时候，他浑身黑黢黢的，沾满大草原上的烟灰，但他心情很好，因为再也没有高高的茅草碍手碍脚了。

可是他们一家都在为印第安人的事感到不安。溪谷里的印第安人越来越多。玛丽和劳拉整天都看见他们的篝火在冒烟，晚上还听见他们野蛮的叫喊声。

爸早早就从地里回来了。他提早干完杂活儿，把帕特、帕蒂、小兔、母牛和小牛犊统统关进了马厩。它们不能在清凉的月光下待在外面院子里吃草了。

当大草原上夜幕降临、风声平息下来后，印第安人营地的声音就变得更加响亮和野蛮。爸把杰克领进屋里，关上门，把闩锁带拉进来。天亮之前谁也不能出去。

夜色渐渐吞噬了小木屋，黑暗令人恐惧，空气中回荡着印第安人的叫喊声。一天夜里，印第安人的鼓声阵阵响起。

劳拉睡梦中一直听见那野蛮的叫喊和激烈的、有节奏的鼓声。她听见杰克爪子在抓挠的声音以及喉咙里发出低吠。有时爸从床上坐起来，侧耳细听。

一天晚上，爸从床底下的箱子里拿出他的子弹模子。他在壁炉边坐了很长时间，把铅熔化，做成子弹，直到所有的铅都用光了才住手。劳拉和玛丽睁着眼睛躺在床上看着爸。爸从没有一次做出这么多子弹过。玛丽问："爸，你为什么要做这么多呢？"

"哦，我没有别的事情可做呀。"爸说完又欢快地吹起了口哨。其实他一整天都在耕地，都没有力气再拉小提琴了。他本来应该早早上床睡觉的，而不是熬夜在那里做子弹。

再也没有印第安人到小屋来了。白天玛丽和劳拉看不见一个印第安人。玛丽不喜欢走出小屋了，劳拉只好自己一个人出去玩，她总是对大草原有一种异样的感觉，似乎不安全，似乎藏着什么东西。有时劳拉仿佛感觉什么东西在注视着她，在她身后悄悄靠近。她猛一转身，却什么也没有。

司各特先生和爱德华兹先生带着枪到田里来跟爸说话。他们聊了很长时间，后来一起走了。劳拉很失望，爱德华兹先生没有到小屋来。

吃午饭的时候，爸对妈说，有些定居者在商量围场的事。劳拉不知道围场是什么。爸对司各特先生和爱德华兹先生说，这是一个愚蠢的想法。爸对妈说："如果需要围场，根本等不到我们把它建起来。我们千万不能表现出害怕的样子。"

玛丽和劳拉面面相觑，她们知道再问什么也没有用。大人们只会重复那句老话，大人说话的时候，小孩子不许随便插话，或者小孩子只能乖乖待着，不许多嘴。

那天下午，劳拉问妈什么是围场。妈说那是个勾引小女孩提问题的东西。这就意味着大人不会告诉她们那是什么。玛丽朝劳拉使了个眼色，意思是，"我早就跟你说过。"

劳拉不知道爸为什么要说千万不能表现出害怕的样子。爸从来都不害怕。劳拉不想表现出害怕的样子，其实她心里是害怕的。她怕那些印第安人。

杰克再也不把耳朵耷拉下去，朝劳拉露出微笑了。即使劳拉爱抚它的时候，它也支棱着耳朵，脖子上的毛全都竖着，嘴唇往后咧，露出牙齿，眼睛里冒着怒火。每天夜里，它的叫声越来越凶。每天夜里，印第安人的鼓声越来越激烈，野蛮的喊叫越来越响，越来越快，越来越狂野。

半夜里劳拉突然坐起来，失声尖叫。某种可怕的声音使她全身冒冷汗。

妈赶紧来到她身边，用温柔的声音对她说："安静，劳拉，可别把卡瑞吓着了。"

劳拉紧紧抱着妈，妈穿着她的连衣裙。炉子里满是灰烬，小屋里一片漆黑，可是妈没有上床睡觉。月光从窗户照进来。窗开着，爸摸黑站在窗口，看着外面，手里拿着枪。

在外面的黑夜中，鼓点在敲响，印第安人在野蛮地叫喊。

接着那个可怕的声音又出现了。劳拉觉得自己在往下坠落。她什么也抓不住，四下里没有一件可抓的东西。仿佛过了很长时间，她才又能看见，又能思考和说话。

她尖声叫道："那是什么？那是什么？哦，爸，那是什么呀？"

她浑身颤抖，肚子里很不舒服。她听见沉重的鼓声和野蛮的叫喊，感觉到妈紧紧地抱着她。爸说："是印第安人的呐喊声，劳拉。"

妈轻轻叫了一声，爸对妈说："最好让她们知道，卡罗琳。"

爸对劳拉解释说，那是印第安人谈论战争的方式。印第安人只是在谈论战争，并围着篝火跳舞。玛丽和劳拉千万不要害怕，因为有爸，有杰克，还有吉布森堡和道奇堡的士兵。

“所以不要害怕，玛丽，劳拉。”爸又说了一遍。

劳拉深吸一口气，说：“不怕，爸。”其实心里非常害怕。玛丽什么话也说不出来，躺在被子底下瑟瑟发抖。

小宝宝卡瑞哭了起来，妈抱着她坐到摇椅上，轻轻摇晃她。劳拉从床上溜下来，偎依在妈的膝边，玛丽不愿意一个人待在床上，也爬过来凑在一起。爸仍然守在窗口，注视着外面的动静。

鼓点似乎在劳拉脑袋里敲响，似乎在她身体深处敲响。那些野蛮、激烈的喊叫比狼嗥还要吓人。劳拉知道还有更凶险的事情会到来。它果然来了——印第安人的呐喊。

噩梦也没有那个夜晚恐怖。噩梦只是一个梦，到最可怕的那一刻，你就醒来了。而眼下的一切都是真实的，劳拉无法从中醒来，她无法脱身而出。

呐喊结束了，劳拉知道它并没有把她怎么样。她仍然在黑暗的小屋里，偎依在妈身边。妈浑身都在发抖。杰克的狂吠变成了啜泣般的低吼。卡瑞又开始尖叫，爸擦擦额头，说了声：“哟！”

“我从没听过这样的声音。”爸说。接着他又问：“你说，他们是怎么学会的？”没有人回答他的话。

“他们不需要枪，那种喊声就足以把人吓死了。”爸说，“我嘴里发干，甚至不能吹口哨来救自己一命。给我拿点儿水来，劳拉。”

劳拉听了这话，觉得心里轻松些了。她舀了满满一勺水送到窗口给爸。爸接过水，笑眯眯地看着劳拉，劳拉心情一下子好多了。爸喝了点儿水，又笑了笑，说：“好！现在我可以吹口哨了！”

爸吹了几个音符，让劳拉看到他没问题了。

然后爸仔细聆听，劳拉也竖起耳朵，远处隐隐约约有一匹小矮马嘚嘚嘚嘚的马蹄声。这声音越来越近。

小木屋的一边传来阵阵鼓声和尖厉、凶猛的狂喊声，另一边传来那位孤独的骑马者的马蹄声。

蹄声越来越近，越来越响，突然从小屋旁疾驰而过。小矮马顺着通向溪谷的那条小路远去，蹄声渐渐模糊。

月光下劳拉看见一匹黑色印第安小矮马，和骑在马背上的一个印第安人的背影。她看见一堆乱糟糟的毯子和一颗光光的头颅，头顶上羽毛飘动，月光照在一杆枪的枪膛上，随后这一切都消失了，视野里只有一片空茫茫的大草原。

爸说他也搞不明白这是怎么回事，他说那个骑马者就是曾经想用法语跟他交谈的那个奥萨格。

爸问:“在这个时候，他这样拼命骑马奔跑做什么呢？”

没有人回答，因为谁也不知道。

鼓声激昂，印第安人继续喊叫，可怕的呐喊声一次又一次地响起。

过了很长时间，喊叫声逐渐变得微弱和稀疏。后来卡瑞哭着哭着睡着了。妈把玛丽和劳拉送回床上。

第二天她们不能出门，爸守在附近。印第安人营地里一点儿声音也没有。整个辽阔的大草原没有任何动静，只有风吹过焦黑的土地，却没有茅草随风摇摆。风吹过小屋发出流水般的哗哗声。

那天夜里，印第安人营地的声音比前一夜更可怕。那些呐喊比最恐怖的噩梦还要恐怖。劳拉和玛丽挤缩在妈身边，可怜的小宝宝卡瑞哭个不停，爸拿着枪守在窗口。杰克彻夜低吠，走来走去，每次呐喊声响起，它就大声尖叫。

第三天夜里、第四天夜里、第五天夜里，情况越来越糟。玛丽和劳拉实在累坏了，在震天的鼓声和印第安人的狂喊声中睡着了。可是有时呐喊声一响，她们又会惊恐万状地醒过来。

寂静的白天比夜晚更加难熬。爸无时无刻不在监视、聆听。犁铧扔在了地里，帕特、帕蒂、小马驹儿、母牛和小牛犊关在马厩里。玛丽和劳拉不能出屋。爸一直在密切注视着周围的大草原，稍有风吹草动，就立刻把脑袋转过去。他几乎没有吃东西，不停地起身出门察看大草原上的动静。

有一天他坐在桌旁，渐渐把脑袋耷拉下来，睡着了。妈和玛丽、劳拉屏住呼吸，让爸好好地睡。爸太累了。可是刚过一分钟，爸就突然惊醒，严厉地对妈说："别让我再睡着了！"

"有杰克守着呢。"妈温和地说。

那天夜里是最可怕的。鼓点越来越快，喊叫声越来越响，越来越凶猛。溪谷上下呐喊回应着呐喊，声音在悬崖间回荡，没有片刻的停息。劳拉浑身酸痛，肚子更是疼痛难忍。

爸在窗口说："卡罗琳，他们在互相吵架，说不定会打起来。"

"哦，查尔斯，如果那样就好了！"妈说。

整整一夜，没有半分钟的安宁。就在天亮前，最后一声呐喊结束，劳拉倚在妈的膝头睡着了。

她在床上醒来时，玛丽在她旁边睡得正香。门开着，劳拉见阳光照在地板上，知道差不多快到中午了。妈在做午饭，爸坐在门口。

爸对妈说："又有一大队人马往南去了。"

劳拉穿着睡衣走到门口，看见长长的一队印第安人正在远去，队伍从下面的溪谷延伸到焦黑的大草原上，继续往南去了。远远看去，骑着矮马的印第安人显得那么小，比蚂蚁大不了多少。

爸说，那天早晨有两支庞大的印第安人队伍往西去了，现在这支队伍去了南方。这就是说，印第安人中间发生了争吵。他们正在离开溪谷里的营地，不会一起参加那场大规模的水牛猎捕了。

那天夜里，夜幕悄悄降临。天地间除了呼呼的风声，什么声音也没有。

“今晚可以睡一个好觉了！”爸说。他们倒头睡去，整整一夜，连梦也没做。早晨杰克仍然躺在劳拉昨晚上床前看见它躺的地方，睡得浑身瘫软。

第二天夜里也没有任何动静，他们又睡了一个香甜的好觉。那天早晨爸说他觉得自己像雏菊一样清新，准备到溪谷边去侦察一下。

爸把杰克拴在墙边的链条上，扛着枪，顺着小溪的那条路远去了。

劳拉、玛丽和妈什么事也不能做，一心等爸回来。她们待在屋里，盼望爸早点儿回家。地板上的阳光从来没有移动得像那天那样缓慢。

爸终于回来了。他是傍晚时分到家的，一切都很正常。爸顺着小溪走来走去，看见了许多被遗弃的印第安人营地。所有的印第安人都走了，除了一支名叫奥萨格的部落。

爸在树林里碰见一个奥萨格，那个印第安人能跟爸说得上话。他告诉爸，除了奥萨格，所有的部落都已经决定要杀死闯入印第安人居住区的白人。他们正在准备开战时，一个单枪匹马的印第安人骑马闯进了他们的集会。

那个印第安人从很远的地方快马加鞭而来，因为他不希望他们杀死白人。他是奥萨格部落的人，从他们对他的称呼看，他是一个了不起的勇士。

“橡树战士。”爸说出了他的名字。

“他日日夜夜地跟他们辩论，”爸说，“最后奥萨格部落所有的人都同意了他的意见。然后他站出来告诉其他部落，如果他们开始屠杀我们，奥萨格部落就会跟他们作战。”

怪不得在最后那个恐怖的夜晚，传来了那么多的声音。其他部落朝奥萨格部落咆哮，奥萨格部落朝其他部落吼叫。其他部落的人不敢跟“橡树战士”和他的奥萨格部落对抗，于是第二天他们就离开了。

“那是一个好印第安人！”爸说。不管司各特先生是怎么说的，爸不相信只有死去的印第安人才是好印第安人。

第二十四章　印第安马队离开

全家人又睡了一个漫漫长夜，躺下来沉入甜甜的梦乡，这感觉真好啊。一切都是这么安全，这么宁静。只有猫头鹰在小溪边的树林里高叫“呼——呼——”大大的月亮在无边无际的大草原上方的天际慢慢飘浮。

早晨太阳放射出温暖的光芒。青蛙在小溪里聒噪，“呱！呱！”好像在说：“水深！水深！快绕开。”

自从妈告诉玛丽和劳拉青蛙说的是什么，她们就能把青蛙叫的每个字听得清清楚楚。

门开着，让春天暖融融的空气进来。吃过早饭，爸愉快地吹着口哨出去了。他又要把帕特和帕蒂套在犁铧上，可是他的口哨声突然停住了。他站在门口，望着东边，说：“快来，卡罗琳。还有你们，玛丽，劳拉。”

劳拉先跑了过去，她大吃一惊。印第安人来了。

他们没有走那条通往小溪的路，而是从东边很远的溪谷里骑马过来的。

骑在前面的是那个曾在月光下骑马经过小屋的高个子印第安人。杰克汪汪大叫，劳拉的心跳加速。她庆幸有爸在身边，不过她知道这是那个好印第安人，是那个阻止了那些恐怖呐喊的奥萨格部落首领。

他的黑色小矮马欢快地小跑着，在风里喷着鼻息，风把它的鬃毛和尾巴吹得像飘动的旗帜。小矮马的头和鼻子可以自由活动，没有戴笼头，身上也不见一根缰绳。它不想做的事情，是没有办法强迫它做的，但它心甘情愿地顺着古老的印第安小路跑来，似乎很愿意让那个印第安人骑在它背上。

杰克凶狠地汪汪叫，拼命想摆脱它的锁链。它想起来了，这个印第安人曾经用枪瞄准过它。爸说："安静，杰克。"杰克又叫起来，爸生平第一次打了它。"躺下！不许动！"爸说。杰克缩在地上，一动不动了。

小矮马已经很近了，劳拉的心越跳越快。她看看印第安人脚上缀满珠子的鹿皮鞋，又抬头看看贴在小矮马光肚子旁边的带流苏的绑腿。印第安人身上裹着一条色彩鲜艳的毯子，一条赤裸的红褐色手臂把一杆来复枪轻轻端放在小矮马光着的肩膀上。接着劳拉又抬眼看着印第安人僵硬威严的褐色脸膛。

这是一张骄傲的、不苟言笑的脸。不管发生什么事，总是那样一副表情，没有任何事情能改变它。那张脸上只有一双眼睛是活动的，洋溢着生气。他目光坚定地望着遥远的西方。他身上的一切都没有任何变化，除了剃过的头顶上支棱着的那几根老鹰的长羽毛。在高个子印第安人骑着黑色小矮马经过小屋、走向远方时，老鹰的长羽毛在风里摇摆、飘舞、旋转。

"是橡树战士本人。"爸不出声地说，并举手敬了个礼。

愉快的小矮马和纹丝不动的印第安人走了过去。他们就这样走了，好像小屋、马厩、爸、妈、玛丽和劳拉根本不存在似的。

爸、妈、玛丽和劳拉慢慢转过身，注视着印第安人骄傲而挺直的后背。然后，更多的小矮马、毯子、剃过的脑袋和老鹰羽毛出现了。越来越多的印第安勇士跟着“橡树战士”骑马走过那条小路。一张又一张褐色的脸在他们面前闪过，小矮马的鬃毛和尾巴在风中摇摆，珠子闪亮，流苏飘扬，老鹰羽毛在那些光光的脑袋上晃动。放在小矮马肩膀上的一杆杆来复枪在队伍中颠簸。

劳拉看到这么多小矮马很兴奋。小矮马有黑色的、枣红色的、灰色的、褐色的，还有带斑纹的。它们的小蹄子嘚嘚嘚嘚地踏在那条印第安小路上。看见杰克，它们鼻孔张大，身体闪到一边，但还是继续勇敢地往前走，并用亮晶晶的眼睛看着劳拉。

“哦，漂亮的小矮马！看啊，漂亮的小矮马！”劳拉拍着手喊道，“快看这匹花斑马！”

劳拉看着那些小矮马一匹匹经过，觉得永远也看不腻，可是过了一会儿，她开始看马背上的女人和孩子。女人和孩子骑马跟在印第安男人的后面。那些跟玛丽和劳拉差不多大的、光着身子的褐色印第安小孩子也骑在漂亮的小矮马上。小矮马不用戴笼头、披马鞍，印第安小孩子也不用穿衣服。他们的皮肤都裸露在新鲜的空气和和煦的阳光里。他们黑黑的直发在风中舞动，黑黑的眼睛闪烁着快乐的光芒。他们像成年印第安人一样端坐在马背上，腰板挺得笔直。

劳拉出神地看着那些印第安小孩子，他们也看着她。她有一个调皮的愿望，想成为一个印第安小女孩。当然啦，这并不是当真的，她只是想光着身子沐浴在野风和阳光里，骑着一匹那样的枣红色小矮马。

印第安小孩子的妈妈也骑着小矮马，皮流苏从她们腿上垂下来，毯子裹住她们的身体，她们留着满头顺滑的黑色头发。她们的脸黑黢黢的，神情平静。有些女人的背上系着窄窄的包裹，包裹顶上探出小娃娃的头。有些婴儿和幼儿坐在篮子里，挂在妈妈骑的小矮马身体两侧。

更多的小矮马从门前经过，还有更多的孩子，更多的驮在妈妈背上的小婴儿，更多的坐在小矮马身体两侧篮子里的幼儿。然后来了一个骑马的母亲，她的小矮马身体两侧各有一个篮子，里面各有一个婴儿。

劳拉直盯盯地看着离她较近的那个小婴儿明亮的眼睛。只有婴儿的小脑袋露在篮口上方。他的头发黑得像乌鸦的羽毛，眼睛黑得像没有星星的夜晚。

这双黑眼睛深深地凝视着劳拉的眼睛，劳拉也深深地凝视着小婴儿黑漆漆的眼睛，她多么想要这个小婴儿啊。

"爸，"劳拉说，"把那个印第安小宝宝给我吧！"

"嘘，劳拉！"爸严厉地对她说。

印第安小婴儿过去了，他转过脑袋，眼睛仍然盯着劳拉的眼睛。

"哦，我要他！我要他！"劳拉央求道。小婴儿越走越远，越走越远，但一直回头望着劳拉。"他想留下来跟我在一起。"劳拉恳求，"求求你了，爸，求求你了！"

"嘘，劳拉！"爸说，"印第安女人不会跟自己的宝宝分开。"

"哦，爸！"劳拉哀求，然后就哭了起来。哭鼻子是很丢脸的，可她就是忍不住。印第安小婴儿走了，她知道永远也不会再见到他了。

妈说她从没听说过这样的事情。"真不像话，劳拉。"她说。劳拉还是哭个不停。"见鬼，你要一个印第安小婴儿做什么！"妈问她。

“他的眼睛那么黑。”劳拉哭着说。她表达不出自己的意思。

“哎呀，劳拉，”妈说，“你不能要别人的宝宝。我们已经有一个宝宝了，她是我们自己的宝宝卡瑞。”

“那一个我也想要！”劳拉大哭起来。

“嘿，莫名其妙！”妈惊讶地说。

“看看这些印第安人，劳拉。”爸说，“看看西边，再看看东边，看看你能看到什么。”

劳拉起初什么也看不见。她眼睛里满是泪水，不断地哽咽。不过她还是尽量按爸说的去做，过了一会儿，她安静下来了。在她目之所及的地方全都是印第安人，他们长长的队伍一眼望不到头。

“印第安人真是太多了。”爸说。

源源不断的印第安人骑马经过这里。小宝宝卡瑞看腻了印第安人，在地板上自己玩了起来。可是劳拉坐在门槛上，爸站在她身边，妈和玛丽站在门里，他们继续看印第安人的马队从门前经过。

吃午饭的时间到了，但没有人想起吃饭。印第安人的小矮马还在经过，驮着一包包皮子、搭帐篷的支柱、悬垂的毯子和煮锅。又过去几个印第安女人和几个光着身子的印第安小孩子。终于，最后一匹小矮马也过去了。可是爸、妈、劳拉和玛丽仍然在门口望着、望着，直到长长的印第安人队伍慢慢走向西边地平线的尽头，只剩下一片寂静和空旷。整个世界似乎变得非常安静，非常孤独。

妈说她没有心情做任何事，她一下子松懈下来。爸对她说不用做什么，好好休息就行。

“你必须吃点儿东西，查尔斯。”妈说。

“不用，”爸说，“我不饿。”他沉着地给帕特和帕蒂套上绳索，又开始用犁铧翻耕坚硬的土地了。

劳拉也什么都吃不下，她在门槛上坐了很长时间，注视着空荡荡的西边，印第安人就是从那里离开的。她似乎依然能看见飘舞的羽毛和黑漆漆的眼睛，听见小矮马嘚嘚的马蹄声。

第二十五章　士兵

印第安人走后，草原上非常安静。一天早晨，整个大地都变绿了。

“那草是什么时候长出来的？”妈惊讶地问，“我以为漫山遍野都是焦黑的，现在呢，一眼望过去，只有绿草。”

天空里数不清的野鸭和野雁排着队飞向北方。乌鸦在小溪边的树丛里呱呱地叫。风在新长出的绿草间呢喃，带来了泥土和万物萌生的气息。

早晨草原云雀唱着歌儿飞向空中。白腰杓鹬、喧鸻和矶鹞在溪谷里啾啾鸣叫。傍晚的时候，经常能听见嘲鸫在唱歌。

有一天夜里，爸和玛丽、劳拉静静地坐在门槛上，注视着小野兔在星光下的草地上嬉戏。三只兔妈妈摇晃着长耳朵跳来跳去，也在看自己的兔宝宝玩耍。

白天每个人都很忙。爸忙着耕地，玛丽和劳拉帮妈种菜园子。妈用锄头在爸用犁铧翻开的、缠结的草根间刨出小洞，劳拉和玛丽小心地把种子丢进去，妈再用泥土把它们整整齐齐地盖上。就这样种了洋葱、胡萝卜、豌豆、大豆和芜菁。她们心里高兴极了，春天终于来了，过不了多久就有蔬菜吃了。这么长时间只吃面包和肉，早就吃腻了。

一天傍晚，太阳还没落山，爸就从地里回来，帮妈栽种卷心菜和红薯的秧苗。妈已经把卷心菜种子播撒在一个扁平的盒子里，放在室内。她小心地给它浇水，每天从早到晚都把它挪到从窗口照进来的阳光底下。圣诞节的土豆她留了一个，种在另一个盒子里。现在，卷心菜种子已经发出灰绿色的小芽儿，红薯抽出了一根茎，每个芽眼儿里都萌出一片绿叶。

爸和妈小心翼翼地拿起每一棵小秧苗，把它的根须松松地放在挖好的洞里。他们给根浇水，再用泥土把它们压紧。种好最后一棵秧苗时，天早就黑了，爸和妈也累了。可是他们感到很开心，今年能收获到卷心菜和红薯了。

他们每天都来看看那片菜园子。菜园的土很硬，杂草丛生，因为是由大草原的草皮翻耕而成，但是每一棵小秧苗都长势喜人。豌豆冒出了皱巴巴的小叶子，洋葱吐出了嫩芽。大豆直接就从泥土里钻了出来。一根小小的黄色豆芽像弹簧一样拳曲着，然后渐渐挺拔。接着豆子裂开，在两片小嫩芽旁边耷拉下来，嫩芽迎着阳光尽情舒展开来。

过不了多久他们就要过上国王一般的生活了。

每天早晨爸愉快地吹着口哨下地干活儿。他已经在新开垦的土地上种了一批土豆。现在他腰上系着一袋玉米，一边耕地，一边把玉米粒撒进犁头旁边的垄沟里。犁铧把一块草皮翻在玉米种子上面。种子会挣扎着穿过盘结的草根发芽的，这里将成为一片玉米田。

过些日子餐桌上就会有嫩玉米了。到了冬天还会有老玉米给帕特和帕蒂吃。

一天早晨，玛丽和劳拉正在洗碗碟，妈在铺床。妈轻声哼着小曲儿，劳拉和玛丽在谈论菜园子的事。劳拉最喜欢豌豆，玛丽喜欢大豆。突然她们听见爸在说话，嗓门儿很大，怒气冲冲。

妈悄悄走到门口，劳拉和玛丽一边一个从她身旁探出头来。

爸赶着帕特和帕蒂从地里过来，后面拖着犁铧。司各特先生、爱德华兹先生和爸在一起，司各特先生正在恳切地说着什么。

“不行，司各特先生！”爸回答道，“我不会留在这里，像个罪犯一样让士兵把我抓走！要不是华盛顿一些挨千刀的政客放出话来，说可以在这里定居，我压根儿不会进入印第安人居住区的境内。我绝不会等着士兵来把我们弄走。我们马上就走！”

“出什么事了，查尔斯？我们要去哪儿？”妈问。

“我哪儿知道！但是我们要走，我们要离开这里！”爸说，“司各特和爱德华兹说政府要派士兵来把我们所有的定居者赶出印第安人居住区。”

爸的脸气得通红，眼里冒出火光。劳拉吓坏了，她从没见过爸这副模样。她紧紧地贴着妈，一动不动地看着爸。

司各特先生刚想说话，爸拦住了他。“别费口舌了，司各特。再说什么也没有用了。如果你愿意，可以待到士兵来的时候。我们马上就走。”

爱德华兹先生说他也要走，他不愿意像一条下贱的黄狗那样留下来等着被驱赶出境。

“搭我们的车一起去独立城吧，爱德华兹。”爸说。爱德华兹先生回答说，他不愿意去北边，他要做一条船，顺着河流到南边去找个地方定居。

“最好跟我们一起走，”爸劝他道，“然后步行穿过密苏里。你独自驾小船驶过到处都是印第安人部落的铜绿河，实在是太冒险了。”

爱德华兹先生说他已经见识过密苏里，而且他有足够的火药和铅弹。

爸叫司各特先生牵走母牛和小牛犊。“我们带不走。”爸说，“你一直是个好邻居，司各特，真舍不得离开你。可是我们明天一早就动身了。”

劳拉听着他们的对话，直到看见司各特先生把母牛牵走，才相信这一切都是真的。性格温顺的母牛，长角上拴着绳子，乖乖地走了，小牛犊儿蹦蹦跳跳地跟在后面。所有的牛奶和奶酪都没有了。

爱德华兹先生说他会忙得没时间再来看他们，他跟爸握了握手，说：“再见了，英格尔斯，祝你好运。”他跟妈握了握手，说：“再见了，夫人。我再也见不到你们了，但肯定永远不会忘记你的好意。”

然后他转向玛丽和劳拉，把她们当大人一样跟她们握手。“再见了。”他说。

玛丽很有礼貌地说：“再见，爱德华兹先生。”可是劳拉忘记了礼貌，她说：“哦，爱德华兹先生，我真不愿意你走！哦，爱德华兹先生，谢谢你，谢谢你大老远地跑到独立城去给我们找到圣诞老人。”

爱德华兹先生的眼睛里闪出亮光，他没有再说一句话，转身走了。

晌午的时候，爸就给帕特和帕蒂解开了绳索，于是劳拉和玛丽知道这件事是真的了，他们确实要离开这里了。妈什么话也没说。她走进小屋，这里看看，那里看看，她看着没有洗完的碗碟和铺了一半的床，举起双手，坐了下来。

玛丽和劳拉继续洗碗碟，她们小心翼翼尽量不发出一点儿声音。突然爸进来了，她们立刻转过身去。

爸又恢复了他原来的模样，手里拎着装土豆的袋子。

“给你，卡罗琳！”他说，声音跟平常没有两样，“多做点儿午饭！我们一直舍不得吃土豆，要留着当种子。现在把它们全部吃掉吧！”

就这样，那天午饭吃的是准备做种子的土豆。土豆非常好吃，因此劳拉知道爸那句话说得没错，“再糟糕的事情也会有一点儿小小的好处。”

吃过午饭，爸把马车的弓从牲口棚的木钉上拆下来。他把那些弓装在马车上，每根弓的一端装在马车一侧的铁皮铰链上，另一端装在马车另一侧的铁皮铰链上。所有的弓都装好后，爸和妈把帆布车篷铺在上面，拉下来紧紧系住。然后爸使劲拉车篷尾端的绳子，让车篷缩在一起，最后只留下车尾中间的一个小圆洞。

带篷的马车准备好了，只等第二天一早装车。

那天夜里，每个人都很安静。就连杰克也感觉到有些异样，劳拉上床睡觉时，它也在劳拉身边躺下了。

天气已经暖和，不用再生火了，爸和妈坐在壁炉前望着炉灰。

妈轻轻叹了口气，说：“整整一年过去了，查尔斯。”爸语气轻快地回答道：“一年算什么？我们有的是时间。”

第二十六章　出发

第二天早晨吃过早饭，爸和妈把行李装上马车。

首先把所有的被褥铺成两层铺盖，摞起来放在马车后面，用一条漂亮的格子花呢毯仔细盖好。玛丽、劳拉和小宝宝卡瑞白天就坐在上面。晚上，把上面那层铺盖拿下来铺在马车前面，爸和妈睡。玛丽和劳拉就睡在底下那层铺盖上。

爸把墙上的小碗柜拿下来，妈把食物和碗碟都装在了里面。爸把碗柜塞到马车座位底下，并在座位前面放了一袋喂马的谷子。

“这样我们的脚可以好好休息休息，卡罗琳。”爸对妈说。

妈把所有的衣物装进两个毡制手提包，爸把它们挂在马车里的弓架上，并把他的来复枪挂在对面，下面吊着他的子弹袋和装火药的牛角。小提琴装在盒子里，放在床的一头，路上车颠簸的时候就不会被碰坏。

妈用麻袋把蜘蛛烤肉架、面包炉和咖啡壶包起来，放在马车上。爸把摇椅和大木桶绑在马车外面，把水桶和饮马桶挂在马车底部。他把铁皮提灯小心地放在车厢前面的角落里，那袋谷子恰好能把它挤得纹丝不动。

东西都装上了马车，唯一带不走的是那个犁铧。唉，那也是没办法的事，马车里放不下。等他们到了定居的地方，爸可以再弄到一些皮毛，换一个新的犁铧。

劳拉和玛丽钻进马车，坐在后面的铺盖上。妈把小宝宝卡瑞放在她俩中间，她们都刚洗了脸、梳了头。爸说她们就像猎狗的牙齿一样干净，妈说她们像新买的别针一样光亮。

爸把帕特和帕蒂套在马车上。妈爬上座位，抓住缰绳。突然劳拉想再看一眼小木屋，她央求爸让她看看外面。爸松开车篷后面的绳子，让那个圆洞变大一些。劳拉和玛丽可以看见外面了，但那根绳子仍然箍着车篷，以免卡瑞一头栽到饲料箱里去。

温馨的小木屋看上去跟往常一样，它似乎并不知道他们要离开了。爸在门口站了一会儿，往屋里四下看看，他看着床架、壁炉和窗玻璃，然后仔细地关上门，把拴锁带留在外面。

“可能有人需要一个地方遮风挡雨。”他说。

爸爬到座位上挨着妈坐下，把缰绳揽在自己手里，对帕特和帕蒂吹了声口哨。

杰克钻到马车底下，帕特朝小兔叫了一声，小兔走到它身边，一块儿出发了。

就在通往小溪的那条路转下溪谷时，爸勒住马，他们一起回首眺望。

极目远望，东边、南边、西边，茫茫的大草原上没有一丝动静。只有绿草随风摇曳，白云在高高的蓝天上飘浮。

“这真是个神奇的地方，卡罗琳。”爸说，“但是很长时间只会有印第安人和野狼出没。”

小木屋和小马厩孤零零地立在一片寂寥之中。

接着帕特和帕蒂又轻快地往前走去。马车从悬崖上来到了树林密布的溪谷，高高的树梢上一只嘲鸫开始唱歌。

“我从没听见嘲鸫这么早就唱歌。”妈说。爸轻声回答，“它在跟我们告别呢。”

马车穿过低矮的山丘，驶向小溪。溪水很浅，很容易渡过。马车在溪谷穿行，顶着角的野鹿站起来注视他们经过，母鹿带着小鹿跑进了树荫里。随后马车穿过陡峭的红土悬崖，接着又爬上了高处的草原。

帕特和帕蒂兴致勃勃地往前走。它们的马蹄声在溪谷里闷闷的，此刻走在硬邦邦的草原上显得格外清脆悦耳。风吹着马车最前面的几根弓架，发出尖厉的呼啸。

爸和妈默默地、静静地坐在座位上，玛丽和劳拉也没有作声。但是劳拉觉得很激动。坐在大篷车里赶路，不知道接下来会发生什么，也不知道明天会到达什么地方。

中午爸在一个小泉眼儿旁停下来，让马吃谷子、喝水、休息。泉水过不了多久就会在酷暑中干涸，但现在水还很多。

妈从食品箱里拿出冷的玉米饼和肉，一家人坐在马车阴影里干净的草地上，吃了起来。他们喝着泉水，劳拉和玛丽在草地上跑来跑去，采摘野花，妈把食品箱整理好，爸把帕特和帕蒂重新套上马车。

他们继续前进，在大草原上走了很长时间。四下里除了随风舞动的茅草、天空和一眼望不到头的车辙，什么也看不见。偶尔一只野兔蹦跳着逃开。一只草原母鸡带着一窝草原小鸡慌忙地躲进草丛。小宝宝卡瑞睡着了，玛丽和劳拉也昏昏欲睡，突然她们听见爸说：“那边好像出事了。”

劳拉赶紧跳起来，只见远处的大草原上有一个浅色的小鼓包。她看不出有什么异样。

“哪儿？”她问爸。

“那儿。”爸说，朝那个小鼓包点点头，“它不动了。”

劳拉没有再说什么，她使劲盯着看呀看，才发现那个鼓包是一辆篷车。篷车越变越大，劳拉看见它的前面没有套马，周围也没有什么东西。接着她看见马车前面有个黑乎乎的东西。

那黑乎乎的东西是两个人，他们坐在马车辕杆上。那是一个男人和一个女人。他们坐在那里低头看着自己的脚，当帕特和帕蒂停在他们面前时才抬起头来。

“出什么事了？你们的马呢？”爸问。

“不知道。”男人说，“我昨晚把它们拴在马车上，今天早晨就不见了。半夜里有人割断绳子，把马牵走了。”

“你们的狗呢？”爸问。

“没有狗。”男人说。

杰克待在马车底下，没有汪汪叫，也没有钻出来。它是一只懂事的狗，知道碰到陌生人该怎么做。

“我看，你们的马是丢了。”爸对男人说，“永远不会再见到它们了。对偷马贼，即便是绞死都不为过。”

“是啊。”男人说。

爸看看妈，妈微微点点头。爸说：“搭我们的车去独立城吧。”

“不行，”男人说，“我们的东西都在这辆马车里，我们不能扔下它。”

“哦，天哪！那你们怎么办？”爸惊叫道，“可能好几天、好几个星期都不会有人经过这里。你们不能留在这儿。”

“我不知道。”男人说。

“我们不能离开这辆马车。”女人说。她低头看着交叉放在膝头的双手，劳拉看不见她的脸，只看见太阳帽的帽檐儿。

“最好上来吧。”爸对他们说，“你们可以再回来取车。”

“不行。”女人说。

他们不肯离开马车，他们所有的东西都在马车里。爸只好赶着车继续前进，留下他们独自坐在茫茫大草原里，坐在马车的辕杆上。

爸自言自语地嘟囔：“真没经验！他们所有的东西都在车上，却没有看家护院的狗！自己也不站岗放哨，还用绳子把马拴住！”爸哼了一下鼻子。“真没经验！”他又说一遍，“他们根本就不该到密西西比河西部来！”

“可是，查尔斯！他们会怎么样呢？”妈问他。

“独立城里有士兵。”爸说，“我会告诉队长，让他派人把他们接过去。估计他们能熬到那个时候。碰到我们经过这里，也算他们运气。要不然的话天知道什么时候才会被人发现。”

劳拉注视着那辆孤独的马车，直到它变成了大草原上的一个小鼓包，然后成了一个小黑点，最后彻底消失了。

整整一天，爸都在赶车。他们再也没有看见别人。

太阳落山时，爸在一口井边停下。这里原来有一座房子，后来被火烧毁了。井里有大量的清水，劳拉和玛丽捡了一些烧了一半的木头生火。爸把马解下来，喂它们喝水，然后把它们拴在木桩上。爸把马车的座位拿下来，搬出食品箱。火烧得很旺，妈麻利地做好晚饭。

一切都跟他们没建造小木屋之前一模一样。爸、妈和卡瑞坐在马车座位上，劳拉和玛丽坐在马车辕杆上。他们吃着刚从篝火上端下来的热气腾腾的美味晚餐。帕特、帕蒂和小兔嚼着肥嫩的青草，劳拉留了一些食物喂给杰克，杰克不能讨食，但晚餐一结束，它就可以饱餐一顿了。

太阳落到了遥远的西边，该扎营露宿了。

爸用铁链把帕特和帕蒂拴在马车尾部的食品箱上，把小兔拴在车边。他喂它们吃饱了谷子，然后自己坐在火边抽烟。妈安顿玛丽和劳拉上床，把小宝宝卡瑞放在她们身边。

妈挨着爸在火边坐下，爸从盒子里拿出小提琴，拉了起来。

“哦，苏珊娜，别为我哭泣……”小提琴如泣如诉，爸开始唱歌。

我去加利福尼亚
膝盖上放着洗衣盆，
每次想到我的家，
就希望离家的不是我。

“你知道吗，卡罗琳，”爸停住唱歌说，“我一直在想，野兔吃我们种的那些菜该有多开心啊。”

“别说了，查尔斯。”妈说。

“没关系，卡罗琳！”爸对她说，“我们会搞一个更好的菜园子。不管怎么说，我们从印第安人居住区带走的东西比带去的多。”

“我不明白多了什么。”妈说。爸回答道：“哎呀，那头骡子嘛！”妈笑了起来，爸和小提琴又唱起歌来。

我要在迪克西安个家，
在迪克西度过一辈子！
离开，离开，离开，离开，
去往南边的迪克西！

歌曲轻快悠扬，劳拉听得几乎要从床上蹦起来。但她必须躺着不动，不能把卡瑞吵醒。玛丽也睡着了，可是劳拉却比什么时候都清醒。

她听见杰克在马车底下给自己铺床，杰克转了一圈又一圈，把草踩平，然后蜷身躺进那个圆圆的窝里，心满意足地叹了口气。

帕特和帕蒂在嚼最后一点儿谷子，它们把链条弄得咔咔作响。小兔躺在马车旁边。

一家人聚在一起，在辽阔的、群星璀璨的夜空下过夜，安全而舒适。篷车又一次成了他们的家。

小提琴开始拉一支进行曲，爸清晰的声音浑厚得像洪钟一样。

我们要团结在旗帜周围，伙计，
我们要再次团结一心，
高声发出自由的呐喊！

劳拉觉得她也想大声喊出来，可是妈悄悄从车篷的圆洞往里看了看。

“查尔斯，”妈说，“劳拉还醒着呢。歌声这么吵，她不可能睡得着。”

爸没有回答，但小提琴的调子变了，变成了一支悠长轻柔的回旋曲，似乎在温柔地哄劳拉入睡。

劳拉觉得眼皮耷拉下来了，似乎要进入梦境。伴随着爸轻柔的歌声，她开始在大草原无边无际的草浪上飘浮，爸唱道：

划呀，划呀，划过蓝色的海洋，
橡树小筏子像羽毛一样。
亲爱的，轻轻地在海上泛舟；
我日夜伴你在大海上漂荡。

书号	书名	定价	作者
9787544745048	哈姆雷特	22.00	（英国）威廉·莎士比亚
9787544744560	奥赛罗	20.00	（英国）威廉·莎士比亚
9787544744829	李尔王	22.80	（英国）威廉·莎士比亚
9787544744812	麦克白	19.80	（英国）威廉·莎士比亚
9787544745055	威尼斯商人	19.80	（英国）威廉·莎士比亚
9787544745895	无事生非	20.00	（英国）威廉·莎士比亚
9787544711104	仲夏夜之梦	22.80	（英国）威廉·莎士比亚
9787544731386	第十二夜	21.80	（英国）威廉·莎士比亚
9787544746618	罗密欧与朱丽叶	22.80	（英国）威廉·莎士比亚
9787544726207	鲁滨孙漂流记	38.80	（英国）丹尼尔·笛福
9787544726092	双城记	48.80	（英国）查尔斯·狄更斯
9787544724661	雾都孤儿	49.80	（英国）查尔斯·狄更斯
9787544723473	呼啸山庄	36.80	（英国）艾米莉·勃朗特
9787544727655	简·爱	39.80	（英国）夏洛蒂·勃朗特
9787544723220	傲慢与偏见	39.80	（英国）简·奥斯汀
9787544738668	理智与情感	49.80	（英国）简·奥斯汀
9787544752909	劝导	38.80	（英国）简·奥斯汀
9787544755207	诺桑觉寺	34.80	（英国）简·奥斯汀
9787544736114	夜莺与玫瑰	20.00	（英国）奥斯卡·王尔德
9787544724852	道林·格雷的画像	32.80	（英国）奥斯卡·王尔德
9787544754194	莎乐美	22.00	（英国）奥斯卡·王尔德
9787544720748	动物庄园	18.00	（英国）乔治·奥威尔
9787544720021	一九八四	29.80	（英国）乔治·奥威尔
9787544713115	巴黎伦敦落魄记	29.80	（英国）乔治·奥威尔
9787544750226	上来透口气	34.80	（英国）乔治·奥威尔
9787544744799	恋爱中的女人	56.00	（英国）D. H. 劳伦斯
9787544724081	儿子与情人	49.80	（英国）D. H. 劳伦斯
9787544754682	美丽新世界	32.80	（英国）奥尔德斯·赫胥黎

书号	书名	定价	作者
9787544756983	伍尔夫读书随笔	26.80	(英国)弗吉尼亚·伍尔夫
9787544731812	培根论说文集	28.00	(英国)弗朗西斯·培根
9787544755269	曼殊斐尔小说集	18.80	(英国)曼殊菲尔
9787544726115	格列佛游记	39.00	(英国)乔纳森·斯威夫特
9787544750455	小人物日记	20.00	(英国)乔治·格罗史密斯,威登·格罗史密斯
9787544759250	像爱丽丝的小镇	45.00	(英国)内维尔·舒特
9787544725125	勃朗宁夫人十四行诗	19.80	(英国)伊丽莎白·勃朗宁
9787544720267	泰戈尔诗选	20.00	(印度)泰戈尔
9787544723657	马克·吐温中短篇小说选	38.80	(美国)马克·吐温
9787544750660	汤姆·索亚历险记	34.80	(美国)马克·吐温
9787544751087	哈克贝利·费恩历险记	38.80	(美国)马克·吐温
9787544723213	欧·亨利中短篇小说选	36.80	(美国)欧·亨利
9787544723107	野性的呼唤	18.00	(美国)杰克·伦敦
9787544726122	海狼	39.00	(美国)杰克·伦敦
9787544726436	了不起的盖茨比	26.80	(美国)F. S. 菲茨杰拉德
9787544722568	红字	28.80	(美国)纳撒尼尔·霍桑
9787544738859	老人与海	22.00	(美国)欧内斯特·海明威
9787544733915	太阳照常升起	29.80	(美国)欧内斯特·海明威
9787544733380	永别了,武器	32.80	(美国)欧内斯特·海明威
9787544726627	爱伦·坡短篇小说选	37.80	(美国)爱伦·坡
9787544723206	嘉莉妹妹	42.80	(美国)西奥多·德莱塞
9787544724654	都柏林人	34.80	(爱尔兰)詹姆斯·乔伊斯
9787544759717	一个青年艺术家的画像	36.80	(爱尔兰)詹姆斯·乔伊斯
9787544745857	一个陌生女人的来信	38.00	(奥地利)斯蒂芬·茨威格
9787544758659	少年维特的烦恼	26.80	(德国)歌德
9787544720236	契诃夫中短篇小说选	29.80	(俄罗斯)安东·契诃夫
9787544728409	克雷洛夫寓言选	22.80	(俄罗斯)克雷洛夫
9787544760195	父与子	38.80	(俄罗斯)屠格涅夫
9787544746441	猎人笔记	46.00	(俄罗斯)屠格涅夫

书号	书名	定价	作者
9787544723015	白夜	28.80	（俄罗斯）陀思妥耶夫斯基
9787544727761	红与黑	49.80	（法国）司汤达
9787544723725	茶花女	29.80	（法国）小仲马
9787544725156	莫泊桑中短篇小说选	36.80	（法国）居伊·德·莫泊桑
9787544730129	最后一课——都德短篇小说选	23.80	（法国）阿尔封斯·都德
9787544748254	窄门	21.80	（法国）安德烈·纪德
9787544748223	田园交响曲	20.00	（法国）安德烈·纪德
9787544748230	背德者	21.80	（法国）安德烈·纪德
9787544722360	包法利夫人	36.80	（法国）古斯塔夫·福楼拜
9787544720243	沉思录	26.80	（古罗马）马可·奥勒留
9787544726429	里柯克幽默小品选	38.80	（加拿大）斯蒂芬·里柯克
9787544752916	先知·沙与沫	29.80	（黎巴嫩）纪伯伦
9787544758680	泪与笑	32.80	（黎巴嫩）纪伯伦
9787544738392	走出非洲	38.80	（丹麦）凯伦·布里克森
9787544743075	老残游记	32.80	（清）刘鹗
9787544741439	浮生六记	25.00	（清）沈复
9787544721028	假如给我三天光明	25.00	（美国）海伦·凯勒
9787544720274	爱的教育	29.80	（意大利）亚米契斯
9787544717793	安徒生童话	29.80	（丹麦）安徒生
9787544723589	小王子	19.80	（法国）圣埃克苏佩里
9787544761475	丛林故事	45.00	（英国）吉卜林
9787544722827	原来如此	18.00	（英国）吉卜林
9787544723794	爱丽丝漫游奇境记	28.80	（英国）刘易斯·卡罗尔
9787544752923	彼得·潘	26.80	（英国）J. M. 巴里
9787544757973	鹅妈妈的故事	22.80	（法国）沙尔·贝洛
9787544728164	小妇人	48.80	（美国）L. M. 奥尔科特
9787544752626	绿山墙的安妮	38.00	（加拿大）L. M. 蒙哥马利
9787544754910	小公主	28.80	（美国）弗朗西斯·伯内特
9787544755184	秘密花园	36.80	（美国）弗朗西斯·伯内特
9787544753821	黑骏马	32.80	（英国）安娜·塞维尔

书号	书名	定价	作者
9787544753838	怪医杜立德	22.80	(美国) 休·洛夫廷
9787544757720	小熊维尼	34.80	(英国) A. A. 米尔恩
9787544751919	小鹿斑比	26.80	(奥地利) F. 萨尔腾
9787544754217	柳林风声	29.80	(英国) 肯尼斯·格雷厄姆
9787544754200	奥兹国历险记	26.80	(美国) 莱曼·弗兰克·鲍姆
9787544754859	化身博士	19.80	(英国) 罗伯特·史蒂文森
9787544725071	金银岛	28.80	(英国) 罗伯特·史蒂文森
9787544727174	八十天环游地球	32.80	(法国) 儒勒·凡尔纳
9787544733069	海底两万里	46.80	(法国) 儒勒·凡尔纳
9787544734233	神秘岛	46.80	(法国) 儒勒·凡尔纳
9787544754187	地心游记	36.80	(法国) 儒勒·凡尔纳
9787544733649	时间机器	18.80	(英国) H. G. 威尔斯
9787544757430	失落的世界	35.80	(英国) 阿瑟·柯南·道尔
9787544755658	007经典原著系列：金手指	36.80	(英国) 伊恩·弗莱明
9787544733922	消失的地平线	25.00	(英国) 詹姆斯·希尔顿
9787544723305	社会契约论	18.80	(法国) 让－雅克·卢梭
9787544723299	忏悔录	25.80	(法国) 让－雅克·卢梭
9787544757751	论人类不平等的起源和基础	22.80	(法国) 让－雅克·卢梭
9787544725002	君主论	16.80	(意大利) 马基雅弗利
9787544735414	富兰克林自传	32.00	(美国) 本杰明·富兰克林
9787544720212	人性的弱点	29.80	(美国) 戴尔·卡耐基
9787544721011	人性的优点	32.80	(美国) 戴尔·卡耐基
9787544720250	致加西亚的信	16.00	(美国) 埃尔伯特·哈伯德
9787544757102	我们时代的神经症人格	29.80	(美国) 卡伦·霍妮
9787544754149	我们内心的冲突	28.80	(美国) 卡伦·霍妮
9787544731348	菊与刀	26.00	(美国) 露丝·本尼迪克特
9787544732239	中国人的气质	26.80	(美国) 明恩溥
9787544757393	月亮与六便士	39.80	(英国) 萨默塞特·毛姆
9787544754446	木偶奇遇记	26.80	(意大利) 卡洛·科洛迪

书号	书名	定价	作者
9787544771238	面纱	49.80	(英国) 萨默塞特·毛姆
9787544765367	刀锋	45.00	(英国) 萨默塞特·毛姆
9787544769501	生活的真相——毛姆短篇小说选	46.80	(英国) 萨默塞特·毛姆
9787544765138	黑暗的心	24.80	(英国) 约瑟夫·康拉德
9787544767590	墙上的斑点——伍尔夫短篇小说选	36.80	(英国) 弗吉尼亚·伍尔夫
9787544763943	弗兰肯斯坦	34.80	(英国) 玛丽·雪莱
9787544762700	居里夫人的故事	33.00	(英国) 埃列娜·多丽
9787544771511	彼得兔的故事	38.00	(英国) 毕翠克丝·波特
9787544762441	物种起源	49.80	(英国) 达尔文
9787544764735	列那狐	26.80	(英国) 威廉·卡克斯顿
9787544766395	狮子、女巫和魔衣柜	24.80	(英国) C. S. 刘易斯
9787544770996	凯斯宾王子	36.80	(英国) C. S. 刘易斯
9787544771412	坎特维尔的幽灵——奥斯卡·王尔德短篇小说选	36.80	(英国) 奥斯卡·王尔德
9787544770569	莎士比亚十四行诗集	34.80	(英国) 威廉·莎士比亚
9787544767286	摩尔·弗兰德斯	42.80	(英国) 丹尼尔·笛福
9787544765350	马丁·伊登	49.00	(美国) 杰克·伦敦
9787544770774	热爱生命——杰克·伦敦短篇小说选	39.80	(美国) 杰克·伦敦
9787544766593	睡谷的传说——欧文奇幻短篇小说选	25.80	(美国) 华盛顿·欧文
9787544764520	牧师的黑面纱——霍桑短篇小说集	33.80	(美国) 纳撒尼尔·霍桑
9787544763868	乞力马扎罗的雪——海明威短篇小说选	49.80	(美国) 欧内斯特·海明威
9787544765497	西尔维娅·普拉斯诗集	32.80	(美国) 西尔维娅·普拉斯
9787544769402	波兰吹号手	36.80	(美国) 埃里克·凯利
9787544768078	波莉安娜	35.80	(美国) 埃莉诺·波特

书号	书名	定价	作者
9787544766685	彩虹鸽	26.80	(美国) 达恩·葛帕·默克奇
9787544762755	小勋爵	29.80	(美国) 弗朗西丝·伯内特
9787544765015	如何享受人生，享受工作	29.80	(美国) 戴尔·卡耐基
9787544756655	股票大作手回忆录	38.00	(美国) 埃德温·勒菲弗
9787544772327	伤心咖啡馆之歌	36.80	(美国) 卡森·麦卡勒斯
9787544768054	公主的月亮 ——詹姆斯·瑟伯童话集	29.80	(美国) 詹姆斯·瑟伯
9787544762656	吉檀迦利	24.80	(印度) 泰戈尔
9787544763103	园丁集	28.00	(印度) 泰戈尔
9787544765763	泰戈尔回忆录	32.80	(印度) 泰戈尔
9787544767231	格林童话	35.00	(德国) 雅各布·格林 威廉·格林
9787544763974	阴谋与爱情	26.80	(德国) 弗里德里希·席勒
9787544772662	豪夫童话	59.80	(德国) 威廉·豪夫
9787544765695	涡堤孩	22.00	(德国) 莫特·福凯
9787544769198	高老头	42.80	(法国) 巴尔扎克
9787544763837	昆虫记	35.80	(法国) 让-亨利·法布尔
9787544766807	死魂灵	42.80	(俄国) 尼古莱·果戈里
9787544770750	老屋子	36.80	(丹麦) 卡尔·爱华尔德
9787544763875	小约翰	28.80	(荷兰) F. 望·蔼覃
9787544765701	伊索寓言	29.80	(古希腊) 伊索
9787544772075	青鸟	32.80	(比利时) 梅特林克

LITTLE HOUSE ON THE PRAIRIE

Laura Ingalls Wilder

CONTENTS

I. GOING WEST

A long time ago, when all the grandfathers and grandmothers of today were little boys and little girls or very small babies, or perhaps not even born, Pa and Ma and Mary and Laura and Baby Carrie left their little house in the Big Woods of Wisconsin. They drove away and left it lonely and empty in the clearing among the big trees, and they never saw that little house again.

They were going to the Indian country.

Pa said there were too many people in the Big Woods now. Quite often Laura heard the ringing thud of an ax which was not Pa's ax, or the echo of a shot that did not come from his gun. The path that went by the little house had become a road. Almost every day Laura and Mary stopped their playing and stared in surprise at a wagon slowly creaking by on that road.

Wild animals would not stay in a country where there were so many people. Pa did not like to stay, either. He liked a country where the wild animals lived without being afraid. He liked to see the little fawns and their mothers looking at him from the shadowy woods, and the fat, lazy bears eating berries in the wild-berry patches.

In the long winter evenings he talked to Ma about the Western country. In the West the land was level, and there were no trees. The grass grew thick and high. There the wild animals wandered and fed as though they were in a pasture that stretched much farther than a man could see, and there were no settlers. Only Indians lived there.

One day in the very last of the winter Pa said to Ma, "Seeing you don't object, I've decided to go see the West. I've had an offer for this place, and we can sell it now for as much as we're ever likely to get, enough to give us a start in a new country."

"Oh, Charles, must we go now?" Ma said. The weather was so cold and the snug house was so comfortable.

"If we are going this year, we must go now," said Pa. "We can't get across the Mississippi after the ice breaks."

So Pa sold the little house. He sold the cow and calf. He made hickory bows and fastened them upright to the wagon-box. Ma helped him stretch white canvas over them.

In the thin dark before morning Ma gently shook Mary and Laura till they got up. In firelight and candlelight she washed and combed them and dressed them warmly. Over their long red-flannel underwear she put wool petticoats and wool dresses and long wool stockings. She put their coats on them, and their rabbit-skin hoods and their red yarn mittens.

Everything from the little house was in the wagon, except the beds and tables and chairs. They did not need to take these, because Pa could always make new ones.

There was thin snow on the ground. The air was still and cold and dark. The bare trees stood up against the frosty stars. But in the east the sky was pale and through the gray woods came lanterns with wagons and horses, bringing Grandpa and Grandma and aunts and uncles and cousins.

Mary and Laura clung tight to their rag dolls and did not say anything. The cousins stood around and looked at them. Grandma and all the aunts hugged and kissed them and hugged and kissed them again, saying good-by.

Pa hung his gun to the wagon bows inside the canvas top, where he could reach it quickly from the seat. He hung his bullet-pouch and powder-horn beneath it. He laid the fiddle-box carefully between pillows, where jolting would not hurt the fiddle.

The uncles helped him hitch the horses to the wagon. All the cousins were told to kiss Mary and Laura, so they did. Pa picked up Mary and then Laura, and set them on the bed in the back of the wagon. He helped Ma climb up to the wagon-seat, and Grandma reached up and gave her Baby Carrie. Pa swung up and sat beside Ma, and Jack, the brindle bulldog, went under the wagon.

So they all went away from the little log house. The shutters were over the windows, so the little house could not see them go. It stayed there inside the log fence, behind the two big oak trees that in the summertime had made green roofs for Mary and Laura to play under. And that was the last of the little house.

Pa promised that when they came to the West, Laura should see a papoose.

"What is a papoose?" she asked him, and he said, "A papoose is a little, brown, Indian baby."

They drove a long way through the snowy woods, till they came to the town of Pepin. Mary and Laura had seen it once before, but it looked different now. The door of the store and the doors of all the houses were shut, the stumps were covered with snow, and no little children were playing outdoors. Big cords of wood stood among the stumps. Only two or three men in boots and fur caps and bright plaid coats were to be seen.

Ma and Laura and Mary ate bread and molasses in the wagon, and the horses ate corn from nose-bags, while inside the store Pa traded his furs for things they would need on the journey. They could not stay long in the town, because they must cross the lake that day.

The enormous lake stretched flat and smooth and white all the way to the edge of the gray sky. Wagon tracks went away across it, so far that you could not see where they went; they ended in nothing at all.

Pa drove the wagon out onto the ice, following those wagon tracks. The horses' hoofs clop-clopped with a dull sound, the wagon wheels went crunching. The town grew smaller and smaller behind, till even the tall store was only a dot. All around the wagon there was nothing but empty and silent space. Laura didn't like it. But Pa was on the wagon seat and Jack was under the wagon; she knew that nothing could hurt her while Pa and Jack were there.

At last the wagon was pulling up a slope of earth again, and again there were trees. There was a little log house, too, among the trees. So Laura felt better.

Nobody lived in the little house; it was a place to camp in. It was a tiny house, and strange, with a big fireplace and rough bunks against all the walls. But it was warm when Pa had built a fire in the fireplace. That night Mary and Laura and Baby Carrie slept with Ma in a bed made on the floor before the fire, while Pa slept outside in the wagon, to guard it and the horses.

In the night a strange noise wakened Laura. It sounded like a shot, but it was sharper and longer than a shot. Again and again she heard it. Mary and Carrie were asleep, but Laura couldn't sleep until Ma's voice came softly through the dark. "Go to sleep, Laura," Ma said. "It's only the ice cracking."

Next morning Pa said, "It's lucky we crossed yesterday, Caroline. Wouldn't wonder if the ice broke up today. We made a late crossing, and we're lucky it didn't start breaking up while we were out in the middle of it."

"I thought about that yesterday, Charles," Ma replied, gently.

Laura hadn't thought about it before, but now she thought what would have happened if the ice had cracked under the wagon wheels and they had all gone down into the cold water in the middle of that vast lake.

"You're frightening somebody, Charles," Ma said, and Pa caught Laura up in his safe, big hug.

"We're across the Mississippi!" he said, hugging her joyously. "How do you like that, little half-pint of sweet cider half drunk up? Do you like going out west where Indians live?"

Laura said she liked it, and she asked if they were in the Indian country now. But they were not; they were in Minnesota.

It was a long, long way to Indian Territory. Almost every day the horses traveled as far as they could; almost every night Pa and Ma made camp in a new place. Sometimes they had to stay several days in one camp because a creek was in flood and they couldn't cross it till the water went down. They crossed too many creeks to count. They saw strange woods and hills, and stranger country with no trees. They drove across rivers on long wooden bridges, and they came to one wide yellow river that had no bridge.

That was the Missouri River. Pa drove onto a raft, and they all sat still in the wagon while the raft went swaying away from the safe land and slowly crossed all that rolling muddy-yellow water.

After more days they came to hills again. In a valley the wagon stuck fast in deep black mud. Rain poured down and thunder crashed and lightning flared. There was no place to make camp and build a fire. Everything was damp and chill and miserable in the wagon, but they had to stay in it and eat cold bits of food.

Next day Pa found a place on a hillside where they could camp. The rain had stopped, but they had to wait a week before the creek went down and the mud dried so that Pa could dig the wagon wheels out of it and go on.

One day, while they were waiting, a tall, lean man came out of the woods, riding a black pony. He and Pa talked awhile, then they went off into the woods together, and when they came back, both of them were riding black ponies. Pa had traded the tired brown horses for those ponies.

They were beautiful little horses, and Pa said they were not really ponies; they were western mustangs. "They're strong as mules and gentle as kittens," Pa said. They had large, soft, gentle eyes, and long manes and tails, and slender legs and feet much smaller and quicker than the feet of horses in the Big Woods.

When Laura asked what their names were, Pa said that she and Mary could name them. So Mary named one, Pet, and Laura named the other, Patty. When the creek's roar was not so loud and the road was drier, Pa dug the wagon out of the mud. He hitched Pet and Patty to it, and they all went on together.

They had come in the covered wagon all the long way from the Big Woods of Wisconsin, across Minnesota and Iowa and Missouri. All that long way, Jack had trotted under the wagon. Now they set out to go across Kansas.

Kansas was an endless flat land covered with tall grass blowing in the wind. Day after day they traveled in Kansas, and saw nothing but the rippling grass and enormous sky. In a perfect circle the sky curved down to the level land, and the wagon was in the circle's exact middle.

All day long Pet and Patty went forward, trotting and walking and trotting again, but they couldn't get out of the middle of that circle. When the sun went down, the circle was still around them and the edge of the sky was pink. Then slowly the land became black. The wind made a lonely sound in the grass. The camp fire was small and lost in so much space. But large stars hung from the sky, glittering so near that Laura felt she could almost touch them.

Next day the land was the same, the sky was the same, the circle did not change. Laura and Mary were tired of them all. There was nothing new to do and nothing new to look at. The bed was made in the back of the wagon and neatly covered with a gray blanket; Laura and Mary sat on it. The canvas sides of the wagon-top were rolled up and tied, so the prairie wind blew in. It whipped Laura's straight brown hair and Mary's golden curls every-which-way, and the strong light screwed up their eyelids.

Sometimes a big jack rabbit bounded in big bounds away over the blowing grass. Jack paid no attention. Poor Jack was tired, too, and his paws were sore from traveling so far. The wagon kept on jolting, the canvas top snapped in the wind. Two faint wheel tracks kept going away behind the wagon, always the same.

Pa's back was hunched. The reins were loose in his hands, the wind blew his long brown beard. Ma sat straight and quiet, her hands folded in her lap. Baby Carrie slept in a nest among the soft bundles.

"Ah-wow!" Mary yawned, and Laura said: "Ma, can't we get out and run behind the wagon? My legs are so tired."

"No, Laura," Ma said.

"Aren't we going to camp pretty soon?" Laura asked. It seemed such a long time since noon, when they had eaten their lunch sitting on the clean grass in the shade of the wagon.

Pa answered: "Not yet. It's too early to camp now."

"I want to camp, now! I'm so tired," Laura said.

Then Ma said, "Laura." That was all, but it meant that Laura must not complain. So she did not complain any more out loud, but she was still naughty, inside. She sat and thought complaints to herself.

Her legs ached and the wind wouldn't stop blowing her hair. The grass waved and the wagon jolted and nothing else happened for a long time.

"We're coming to a creek or a river," Pa said. "Girls, can you see those trees ahead?"

Laura stood up and held to one of the wagon bows. Far ahead she saw a low dark smudge. "That's trees," Pa said. "You can tell by the shape of the shadows. In this country, trees mean water. That's where we'll camp tonight."

II. CROSSING THE CREEK

Pet and Patty began to trot briskly, as if they were glad, too. Laura held tight to the wagon bow and stood up in the jolting wagon. Beyond Pa's shoulder and far across the waves of green grass she could see the trees, and they were not like any trees she had seen before. They were no taller than bushes.

"Whoa!" said Pa, suddenly. "Now which way?" he muttered to himself.

The road divided here, and you could not tell which was the more-traveled way. Both of them were faint wheel tracks in the grass. One went toward the west, the other sloped downward a little, toward the south. Both soon vanished in the tall, blowing grass.

"Better go downhill, I guess," Pa decided. "The creek's down in the bottoms. Must be this is the way to the ford." He turned Pet and Patty toward the south.

The road went down and up and down and up again, over gently curving land. The trees were nearer now, but they were no taller. Then Laura gasped and clutched the wagon bow, for almost under Pet's and Patty's noses there was no more blowing grass, there was no land at all. She looked beyond the edge of the land and across the tops of trees.

The road turned there. For a little way it went along the cliff's top, then it went sharply downward. Pa put on the brakes; Pet and Patty braced themselves backward and almost sat down. The wagon wheels slid onward, little by little lowering the wagon farther down the steep slope into the ground. Jagged cliffs of bare red earth rose up on both sides of the wagon. Grass waved along their tops, but nothing grew on their seamed, straight-up-and-down sides. They were hot, and heat came from them against Laura's face. The wind was still blowing overhead, but it did not blow down into this deep crack in the ground. The stillness seemed strange and empty.

Then once more the wagon was level. The narrow crack down which it had come opened into the bottom lands. Here grew the tall trees whose tops Laura had seen from the prairie above. Shady groves were scattered on the rolling meadows, and in the groves deer were lying down, hardly to be seen among the shadows. The deer turned their heads toward the wagon, and curious fawns stood up to see it more clearly.

Laura was surprised because she did not see the creek. But the bottom lands were wide. Down here, below the prairie, there were gentle hills and open sunny places. The air was still and hot. Under the wagon wheels the ground was soft. In the sunny open spaces the grass grew thin, and deer had cropped it short.

For a while the high, bare cliffs of red earth -stood up behind the wagon. But they were almost hidden behind hills and trees when Pet and Patty stopped to drink from the creek.

The rushing sound of the water filled the still air. All along the creek banks the trees hung over it and made it dark with shadows. In the middle it ran swiftly, sparkling silver and blue.

"This creek's pretty high," Pa said. "But I guess we can make it all right. You can see this is a ford, by the old wheel ruts. What do you say, Caroline?"

"Whatever you say, Charles," Ma answered.

Pet and Patty lifted their wet noses. They pricked their ears forward, looking at the creek; then they pricked them backward to hear what Pa would say. They sighed and laid their soft noses together to whisper to each other. A little way upstream, Jack was lapping the water with his red tongue.

"I'll tie down the wagon-cover," Pa said. He climbed down from the seat, unrolled the canvas sides and tied them firmly to the wagon box. Then he pulled the rope at the back, so that the canvas puckered together in the middle, leaving only a tiny round hole, too small to see through.

Mary huddled down on the bed. She did not like fords; she was afraid of the rushing water. But Laura was excited; she liked the splashing. Pa climbed to the seat, saying, "They may have to swim, out there in the middle. But we'll make it all right, Caroline."

Laura thought of Jack and said, "I wish Jack could ride in the wagon, Pa."

Pa did not answer. He gathered the reins tightly in his hands. Ma said, "Jack can swim, Laura. He will be all right."

The wagon went forward softly in mud. Water began to splash against the wheels. The splashing grew louder. The wagon shook as the noisy water struck at it. Then all at once the wagon lifted and balanced and swayed. It was a lovely feeling.

The noise stopped, and Ma said, sharply, "Lie down, girls!"

Quick as a flash, Mary and Laura dropped flat on the bed. When Ma spoke like that, they did as they were told. Ma's arm pulled a smothering blanket over them, heads and all.

"Be still, just as you are. Don't move!" she said.

Mary did not move; she was trembling and still. But Laura could not help wriggling a little bit. She did so want to see what was happening. She could feel the wagon swaying and turning; the splashing was noisy again, and again it died away. Then Pa's voice frightened Laura. It said, "Take them, Caroline!"

The wagon lurched; there was a sudden heavy splash beside it. Laura sat straight up and clawed the blanket from her head.

Pa was gone. Ma sat alone, holding tight to the reins with both hands. Mary hid her face in the blanket again, but Laura rose up farther. She couldn't see the creek bank. She couldn't see anything in front of the wagon but water rushing at it. And in the water, three heads; Pet's head and Patty's head and Pa's small, wet head. Pa's fist in the water was holding tight to Pet's bridle.

Laura could faintly hear Pa's voice through the rushing of the water. It sounded calm and cheerful, but she couldn't hear what he said. He was talking to the horses. Ma's face was white and scared.

"Lie down, Laura," Ma said.

Laura lay down. She felt cold and sick. Her eyes were shut tight, but she could still see the terrible water and Pa's brown beard drowning in it.

For a long, long time the wagon swayed and swung, and Mary cried without making a sound, and Laura's stomach felt sicker and sicker. Then the front wheels struck and grated, and Pa shouted. The whole wagon jerked and jolted and tipped backward, but the wheels were turning on the ground. Laura was up again, holding to the seat; she saw Pet's and Patty's scrambling wet backs climbing a steep bank, and Pa running beside them, shouting, "Hi, Patty! Hi, Pet! Get up! Get up! Whoopsy-daisy! Good girls!"

At the top of the bank they stood still, panting and dripping. And the wagon stood still, safely out of that creek.

Pa stood panting and dripping, too, and Ma said, "Oh, Charles!"

"There, there, Caroline," said Pa. "We're all safe, thanks to a good tight wagon-box well fastened to the running-gear. I never saw a creek rise so fast in my life. Pet and Patty are good swimmers, but I guess they wouldn't have made it if I hadn't helped them."

If Pa had not known what to do, or if Ma had been too frightened to drive, or if Laura and Mary had been naughty and bothered her, then they would all have been lost. The river would have rolled them over and over and carried them away and drowned them, and nobody would ever have known what became of them. For weeks, perhaps, no other person would come along that road.

"Well," said Pa, "all's well that ends well," and Ma said, "Charles, you're wet to the skin."

Before Pa could answer, Laura cried, "Oh, where's Jack?"

They had forgotten Jack. They had left him on the other side of that dreadful water and now they could not see him anywhere. He must have tried to swim after them, but they could not see him struggling in the water now.

Laura swallowed hard, to keep from crying. She knew it was shameful to cry, but there was crying inside her. All the long way from Wisconsin poor Jack had followed them so patiently and faithfully, and now they had left him to drown. He was so tired, and they might have taken him into the wagon. He had stood on the bank and seen the wagon going away from him, as if they didn't care for him at all. And he would never know how much they wanted him.

Pa said he wouldn't have done such a thing to Jack, not for a million dollars. If he'd known how that creek would rise when they were in midstream, he would never have let Jack try to swim it. "But that can't be helped now," he said.

He went far up and down the creek bank, looking for Jack, calling him and whistling for him.

It was no use. Jack was gone.

At last there was nothing to do but to go on. Pet and Patty were rested. Pa's clothes had dried on him while he searched for Jack. He took the reins again, and drove uphill, out of the river bottoms.

Laura looked back all the way. She knew she wouldn't see Jack again, but she wanted to. She didn't see anything but low curves of land coming between the wagon and the creek, and beyond the creek those strange cliffs of red earth rose up again.

Then other bluffs just like them stood up in front of the wagon. Faint wheel tracks went into a crack between those earthen walls. Pet and Patty climbed till the crack became a small grassy valley. And the valley widened out to the High Prairie once more.

No road, not even the faintest trace of wheels or of a rider's passing, could be seen anywhere. That prairie looked as if no human eye had ever seen it before. Only the tall wild grass covered the endless empty land and a great empty sky arched over it. Far away the sun's edge touched the rim of the earth. The sun was enormous and it was throbbing and pulsing with light. All around the sky's edge ran a pale pink glow, and above the pink was yellow, and above that blue. Above the blue the sky was no color at all. Purple shadows were gathering over the land, and the wind was mourning.

Pa stopped the mustangs. He and Ma got out of the wagon to make camp, and Mary and Laura climbed down to the ground, too.

"Oh, Ma," Laura begged, "Jack has gone to heaven, hasn't he? He was such a good dog, can't he go to heaven?"

Ma did not know what to answer, but Pa said: "Yes, Laura, he can. God that doesn't forget the sparrows won't leave a good dog like Jack out in the cold."

Laura felt only a little better. She was not happy. Pa did not whistle about his work as usual, and after a while he said, "And what we'll do in a wild country without a good watchdog I don't know."

III. CAMP ON THE HIGH PRAIRIE

Pa made camp as usual. First, he unhitched and unharnessed Pet and Patty, and he put them on their picket-lines. Picket-lines were long ropes fastened to iron pegs driven into the ground. The pegs were called picket-pins. When horses were on picket-lines they could eat all the grass that the long ropes would let them reach. But when Pet and Patty were put on them, the first thing they did was to lie down and roll back and forth and over. They rolled till the feeling of the harness was all gone from their backs.

While Pet and Patty were rolling, Pa pulled all the grass from a large, round space of ground. There was old, dead grass at the roots of the green grass, and Pa would take no chance of setting the prairie on fire. If fire once started in that dry under-grass, it would sweep that whole country bare and black. Pa said, "Best be on the safe side, it saves trouble in the end."

When the space was clear of grass, Pa laid a handful of dry grass in its center. From the creek bottoms he brought an armful of twigs and dead wood. He laid small twigs and larger twigs and then the wood on the handful of dry grass, and he lighted the grass. The fire crackled merrily inside the ring of bare ground that it couldn't get out of.

Then Pa brought water from the creek, while Mary and Laura helped

Ma get supper. Ma measured coffee beans into the coffee-mill and Mary ground them. Laura filled the coffee-pot with the water Pa brought, and Ma set the pot in the coals. She set the iron bake-oven in the coals, too.

While it heated, she mixed cornmeal and salt with water and patted it into little cakes. She greased the bake-oven with a pork-rind, laid the cornmeal cakes in it, and put on its iron cover. Then Pa raked more coals over the cover, while Ma sliced fat salt pork. She fried the slices in the iron spider. The spider had short legs to stand on in the coals, and that was why it was called a spider. If it had had no legs, it would have been only a frying pan.

The coffee boiled, the cakes baked, the meat fried, and they all smelled so good that Laura grew hungrier and hungrier.

Pa set the wagon-seat near the fire. He and Ma sat on it. Mary and Laura sat on the wagon tongue. Each of them had a tin plate, and a steel knife and a steel fork with white bone handles. Ma had a tin cup and Pa had a tin cup, and Baby Carrie had a little one an her own, but Mary and Laura had to share their tin cup. They drank water. They could not drink coffee until they grew up.

While they were eating supper the purple shadows closed around the camp fire. The vast prairie was dark and still. Only the wind moved stealthily through the grass, and the large, low stars hung glittering from the great sky.

The camp fire was cozy in the big, chill darkness. The slices of pork were crisp and fat, the corncakes were good. In the dark beyond the wagon, Pet and Patty were eating, too. They bit off bites of grass with sharply crunching sounds.

"We'll camp here a day or two," said Pa. "Maybe we'll stay here. There's good land, timber in the bottoms, plenty of game—everything a man could want. What do you say, Caroline?"

"We might go farther and fare worse," Ma replied.

"Anyway, I'll look around tomorrow," Pa said. "I'll take my gun and get us some good fresh meat."

He lighted his pipe with a hot coal, and stretched out his legs comfortably. The warm, brown smell of tobacco smoke mixed with the warmth of the fire. Mary yawned, and slid off the wagon tongue to sit on the grass. Laura yawned, too. Ma quickly washed the tin plates, the tin cups, the knives and forks. She washed the bake-oven and the spider, and rinsed the dish-cloth.

For an instant she was still, listening to the long, wailing howl from the dark prairie. They all knew what it was. But that sound always ran cold up Laura's backbone and crinkled over the back of her head.

Ma shook the dish-cloth, and then she walked into the dark and spread the cloth on the tall grass to dry. When she came back Pa said: "Wolves. Half a mile away, I'd judge. Well, where there's deer there will be wolves. I wish—"

He didn't say what he wished, but Laura knew. He wished Jack were there. When wolves howled in the Big Woods, Laura had always known that Jack would not let them hurt her. A lump swelled hard in her throat and her nose smarted. She winked fast and did not cry. That wolf, or perhaps another wolf, howled again.

"Bedtime for little girls!" Ma said, cheerfully. Mary got up and turned around so that Ma could unbutton her. But Laura jumped up and stood still. She saw something. Deep in the dark beyond the firelight, two green lights were shining near the ground. They were eyes.

Cold ran up Laura's backbone, her scalp crinkled, her hair stood up. The green lights moved; one winked out, then the other winked out, then both shone steadily, coming nearer.

"Look, Pa, look!" Laura said. "A wolf!"

Pa did not seem to move quickly, but he did. In an instant he took his gun out of the wagon and was ready to fire at those green eyes. The eyes stopped coming. They were still in the dark, looking at him.

"It can't be a wolf. Unless it's a mad wolf," Pa said. Ma lifted Mary into the wagon. "And it's not that," said Pa. "Listen to the horses." Pet and Patty were still biting off bits of grass.

"A lynx?" said Ma.

"Or a coyote?" Pa picked up a stick of wood; he shouted, and threw it. The green eyes went close to the ground, as if the animal crouched to spring. Pa held the gun ready. The creature did not move.

"Don't, Charles," Ma said. But Pa slowly walked toward those eyes. And slowly along the ground the eyes crawled toward him. Laura could see the animal in the edge of the dark. It was a tawny animal and brindled. Then Pa shouted and Laura screamed.

The next thing she knew she was trying to hug a jumping, panting, wriggling Jack, who lapped her face and hands with his warm wet tongue. She couldn't hold him. He leaped and wriggled from her to Pa to Ma and back to her again.

"Well, I'm beat!" Pa said.

"So am I," said Ma. "But did you have to wake the baby?" She rocked Carrie in her arms, hushing her.

Jack was perfectly well. But soon he lay down close to Laura and sighed a long sigh. His eyes were red with tiredness, and all the under part of him was caked with mud. Ma gave him a cornmeal cake and he licked it and wagged politely, but he could not eat. He was too tired.

"No telling how long he kept swimming," Pa said. "Nor how far he was carried downstream before he landed." And when at last he reached them, Laura called him a wolf, and Pa threatened to shoot him.

But Jack knew they didn't mean it. Laura asked him, "You knew we didn't mean it, didn't you, Jack?" Jack wagged his stump of a tail; he knew.

It was past bedtime. Pa chained Pet and Patty to the feed-box at the back of the wagon and fed them their corn. Carrie slept again, and Ma helped Mary and Laura undress. She put their long nightgowns over their heads while they stuck their arms into the sleeves. They buttoned the neckbands themselves, and tied the strings of their nightcaps beneath their chins. Under the wagon Jack wearily turned around three times, and lay down to sleep.

In the wagon Laura and Mary said their prayers and crawled into their little bed. Ma kissed them good night.

On the other side of the canvas, Pet and Patty were eating their corn. When Patty whooshed into the feed-box, the whoosh was right at Laura's ear. There were little scurrying sounds in the grass. In the trees by the creek an owl called, "Who-oo? who-oo?" Farther away another owl answered, "Oo-oo, oo-oo." Far away on the prairie the wolves howled, and under the wagon Jack growled low in his chest. In the wagon everything was safe and snug.

Thickly in front of the open wagon-top hung the large, glittering stars. Pa could reach them, Laura thought. She wished he would pick the largest one from the thread on which it hung from the sky, and give it to her. She was wide awake, she was not sleepy at all, but suddenly she was very much surprised. The large star winked at her!

Then she was waking up, next morning.

IV. PRAIRIE DAY

Soft whickerings were close to Laura's ear, and grain rattled into the feed-box. Pa was giving Pet and Patty their breakfasts.

"Back, Pet! Don't be greedy," he said. "You know it's Patty's turn."

Pet stamped her foot and nickered.

"Now, Patty, keep your own end of the box," said Pa. "This is for Pet."

Then a little squeal from Patty.

"Hah! Got nipped, didn't you?" Pa said. "And serve you right. I told you to eat your own corn."

Mary and Laura looked at each other and laughed. They could smell bacon and coffee and hear pancakes sizzling, and they scrambled out of bed.

Mary could dress herself, all but the middle button. Laura buttoned that one for her, then Mary buttoned Laura all the way up the back. They washed their hands and faces in the tin washbasin on the wagon-step. Ma combed every snarl out of their hair, while Pa brought fresh water from the creek.

Then they sat on the clean grass and ate pancakes and bacon and molasses from the tin plates in their laps.

All around them shadows were moving over the waving grasses, while the sun rose. Meadow larks were springing straight up from the billows of grass into the high, clear sky, singing as they went. Small pearly clouds drifted in the intense blueness overhead. In all the weed-tops tiny birds were swinging and singing in tiny voices. Pa said they were dick-cissels.

"Dickie, dickie!" Laura called back to them. "Dickie-bird!"

"Eat your breakfast, Laura," Ma said. "You must mind your manners, even if we are a hundred miles from anywhere."

Pa said, mildly, "It's only forty miles to Independence, Caroline, and no doubt there's a neighbor or so nearer than that."

"Forty miles, then," Ma agreed. "But whether or no, it isn't good manners to sing at table. Or when you're eating," she added, because there was no table.

There was only the enormous, empty prairie, with grasses blowing in waves of light and shadow across it, and the great blue sky above it, and birds flying up from it and singing with joy because the sun was rising. And on the whole enormous prairie there was no sign that any other human being had ever been there.

In all that space of land and sky stood the lonely, small, covered wagon. And close to it sat Pa and Ma and Laura and Mary and Baby Carrie, eating their breakfasts. The mustangs munched their corn, and Jack sat still, trying hard not to beg. Laura was not allowed to feed him while she ate, but she saved bits for him. And Ma made a big pancake for him, of the last of the batter.

Rabbits were everywhere in the grass, and thousands of prairie chickens, but Jack could not hunt his breakfast that day. Pa was going hunting, and Jack must guard the camp.

First Pa put Pet and Patty on their picket-lines. Then he took the wooden tub from the side of the wagon and filled it with water from the creek. Ma was going to do the washing.

Then Pa stuck his sharp hatchet in his belt, he hung his powder-horn beside the hatchet, he put the patch-box and the bullet-pouch in his pocket, and he took his gun on his arm.

He said to Ma: "Take your time, Caroline. We won't move the wagon till we want to. We've got all the time there is."

He went away. For a little while they could see the upper part of him above the tall grasses, going away and growing smaller. Then he went out of sight and the prairie was empty.

Mary and Laura washed the dishes while Ma made the beds in the wagon. They put the clean dishes neatly in their box; they picked up every scattered twig and put it in the fire; they stacked the wood against a wagon wheel. Then everything about the camp was tidy.

Ma brought the wooden pannikin of soft soap from the wagon. She kilted up her skirts and rolled up her sleeves, and she knelt by the tub on the grass. She washed sheets and pillow-cases and white underthings, she washed dresses and shirts, and she rinsed them in clear water and spread them on the clean grass, to dry in the sun.

Mary and Laura were exploring. They must not go far from the wagon, but it was fun to run through the tall grass, in the sunshine and wind. Huge rabbits bounded away before them, birds fluttered up and settled again. The tiny dickie-birds were everywhere, and their tiny nests were in the tall weeds. And everywhere were little brown-striped gophers.

These little creatures looked soft as velvet. They had bright round eyes and crinkling noses and wee paws. They popped out of holes in the ground, and stood up to look at Mary and Laura. Their hind legs folded under their haunches, their little paws folded tight to their chests, and they looked exactly like bits of dead wood sticking out of the ground. Only their bright eyes glittered.

Mary and Laura wanted to catch one to take to Ma. Again and again they almost had one. The gopher would stand perfectly still until you were sure you had him this time, then just as you touched him, he wasn't there. There was only his round hole in the ground.

Laura ran and ran, and couldn't catch one. Mary sat perfectly still beside a hole, waiting for one to come up, and just beyond her reach gophers scampered merrily, and gophers sat up and looked at her. But not one ever came out of that hole.

Once a shadow floated across the grass, and every gopher vanished. A hawk was sailing overhead. It was so close that Laura saw its cruel round eye turned downward to look at her. She saw its sharp beak and its savage claws curled ready to pounce. But the hawk saw nothing but Laura and Mary and round, empty holes in the ground. It sailed away, looking somewhere else for its dinner.

Then all the little gophers came up again.

It was nearly noon then. The sun was almost overhead. So Laura and Mary picked flowers from the weeds, and they took the flowers to Ma, instead of a gopher.

Ma was folding the dry clothes. The little panties and petticoats were whiter than snow, warm from the sun, and smelling like the grass. Ma laid them in the wagon, and took the flowers. She admired equally the flowers that Laura gave her and the flowers that Mary gave her, and she put them together in a tin cup full of water. She set them on the wagon-step, to make the camp pretty.

Then she split two cold corn-cakes and spread them with molasses. She gave one to Mary and one to Laura. That was their dinner, and it was very good.

"Where is a papoose, Ma?" Laura asked.

"Don't speak with your mouth full, Laura," said Ma.

So Laura chewed and swallowed, and she said, "I want to see a papoose."

"Mercy on us!" Ma said. "Whatever makes you want to see Indians? We will see enough of them. More than we want to, I wouldn't wonder."

"They wouldn't hurt us, would they?" Mary asked. Mary was always good; she never spoke with her mouth full.

"No!" Ma said. "Don't get such an idea into your head."

"Why don't you like Indians, Ma?" Laura asked, and she caught a drip of molasses with her tongue.

"I just don't like them; and don't lick your fingers, Laura," said Ma.

"This is Indian country, isn't it?" Laura said. "What did we come to their country for, if you don't like them?"

Ma said she didn't know whether this was Indian country or not. She didn't know where the Kansas line was. But whether or no, the Indians would not be here long. Pa had word from a man in Washington that the Indian Territory would be open to settlement soon. It might already be open to settlement. They could not know, because Washington was so far away.

Then Ma took the sadiron out of the wagon and heated it by the fire. She sprinkled a dress for Mary and a dress for Laura and a little dress for Baby Carrie, and her own sprigged calico. She spread a blanket and a sheet on the wagon-seat, and she ironed the dresses.

Baby Carrie slept in the wagon. Laura and Mary and Jack lay on the shady grass beside it, because now the sunshine was hot. Jack's mouth was open and his red tongue hung out, his eyes blinked sleepily. Ma hummed softly to herself while the iron smoothed all the wrinkles out of the little dresses. All around them, to the very edge of the world, there was nothing but grasses waving in the wind. Far overhead, a few white puffs of cloud sailed in the thin blue air.

Laura was very happy. The wind sang a low, rustling song in the grass. Grasshoppers' rasping quivered up from an the immense prairie. A buzzing came faintly from all the trees in the creek bottoms. But all these sounds made a great, warm, happy silence. Laura had never seen a place she liked so much as this place.

She didn't know she had gone to sleep until she woke up. Jack was on his feet, wagging his stump tail. The sun was low, and Pa was coming across the prairie. Laura jumped up and ran, and his long shadow stretched to meet her in the waving grasses.

He held up the game in his hand, for her to see. He had a rabbit, the largest rabbit she had ever seen, and two plump prairie hens. Laura jumped up and down and clapped her hands and squealed. Then she caught hold of his other sleeve and hippety-hopped through the tall grasses, beside him.

"This country's cram-jammed with game," he told her. "I saw fifty deer if I saw one, and antelope, squirrels, rabbits, birds of all kinds. The creek's full of fish." He said to Ma, "I tell you, Caroline, there's everything we want here. We can live like kings!"

That was a wonderful supper. They sat by the camp fire and ate the tender, savory, flavory meat till they could eat no more. When at last Laura set down her plate, she sighed with contentment. She didn't want anything more in the world.

The last color was fading from the enormous sky and all the level land was shadowy. The warmth of the fire was pleasant because the night wind was cool. Phoebe-birds called sadly from the woods down by the creek. For a little while a mockingbird sang, then the stars came out and the birds were still. Softly Pa's fiddle sang in the starlight. Sometimes he sang a little and sometimes the fiddle sang alone. Sweet and thin and far away, the fiddle went on singing:

None knew thee but to love thee,

Thou dear one of my heart ....

The large, bright stars hung down from the sky. Lower and lower they came, quivering with music.

Laura gasped, and Ma came quickly. "What is it, Laura?" she asked, and Laura whispered, "The stars were singing."

"You've been asleep," Ma said. "It is only the fiddle. And it's time little girls were in bed."

She undressed Laura in the firelight and put her nightgown on and tied her nightcap, and tucked her into bed. But the fiddle was still singing in the starlight. The night was full of music, and Laura was sure that part of it came from the great, bright stars swinging so low above the prairie.

V. THE HOUSE ON THE PRAIRIE

Laura and Mary were up next morning earlier than the sun. They ate their breakfast of cornmeal mush with prairie-hen gravy, and hurried to help Ma wash the dishes. Pa was loading everything else into the wagon and hitching up Pet and Patty.

When the sun rose, they were driving on across the prairie. There was no road now. Pet and Patty waded through the grasses, and the wagon left behind it only the tracks of its wheels.

Before noon, Pa said, “Whoa!” The wagon stopped.

“Here we are, Caroline!” he said. “Right here we’ll build our house.”

Laura and Mary scrambled over the feed-box and dropped to the ground in a hurry. All around them there was nothing but grassy prairie spreading to the edge of the sky.

Quite near them, to the north, the creek bottoms lay below the prairie. Some darker green tree-tops showed, and beyond them bits of the rim of earthen bluffs held up the prairie’s grasses. Far away to the east, a broken line of different greens lay on the prairie, and Pa said that was the river.

“That’s the Verdigris River,” he said, pointing it out to Ma.

Right away, he and Ma began to unload the wagon. They took out everything and piled it on the ground. Then they took off the wagon-cover and put it over the pile. Then they took even the wagon-box off, while Laura and Mary and Jack watched.

The wagon had been home for a long time. Now there was nothing left of it but the four wheels and the part that connected them. Pet and Patty were still hitched to the tongue. Pa took a bucket and his ax, and sitting on this skeleton wagon, he drove away. He drove right down into the prairie, out of sight.

"Where's Pa going?" Laura asked, and Ma said, "He's going to get a load of logs from the creek bottoms."

It was strange and frightening to be left without the wagon on the High Prairie. The land and the sky seemed too large, and Laura felt small. She wanted to hide and be still in the tall grass, like a little prairie chicken. But she didn't. She helped Ma, while Mary sat on the grass and minded Baby Carrie.

First Laura and Ma made the beds, under the wagon-cover tent. Then Ma arranged the boxes and bundles, while Laura pulled all the grass from a space in front of the tent. That made a bare place for the fire. They couldn't start the fire until Pa brought wood.

There was nothing more to do, so Laura explored a little. She did not go far from the tent. But she found a queer little kind of tunnel in the grass. You'd never notice it if you looked across the waving grass-tops. But when you came to it, there it was—a narrow, straight, hard path down between the grass stems. It went out into the endless prairie.

Laura went along it a little way. She went slowly, and more slowly, and then she stood still and felt queer. So she turned around and came back quickly. When she looked over her shoulder, there wasn't anything there. But she hurried.

When Pa came riding back on a load of logs, Laura told him about that path. He said he had seen it yesterday. "It's some old trail," he said.

That night by the fire Laura asked again when she would see a papoose, but Pa didn't know. He said you never saw Indians unless they wanted you to see them. He had seen Indians when he was a boy in New York State, but Laura never had. She knew they were wild men with red skins, and their hatchets were called tomahawks.

Pa knew all about wild animals, so he must know about wild men, too. Laura thought he would show her a papoose some day, just as he had shown her fawns, and little bears, and wolves.

For days Pa hauled logs. He made two piles of them, one for the house and one for the stable. There began to be a road where he drove back and forth to the creek bottoms. And at night on their picket-lines Pet and Patty ate the grass, till it was short and stubby all around the log-piles.

Pa began the house first. He paced off the size of it on the ground, then with his spade he dug a shallow little hollow along two sides of that space. Into these hollows he rolled two of the biggest logs. They were sound, strong logs, because they must hold up the house. They were called sills.

Then Pa chose two more strong, big logs, and he rolled these logs onto the ends of the sills, so that they made a hollow square. Now with his ax he cut a wide, deep notch near each end of these logs. He cut these notches out of the top of the log, but with his eye he measured the sills, and he cut the notches so that they would fit around half of the sill.

When the notches were cut, he rolled the log over. And the notches fitted down over the sill.

That finished the foundation of the house. It was one log high. The sills were half buried in the ground, and the logs on their ends fitted snugly to the ground. At the corners, where they crossed, the notches let them fit together so that they were no thicker than one log. And the two ends stuck out beyond the notches.

Next day Pa began the walls. From each side he rolled up a log, and he notched its ends so that it fitted down over the end logs. Then he rolled up logs from the ends, and notched them so that they fitted down over the side logs. Now the whole house was two logs high.

The logs fitted solidly together at the corners. But no log is ever perfectly straight, and all logs are bigger at one end than at the other end, so cracks were left between them all along the walls. But that did not matter, because Pa would chink those cracks.

All by himself, he built the house three logs high. Then Ma helped him. Pa lifted one end of a log onto the wall, then Ma held it while he lifted the other end. He stood up on the wall to cut the notches, and Ma helped roll and hold the log while he settled it where it should be to make the corner perfectly square.

So, log by log, they built the walls higher, till they were pretty high, and Laura couldn't get over them any more. She was tired of watching Pa and Ma build the house, and she went into the tall grass, exploring. Suddenly she heard Pa shout, "Let go! Get out from under!"

The big, heavy log was sliding. Pa was trying to hold up his end of it, to keep it from falling on Ma. He couldn't. It crashed down. Ma huddled on the ground.

She got to Ma almost as quickly as Pa did. Pa knelt down and called Ma in a dreadful voice, and Ma gasped, "I'm all right."

The log was on her foot. Pa lifted the log and Ma pulled her foot from under it. Pa felt her to see if any bones were broken.

"Move your arms," he said. "Is your back hurt? Can you turn your head?" Ma moved her arms and turned her head.

"Thank God," Pa said. He helped Ma to sit up. She said again, "I'm all right, Charles. It's just my foot."

Quickly Pa took off her shoe and stocking. He felt her foot all over, moving the ankle and the instep and every toe. "Does it hurt much?" he asked.

Ma's face was gray and her mouth was a tight line. "Not much," she said.

"No bones broken," said Pa. "It's only a bad sprain."

Ma said, cheerfully: "Well, a sprain's soon mended. Don't be so upset, Charles."

"I blame myself," said Pa. "I should have used skids."

He helped Ma to the tent. He built up the fire and heated water. When the water was as hot as Ma could bear, she put her swollen foot into it.

It was Providential that the foot was not crushed. Only a little hollow in the ground had saved it.

Pa kept pouring more hot water into the tub in which Ma's foot was soaking. Her foot was red from the heat and the puffed ankle began to turn purple. Ma took her foot out of the water and bound strips of rag tightly around and around the ankle. "I can manage," she said.

She could not get her shoe on. But she tied more rags around her foot, and she hobbled on it. She got supper as usual, only a little more slowly. But Pa said she could not help to build the house until her ankle was well.

He hewed out skids. These were long, flat slabs. One end rested on the ground, and the other end rested on the log wall. He was not going to lift any more logs; he and Ma would roll them up these skids.

But Ma's ankle was not well yet. When she unwrapped it in the evenings, to soak it in hot water, it was all purple and black and green and yellow. The house must wait.

Then one afternoon Pa came merrily whistling up the creek road. They had not expected him home from hunting so soon. As soon as he saw them he shouted, "Good news!"

They had a neighbor, only two miles away on the other side of the creek. Pa had met him in the woods. They were going to trade work and that would make it easier for everyone.

"He's a bachelor," said Pa, "and he says he can get along without a house better than you and the girls can. So he's going to help me first. Then as soon as he gets his logs ready, I'll go over and help him."

They need not wait any longer for the house, and Ma need not do any more work on it.

"How do you like that, Caroline?" Pa asked, joyfully; and Ma said, "That's good, Charles. I'm glad."

Early next morning Mr. Edwards came. He was lean and tall and brown. He bowed to Ma and called her "Ma'am," politely. But he told Laura that he was a wildcat from Tennessee. He wore tall boots and a ragged jumper, and a coonskin cap, and he could spit tobacco juice farther than Laura had ever imagined that anyone could spit tobacco juice. He could hit anything he spit at, too. Laura tried and tried, but she could never spit so far or so well as Mr. Edwards could.

He was a fast worker. In one day he and Pa built those walls as high as Pa wanted them. They joked and sang while they worked, and their axes made the chips fly.

On top of the walls they set up a skeleton roof of slender poles. Then in the south wall they cut a tall hole for a door, and in the west wall and the east wall they cut square holes for windows.

Laura couldn't wait to see the inside of the house. As soon as the tall hole was cut, she ran inside. Everything was striped there. Stripes of sunshine came through the cracks in the west wall, and stripes of shadow came down from the poles overhead. The stripes of shade and sunshine were all across Laura's hands and her arms and her bare feet. And through the cracks between the logs she could see stripes of prairie. The sweet smell of the prairie mixed with the sweet smell of cut wood.

Then, as Pa cut away the logs to make the window hole in the west wall, chunks of sunshine came in. When he finished, a big block of sunshine lay on the ground inside the house.

Around the door hole and the window holes, Pa and Mr. Edwards nailed thin slabs against the cut ends of the logs. And the house was finished, all but the roof. The walls were solid and the house was large, much larger than the tent. It was a nice house.

Mr. Edwards said he would go home now, but Pa and Ma said he must stay to supper. Ma had cooked an especially good supper because they had company.

There was stewed jack rabbit with white-flour dumplings and plenty of gravy. There was a steaming-hot, thick cornbread flavored with bacon fat. There was molasses to eat on the cornbread, but because this was a company supper they did not sweeten their coffee with molasses. Ma brought out the little paper sack of pale-brown store sugar.

Mr. Edwards said he surely did appreciate that supper.

Then Pa brought out his fiddle.

Mr. Edwards stretched out on the ground, to listen. But first Pa played for Laura and Mary. He played their very favorite song, and he sang it. Laura liked it best of all because Pa's voice went down deep, deep, deeper in that song.

Oh, I am a Gypsy King!
I come and go as I please!
I pull my old nightcap down
And take the world at my ease.

Then his voice went deep, deep down, deeper than the very oldest bullfrog's.

Oh,
I am
a
Gyp
sy
KING!

They all laughed. Laura could hardly stop laughing.

"Oh, sing it again, Pa! Sing it again!" she cried, before she remembered that children must be seen and not heard. Then she was quiet.

Pa went on playing, and everything began to dance. Mr. Edwards rose up on one elbow, then he sat up, then he jumped up and he danced. He danced like a jumping-jack in the moonlight, while Pa's fiddle kept on rollicking and his foot kept tapping the ground, and Laura's hands and Mary's hands were clapping together and their feet were patting, too.

"You're the fiddlin'est fool that ever I see!" Mr. Edwards shouted admiringly to Pa. He didn't stop dancing, Pa didn't stop playing. He played "Money Musk" and "Arkansas Traveler," "Irish Washerwoman" and the "Devil's Hornpipe."

Baby Carrie couldn't sleep in all that music. She sat up in Ma's lap, looking at Mr. Edwards with round eyes, and clapping her little hands and laughing.

Even the firelight danced, and all around its edge the shadows were dancing. Only the new house stood still and quiet in the dark, till the big moon rose and shone on its gray walls and the yellow chips around it.

Mr. Edwards said he must go. It was a long way back to his camp on the other side of the woods and the creek. He took his gun, and said good night to Laura and Mary and Ma. He said a bachelor got mighty lonesome, and he surely had enjoyed this evening of home life.

"Play, Ingalls!" he said. "Play me down the road!" So while he went down the creek road and out of sight, Pa played, and Pa and Mr. Edwards and Laura sang with all their might.

Old Dan Tucker was a fine old man;
He washed his face in the frying-pan,
He combed his hair with a wagon wheel,
And died of the toothache in his heel.

Git out of the way for old Dan Tucker!
He's too late to get his supper!
Supper's over and the dishes washed,
Nothing left but a piece of squash!

Old Dan Tucker went to town,
Riding a mule, leading a houn' ...

Far over the prairie rang Pa's big voice and Laura's little one, and faintly from the creek bottoms came a last whoop from Mr. Edwards.

Git out of the way for old Dan Tucker!
He's too late to get his supper!

When Pa's fiddle stopped, they could not hear Mr. Edwards any more. Only the wind rustled in the prairie grasses. The big, yellow moon was sailing high overhead. The sky was so full of light that not one star twinkled in it, and all the prairie was a shadowy mellowness.

Then from the woods by the creek a nightingale began to sing.

Everything was silent, listening to the nightingale's song. The bird sang on and on. The cool wind moved over the prairie and the song was round and clear above the grasses' whispering. The sky was like a bowl of light overturned on the flat black land.

The song ended. No one moved or spoke. Laura and Mary were quiet, Pa and Ma sat motionless. Only the wind stirred and the grasses sighed. Then Pa lifted the fiddle to his shoulder and softly touched the bow to the strings. A few notes fell like clear drops of water into the stillness. A pause, and Pa began to play the nightingale's song. The nightingale answered him. The nightingale began to sing again. It was singing with Pa's fiddle.

When the strings were silent, the nightingale went on singing. When it paused, the fiddle called to it and it sang again. The bird and the fiddle were talking to each other in the cool night under the moon.

VI. MOVING IN

"The walls are up," Pa was saying to Ma in the morning. "We'd better move in and get along as best we can without a floor or other fixings. I must build the stable as fast as I can, so Pet and Patty can be inside walls, too. Last night I could hear wolves howling from every direction, seemed like, and close, too."

"Well, you have your gun, so I'll not worry," said Ma.

"Yes, and there's Jack. But I'll feel easier in my mind when you and the girls have good solid walls around you."

"Why do you suppose we haven't seen any Indians?" Ma asked.

"Oh, I don't know," Pa replied, carelessly. "I've seen their camping-places among the bluffs. They're away on a hunting-trip now, I guess."

Then Ma called: "Girls! The sun's up!" and Laura and Mary scrambled out of bed and into their clothes.

"Eat your breakfasts quickly," Ma said, putting the last of the rabbit stew on their tin plates. "We're moving into the house today, and all the chips must be out."

So they ate quickly, and hurried to carry all the chips out of the house. They ran back and forth as fast as they could, gathering their skirts full of chips and dumping them in a pile near the fire. But there were still chips on the ground inside the house when Ma began to sweep it with her willow-bough broom.

Ma limped, though her sprained ankle was beginning to get well. But she soon swept the earthen floor, and then Mary and Laura began to help her carry things into the house. Pa was on top of the walls, stretching the canvas wagon-top over the skeleton roof of saplings. The canvas billowed in the wind, Pa's beard blew wildly and his hair stood up from his head as if it were trying to pull itself out. He held on to the canvas and fought it. Once it jerked so hard that Laura thought he must let go or sail into the air like a bird. But he held tight to the wall with his legs, and tight to the canvas with his hands, and he tied it down.

"There!" he said to it. "Stay where you are, and be—"

"Charles!" Ma said. She stood with her arms full of quilts and looked up at him reprovingly.

"—and be good," Pa said to the canvas. "Why, Caroline, what did you think I was going to say?"

"Oh, Charles!" Ma said. "You scalawag!"

Pa came right down the corner of the house. The ends of the logs stuck out, and he used them for a ladder. He ran his hand through his hair so that it stood up even more wildly, and Ma burst out laughing. Then he hugged her, quilts and all.

Then they looked at the house and Pa said, "How's that for a snug house!"

"I'll be thankful to get into it," said Ma.

There was no door and there were no windows. There was no floor except the ground and no roof except the canvas. But that house had good stout walls, and it would stay where it was. It was not like the wagon, that every morning went on to some other place.

"We're going to do well here, Caroline," Pa said. "This is a great country. This is a country I'll be contented to stay in the rest of my life."

"Even when it's settled up?" Ma asked.

"Even when it's settled up. No matter how thick and close the neighbors get, this country'll never feel crowded. Look at that sky!"

Laura knew what he meant. She liked this place, too. She liked the enormous sky and the winds, and the land that you couldn't see to the end of. Everything was so free and big and splendid.

By dinner time the house was in order. The beds were neatly made on the floor. The wagon-seat and two ends of logs were brought in for chairs. Pa's gun lay on its pegs above the doorway. Boxes and bundles were neat against the walls. It was a pleasant house. A soft light came through the canvas roof, wind and sunshine came through the window holes, and every crack in the four walls glowed a little because the sun was overhead.

Only the camp fire stayed where it had been. Pa said he would build a fireplace in the house as soon as he could. He would hew out slabs to make a solid roof, too, before winter came. He would lay a puncheon floor, and make beds and tables and chairs. But all that work must wait until he had helped Mr. Edwards and had built a stable for Pet and Patty.

"When that's all done," said Ma, "I want a clothes-line."

Pa laughed. "Yes, and I want a well."

After dinner he hitched Pet and Patty to the wagon and he hauled a tubful of water from the creek so that Ma could do the washing. "You could wash clothes in the creek," he told her. "Indian women do."

"If we wanted to live like Indians, you could make a hole in the roof to let the smoke out, and we'd have the fire on the floor inside the house," said Ma. "Indians do."

That afternoon she washed the clothes in the tub and spread them on the grass to dry.

After supper they sat for a while by the camp fire. That night they would sleep in the house; they would never sleep beside a camp fire again.

Pa and Ma talked about the folks in Wisconsin, and Ma wished she could send them a letter. But Independence was forty miles away, and no letter could go until Pa made the long trip to the post-office there.

Back in the Big Woods so far away, Grandpa and Grandma and the aunts and uncles and cousins did not know where Pa and Ma and Laura and Mary and Baby Carrie were. And sitting there by the camp fire, no one knew what might have happened in the Big Woods. There was no way to find out.

"Well, it's bedtime," Ma said. Baby Carrie was already asleep. Ma carried her into the house and undressed her, while Mary unbuttoned Laura's dress and petticoat waist down the back, and Pa hung a quilt over the door hole. The quilt would be better than no door. Then Pa went out to bring Pet and Patty close to the house.

He called back, softly, "Come out here, Caroline, and look at the moon."

Mary and Laura lay in their little bed on the ground inside the new house, and watched the sky through the window hole to the east. The edge of the big, bright moon glittered at the bottom of the window space, and Laura sat up. She looked at the great moon, sailing silently higher in the clear sky.

Its light made silvery lines in all the cracks on that side of the house. The light poured through the window hole and made a square of soft radiance on the floor. It was so bright that Laura saw Ma plainly when she lifted the quilt at the door and came in.

Then Laura very quickly lay down, before Ma saw her naughtily sitting up in bed.

She heard Pet and Patty whinnying softly to Pa. Then the faint thuds of their feet came into her ear from the floor. Pet and Patty and Pa were coming toward the house, and Laura heard Pa singing:

Sail on, silver moon!
Shed your radiance o'er the sky—

His voice was like a part of the night and the moonlight and the stillness of the prairie. He came to the doorway, singing:

By the pale, silver light of the moon—

Softly Ma said, "Hush, Charles. You'll wake the children."

So Pa came in without a sound. Jack followed at his heels and lay down across the doorway. Now they were all inside the stout walls of their new home, and they were snug and safe. Drowsily Laura heard a long wolf-howl rising from far away on the prairie, but only a little shiver went up her backbone and she fell asleep.

VII. THE WOLF-PACK

All in one day Pa and Mr. Edwards built the stable for Pet and Patty. They even put the roof on, working so late that Ma had to keep supper waiting for them.

There was no stable door, but in the moonlight Pa drove two stout posts well into the ground, one on either side of the doorway. He put Pet and Patty inside the stable, and then he laid small split logs one above another, across the door space. The posts held them, and they made a solid wall.

"Now!" said Pa. "Let those wolves howl! I'll sleep, tonight."

In the morning, when he lifted the split logs from behind the posts, Laura was amazed. Beside Pet stood a long-legged, long-eared, wobbly little colt.

When Laura ran toward it, gentle Pet laid back her ears and snapped her teeth at Laura.

"Keep back, Laura!" Pa said, sharply. He said to Pet, "Now, Pet, you know we won't hurt your little colt." Pet answered him with a soft whinny. She would let Pa stroke her colt, but she would not let Laura or Mary come near it. When they even peeked at it through the cracks in the stable wall, Pet rolled the whites of her eyes at them and showed them her teeth. They had never seen a colt with ears so long. Pa said it was a little mule, but Laura said it looked like a jack rabbit. So they named the little colt Bunny.

When Pet was on the picket-line, with Bunny frisking around her and wondering at the big world, Laura must watch Baby Carrie carefully. If anyone but Pa came near Bunny, Pet squealed with rage and dashed to bite that little girl.

Early that Sunday afternoon Pa rode Patty away across the prairie to see what he should see. There was plenty of meat in the house, so he did not take his gun.

He rode away through the tall grass, along the rim of the creek bluffs. Birds flew up before him and circled and sank into the grasses. Pa was looking down into the creek bottoms as he rode; perhaps he was watching deer browsing there. Then Patty broke into a gallop, and swiftly she and Pa grew smaller. Soon there was only waving grass where they had been.

Late that afternoon Pa had not come home. Ma stirred the coals of the fire and laid chips on them, and began to get supper. Mary was in the house, minding the baby, and Laura asked Ma, "What's the matter with Jack?"

Jack was walking up and down, looking worried. He wrinkled his nose at the wind, and the hair rose up on his neck and lay down, and then rose up again. Pet's hoofs suddenly thudded. She ran around the circle of her picket-rope and stood still, whickering a low whicker. Bunny came close to her.

"What's the matter, Jack?" Ma asked. He looked up at her, but he couldn't say anything. Ma gazed around the whole circle of earth and sky. She could not see anything unusual.

"Likely it isn't anything, Laura," she said. She raked coals around the coffee-pot and the spider and onto the top of the bake oven. The prairie hen sizzled in the spider and the corn-cakes began to smell good. But all the time Ma kept glancing at the prairie all around. Jack walked about restlessly, and Pet did not graze. She faced the northwest, where Pa had gone, and kept her colt close beside her.

All at once Patty came running across the prairie. She was stretched out, running with all her might, and Pa was leaning almost flat on her neck.

She ran right past the stable before Pa could stop her. He stopped her so hard that she almost sat down. She was trembling all over and her black coat was streaked with sweat and foam. Pa swung off her. He was breathing hard, too.

"What is the matter, Charles?" Ma asked him.

Pa was looking toward the creek, so Ma and Laura looked at it, too. But they could see only the space above the bottom lands, with a few tree-tops in it, and the distant tops of the earthen bluffs under the High Prairie's grasses.

"What is it?" Ma asked again. "Why did you ride Patty like that?"

Pa breathed a long breath. "I was afraid the wolves would beat me here. But I see everything's all right."

"Wolves!" she cried. "What wolves?"

"Everything's all right, Caroline," said Pa. "Let a fellow get his breath."

When he had got some breath, he said, "I didn't ride Patty like that. It was all I could do to hold her at all. Fifty wolves, Caroline, the biggest wolves I ever saw. I wouldn't go through such a thing again, not for a mint of money."

A shadow came over the prairie just then because the sun had gone down, and Pa said, "I'll tell you about it later."

"We'll eat supper in the house," said Ma.

"No need of that," he told her. "Jack will give us warning in plenty of time."

He brought Pet and her colt from the picket-line. He didn't take them and Patty to drink from the creek, as he usually did. He gave them the water in Ma's washtub, which was standing full, ready for the washing next morning. He rubbed down Patty's sweaty sides and legs and put her in the barn with Pet and Bunny.

Supper was ready. The camp fire made a circle of light in the dark. Laura and Mary stayed close to the fire, and kept Baby Carrie with them. They could feel the dark all around them, and they kept looking behind them at the place where the dark mixed with the edge of the firelight. Shadows moved there, as if they were alive.

Jack sat on his haunches beside Laura. The edges of his ears were lifted, listening to the dark. Now and then he walked a little way into it. He walked all around the camp fire, and came back to sit beside Laura. The hair lay flat on his thick neck and he did not growl. His teeth showed a little, but that was because he was a bulldog.

Laura and Mary ate their corncakes and the prairie hen's drumsticks, and they listened to Pa while he told Ma about the wolves.

He had found some more neighbors. Settlers were coming in and settling along both sides of the creek. Less than three miles away, in a hollow on the High Prairie, a man and his wife were building a house. Their name was Scott, and Pa said they were nice folks. Six miles beyond them, two bachelors were living in one house. They had taken two farms, and built the house on the line between them. One man's bunk was against one wall of the house, and the other man's bunk was against the other wall. So each man slept on his own farm, although they were in the same house and the house was only eight feet wide. They cooked and ate together in the middle of the house.

Pa had not said anything about the wolves yet. Laura wished he would. But she knew that she must not interrupt when Pa was talking.

He said that these bachelors did not know that anyone else was in the country. They had seen nobody but Indians. So they were glad to see Pa, and he stayed there longer than he had meant to.

Then he rode on, and from a little rise in the prairie he saw a white speck down in the creek bottoms. He thought it was a covered wagon, and it was. When he came to it, he found a man and his wife and five children. They had come from Iowa, and they had camped in the bottoms because one of their horses was sick. The horse was better now, but the bad night air so near the creek had given them fever 'n' ague. The man and his wife and the three oldest children were too sick to stand up. The little boy and girl no bigger than Mary and Laura, were taking care of them.

So Pa did what he could for them, and then he rode back to tell the bachelors about them. One of them rode right away to fetch that family up on the High Prairie, where they would soon get well in the good air.

One thing had led to another, until Pa was starting home later than he had meant. He took a short cut across the prairie, and as he was loping along on Patty, suddenly out of a little draw came a pack of wolves. They were all around Pa in a moment.

"It was a big pack," Pa said. "All of fifty wolves, and the biggest wolves I ever saw in my life. Must be what they call buffalo wolves. Their leader's a big gray brute that stands three feet at the shoulder, if an inch. I tell you my hair stood straight on end."

"And you didn't have your gun," said Ma.

"I thought of that. But my gun would have been no use if I'd had it. You can't fight fifty wolves with one gun. And Patty couldn't outrun them."

"What did you do?" Ma asked.

"Nothing," said Pa. "Patty tried to run. I never wanted anything worse than I wanted to get away from there. But I knew if Patty even started, those wolves would be on us in a minute, pulling us down. So I held Patty to a walk."

"Goodness, Charles!" Ma said under her breath.

"Yes. I wouldn't go through such a thing again for any money. Caroline, I never saw such wolves. One big fellow trotted along, right by my stirrup. I could have kicked him in the ribs. They didn't pay any attention to me at all. They must have just made a kill and eaten all they could.

"I tell you, Caroline, those wolves just closed in around Patty and me and trotted along with us. In broad daylight. For all the world like a pack of dogs going along with a horse. They were all around us, trotting along, and jumping and playing and snapping at each other, just like dogs."

"Goodness, Charles!" Ma said again. Laura's heart was thumping fast, and her mouth and her eyes were wide open, staring at Pa.

"Patty was shaking all over, and fighting the bit," said Pa. "Sweat ran off her, she was so scared. I was sweating, too. But I held her down to a walk, and we went walking along among those wolves. They came right along with us, a quarter of a mile or more. That big fellow trotted by my stirrup as if he were there to stay.

"Then we came to the head of a draw, running down into the creek bottoms. The big gray leader went down it, and all the rest of the pack trotted down into it, behind him. As soon as the last one was in the draw, I let Patty go.

"She headed straight for home, across the prairie. And she couldn't have run faster if I'd been cutting into her with a rawhide whip. I was scared the whole way. I thought the wolves might be coming this way and they might be making better time than I was. I was glad you had the gun, Caroline. And glad the house is built. I knew you could keep the wolves out of the house, with the gun. But Pet and the colt were outside."

"You need not have worried, Charles," Ma said. "I guess I would manage to save our horses."

"I was not fully reasonable, at the time," said Pa. "I know you would save the horses, Caroline. Those wolves wouldn't bother you, anyway. If they had been hungry, I wouldn't be here to—"

"Little pitchers have big ears," Ma said. She meant that he must not frighten Mary and Laura.

"Well, all's well that ends well," Pa replied. "And those wolves are miles from here by now."

"What made them act like that?" Laura asked him.

"I don't know, Laura," he said. "I guess they had just eaten all they could hold, and they were on their way to the creek to get a drink. Or perhaps they were out playing on the prairie, and not paying any attention to anything but their play, like little girls do sometimes. Perhaps they saw that I didn't have my gun and couldn't do them any harm. Or perhaps they had never seen a man before and didn't know that men can do them any harm. So they didn't think about me at all."

Pet and Patty were restlessly walking around and around, inside the barn. Jack walked around the camp fire. When he stood still to smell the air and listen, the hair lifted on his neck.

"Bedtime for little girls!" Ma said, cheerfully. Not even Baby Carrie was sleepy yet, but Ma took them all into the house. She told Mary and Laura to go to bed, and she put Baby Carrie's little nightgown on and laid her in the big bed. Then she went outdoors to do the dishes. Laura wanted Pa and Ma in the house. They seemed so far away outside.

Mary and Laura were good and lay still, but Carrie sat up and played by herself in the dark. In the dark Pa's arm came from behind the quilt in the doorway and quietly took away his gun. Out by the camp fire the tin plates rattled. Then a knife scraped the spider. Ma and Pa were talking together and Laura smelled tobacco smoke.

The house was safe, but it did not feel safe because Pa's gun was not over the door and there was no door; there was only the quilt.

After a long time Ma lifted the quilt. Baby Carrie was asleep then. Ma and Pa came in very quietly and very quietly went to bed. Jack lay across the doorway, but his chin was not on his paws. His head was up, listening. Ma breathed softly, Pa breathed heavily, and Mary was asleep, too. But Laura strained her eyes in the dark to watch Jack. She could not tell whether the hair was standing up on his neck.

Suddenly she was sitting straight up in bed. She had been asleep. The dark was gone. Moonlight streamed through the window hole and streaks of moonlight came through every crack in that wall. Pa stood black in the moonlight at the window. He had his gun.

Right in Laura's ear a wolf howled.

She scringed away from the wall. The wolf was on the other side of it. Laura was too scared to make a sound. The cold was not in her backbone only, it was all through her. Mary pulled the quilt over her head. Jack growled and showed his teeth at the quilt in the doorway.

"Be still, Jack," Pa said.

Terrible howls curled all around inside the house, and Laura rose out of bed. She wanted to go to Pa, but she knew better than to bother him now. He turned his head and saw her standing in her nightgown.

"Want to see them, Laura?" he asked, softly. Laura couldn't say anything, but she nodded, and padded across the ground to him. He stood his gun against the wall and lifted her up to the window hole.

There in the moonlight sat half a circle of wolves. They sat on their haunches and looked at Laura in the window, and she looked at them. She had never seen such big wolves. The biggest one was taller than Laura. He was taller even than Mary. He sat in the middle, exactly opposite Laura. Everything about him was big—his pointed ears, and his pointed mouth with the tongue hanging out, and his strong shoulders and legs, and his two paws side by side, and his tail curled around the squatting haunch. His coat was shaggy gray and his eyes were glittering green.

Laura clutched her toes into a crack of the wall and she folded her arms on the window slab, and she looked and looked at that wolf. But she did not put her head through the empty window space into the outdoors where all those wolves sat so near her, shifting their paws and licking their chops. Pa stood firm against her back and kept his arm tight around her middle.

"He's awful big," Laura whispered.

"Yes, and see how his coat shines," Pa whispered into her hair. The moonlight made little litters in the edges of the shaggy fur, all around the big wolf.

"They are in a ring clear around the house," Pa whispered. Laura pattered beside him to the other window. He leaned his gun against that wall and lifted her up again. There, sure enough, was the other half of the circle of wolves. All their eyes glittered green in the shadow of the house. Laura could hear their breathing. When they saw Pa and Laura looking out, the middle of the circle moved back little way.

Pet and Patty were squealing and running inside the barn. Their hoofs paounded the ground and crashed against the walls.

After a moment Pa went back to the other window, and Laura went, too. They were just in time to see the big wolf lift his nose till it pointed straight at the sky. His mouth opened, and a long howl rose toward the moon.

Then all around the house the circle of wolves pointed their noses toward the sky and answered him. Their howls shuddered through the house and filled the moonlight and quavered away across the vast silence of the prairie.

"Now go back to bed, little half-pint," Pa said. "Go to sleep. Jack and I will take care of you all."

So Laura went back to bed. But for a long time she did not sleep. She lay and listened to the breathing of the wolves on the other side of the log wall. She heard the scratch of their claws on the ground, and the snuffling of a nose at a crack. She heard the big gray leader howl again, and all the others answering him.

But Pa was walking quietly from one window hole to the other, and Jack did not stop pacing up and down before the quilt that hung in the doorway. The wolves might howl, but they could not get in while Pa and Jack were there. So at last Laura fell asleep.

VIII. TWO STOUT DOORS

Laura felt a soft warmth on her face and opened her eyes into morning sunshine. Mary was talking to Ma by the camp fire. Laura ran outdoors, all bare inside her nightgown. There were no wolves to be seen; only their tracks were thick around the house and the stable.

Pa came whistling up the creek road. He put his gun on its pegs and led Pet and Patty to the creek to drink as usual. He had followed the wolf tracks so far that he knew they were far away now, following a herd of deer.

The mustangs shied at the wolves' tracks and pricked their ears nervously, and Pet kept her colt close at her side. But they went willingly with Pa, who knew there was nothing to fear.

Breakfast was ready. When Pa came back from the creek they all sat by the fire and ate fried mush and prairie-chicken hash. Pa said he would make a door that very day. He wanted more than a quilt between them and the wolves, next time.

"I have no more nails, but I'll not keep on waiting till I can make a trip to Independence," he said. "A man doesn't need nails to build a house or make a door."

After breakfast he hitched up Pet and Patty, and taking his ax he went to get timber for the door. Laura helped wash the dishes and make the beds, but that day Mary minded the baby. Laura helped Pa make the door. Mary watched, but Laura handed him his tools.

With the saw he sawed logs the right length for a door. He sawed shorter lengths for cross-pieces. Then with the ax he split the logs into slabs, and smoothed them nicely. He laid the long slabs together on the ground and placed the shorter slabs across them. Then with the auger he bored holes through the cross-pieces into the long slabs. Into every hole he drove a wooden peg that fitted tightly.

That made the door. It was a good oak door, solid and strong.

For the hinges he cut three long straps. One hinge was to be near the top of the door, one near the bottom, and one in the middle.

He fastened them first to the door, in this way: He laid a little piece of wood on the door, and bored a hole through it into the door. Then he doubled one end of a strap around the little piece of wood, and with his knife cut round holes through the strap. He laid the little piece of wood on the door again, with the strap doubled around it, and all the holes making one hole. Then Laura gave him a peg and the hammer, and he drove the peg into the hole. The peg went through the strap and the little piece of wood and through the strap again and into the door. That held the strap so that it couldn't get loose.

"I told you a fellow doesn't need nails!" Pa said.

When he had fastened the three hinges to the door, he set the door in the doorway. It fitted. Then he pegged strips of wood to the old slabs on either side of the doorway, to keep the door from swinging outward. He set the door in place again, and Laura stood against it to hold it there, while Pa fastened the hinges to the door-frame.

But before he did this he had made the latch on the door, because, of course, there must be some way to keep a door shut.

This was the way he made the latch: First he hewed a short, thick piece of oak. From one side of this, in the middle, he cut a wide, deep notch. He pegged this stick to the inside of the door, up and down and near the edge. He put the notched side against the door, so that the notch made a little slot.

Then he hewed and whittled a longer, smaller stick. This stick was small enough to slip easily through the slot. He slid one end of it through the slot, and he pegged the other end to the door.

But he did not peg it tightly. The peg was solid and firm in the door, but the hole in the stick was larger than the peg. The only thing that held the stick on the door was the slot.

This stick was the latch. It turned easily on the peg, and its loose end moved up and down in the slot. And the loose end of it was long enough to go through the slot and across the crack between the door and the wall, and to lie against the wall when the door was shut.

When Pa and Laura had hung the door in the doorway, Pa marked the spot on the wall where the end of the latch came. Over that spot he pegged to the wall a stout piece of oak. This piece of oak was cut out at the top, so that the latch could drop between it and the wall.

Now Laura pushed the door shut, and while she pushed she lifted the end of the latch as high as it would go in the slot. Then she let it fall into its place behind the stout piece of oak. That held the latch against the wall, and the up-and-down strip held the latch in its slot against the door.

Nobody could break in without breaking the strong latch in two.

But there must be a way to lift the latch from the outside. So Pa made the latch-string. He cut it from a long strip of good leather. He tied one end to the latch, between the peg and the slot. Above the latch he bored a small hole through the door, and he pushed the end of the latch-string through the hole.

Laura stood outside, and when the end of the latch-string came through the hole she took hold of it and pulled. She could pull it hard enough to lift the latch and let herself in.

The door was finished. It was strong and solid, made of thick oak with oak slabs across it, all pegged together with good stout pegs. The latch-string was out; if you wanted to come in, you pulled the latch-string. But if you were inside and wanted to keep anyone out, then you pulled the latch-string in through its hole and nobody could get in. There was no doorknob on that door, and there was no keyhole and no key. But it was a good door.

"I call that a good day's work!" said Pa. "And I had a fine little helper!"

He hugged the top of Laura's head with his hand. Then he gathered up his tools and put them away, whistling, and he went to take Pet and Patty from their picket-lines to water. The sun was setting, the breeze was cooler, and supper cooking on the fire made the best supper-smells that Laura had ever smelled.

There was salt pork for supper. It was the last of the salt pork, so next day Pa went hunting. But the day after that he and Laura made the barn door.

It was exactly like the house door, except that it had no latch. Pet and Patty did not understand door-latches and would not pull a latch-string in at night. So instead of a latch Pa made a hole through the door, and he put a chain through the hole.

At night he would pull an end of the chain through a crack between the logs in the stable wall, and he would padlock the two ends of the chain together. Then nobody could get into that stable.

"Now we're all snug!" Pa said. When neighbors began to come into a country, it was best to lock up your horses at night, because, where there are deer there will be wolves, and where there are horses, there will be horse thieves.

That night at supper Pa said to Ma, "Now, Caroline, as soon as we get Edwards' house up, I'm going to build you a fireplace, so you can do your cooking in the house, out of the wind and the storms. It seems like I never did see a place with so much sunshine, but I suppose it's bound to rain sometime."

"Yes, Charles," Ma said. "Good weather never lasts forever on this earth."

IX. A FIRE ON THE HEARTH

Outside the house, close to the log wall opposite the door, Pa cut away the grass and scraped the ground smooth. He was getting ready to build the fireplace.

Then he and Ma put the wagon-box on the wheels again, and Pa hitched up Pet and Patty.

The rising sun was shortening all the shadows. Hundreds of meadow larks were rising from the prairie, singing higher and higher in the air. Their songs came down from the great, clear sky like a rain of music. And all over the land, where the grasses waved and murmured under the wind, thousands of little dickie-birds clung with their tiny claws to the blossoming weeds and sang their thousands of little songs.

Pet and Patty sniffed the wind and whinnied with joy. They arched their necks and pawed at the ground because they were eager to go. Pa was whistling while he climbed to the wagon-seat and took up the reins. Then he looked down at Laura, who was looking up at him, and he stopped whistling and said: "Want to go along, Laura? You and Mary?"

Ma said they could. They climbed up the wheels, clinging to the spokes with their bare toes, and they sat on the high wagon-seat beside Pa. Pet and Patty started with a little jump, and the wagon went jolting down the road that Pa's wagon wheels had made.

They went down between the bare, reddish-yellow walls of earth, all ridged and wrinkled by forgotten rains. Then they went on, across the rolling land of the creek bottoms. Masses of trees covered some of the low, rounded hills, and some of them were grassy, open spaces. Deer were lying in the shadows of the trees, and deer were grazing in the sunshine on the green grass. They lifted their heads and pricked their ears, and stood chewing and watching the wagon with their soft, large eyes.

All along the road the wild larkspur was blossoming pink and blue and white, birds balanced on yellow plumes of goldenrod, and butterflies were fluttering. Starry daisies lighted the shadows under trees, squirrels chattered on branches overhead, white-tailed rabbits hopped along the road, and snakes wriggled quickly across it when they heard the wagon coming.

Deep in the lowest valley the creek was running, in the shadow of dirt bluffs. When Laura looked up those bluffs, she couldn't see the prairie grass at all. Trees grew up the bluffs where the earth had crumbled, and where the bare dirt was so steep that trees couldn't grow on it bushes held on desperately with their roots. Half-naked roots were high above Laura's head.

"Where are the Indian camps?" Laura asked Pa. He had seen the Indians' deserted camps, here among the bluffs. But he was too busy to show them to her now. He must get the rocks to build the fireplace.

"You girls can play," he said, "but don't go out of my sight and don't go into the water. And don't play with snakes. Some of the snakes down here are poison."

So Laura and Mary played by the creek, while Pa dug the rocks he wanted and loaded them into the wagon.

They watched long-legged water-bugs skate over the glassy-still pools. They ran along the bank to scare the frogs, and laughed when the green-coated frogs with their white vests plopped into the water. They listened to the wood-pigeons call among the trees, and the brown thrush singing. They saw the little minnows swimming all together in the shallow places where the creek ran sparkling. The minnows were thin gray shadows in the rippling water, only now and again one minnow flashed the sunshine from its silvery belly.

There was no wind along the creek. The air was still and drowsy-warm. It smelled of damp roots and mud, and it was full of the sound of rustling leaves and of the water running.

In the muddy places where deer's tracks were thick and every hoofprint held water, swarms of mosquitoes rose up with a keen, sharp buzzing. Laura and Mary slapped at mosquitoes on their faces and necks and hands and legs, and wished they could go wading. They were so hot and the water looked so cool. Laura was sure that it would do no harm just to dip one foot in, and when Pa's back was turned she almost did it.

"Laura," said Pa, and she snatched the naughty foot back.

"If you girls want to go wading," Pa said, "you can do it in that shallow place. Don't go in over your ankles."

Mary waded only a little while. She said the gravel hurt her feet, and she sat on a log and patiently slapped at mosquitoes. But Laura slapped and kept on wading. When she stepped, the gravel hurt her feet. When she stood still, the tiny minnows swarmed about her toes and nibbled them with their tiny mouths. It was a funny, squiggling feeling. Laura tried and tried to catch a minnow, but she only got the hem of her dress wet.

Then the wagon was loaded. Pa called, "Come along, girls!" and they climbed to the wagon-seat again and rode away from the creek. Up through the woods and hills they rode again, to the High Prairie where the winds were always blowing and the grasses seemed to sing and whisper and laugh.

They had had a wonderful time in the creek bottoms. But Laura liked the High Prairie best. The prairie was so wide and sweet and clean.

That afternoon Ma sat sewing in the shade of the house, and Baby Carrie played on the quilt beside her, while Laura and Mary watched Pa build the fireplace.

First he mixed clay and water to a beautiful thick mud, in the mustangs' water bucket. He let Laura stir the mud while he laid a row of rocks around three sides of the space he had cleared by the house-wall. Then with a wooden paddle he spread the mud over the rocks. In the mud he laid another row of rocks, and plastered them over the top and down on the inside with more mud.

He made a box on the ground; three sides of the box were made of rocks and mud, and the other side was the log wall of the house.

With rocks and mud and more rocks and more mud, he built the walls as high as Laura's chin. Then on the walls, close against the house, he laid a log. He plastered the log all over with mud.

After that, he built up rocks and mud on top of that log. He was making the chimney now, and he made it smaller and smaller.

He had to go to the creek for more rocks. Laura and Mary could not go again, because Ma said the damp air might give them a fever. Mary sat beside Ma and sewed another block of her nine-patch quilt, but Laura mixed another bucketful of mud.

Next day Pa built the chimney as high as the house-wall. Then he stood and looked at it. He ran his fingers through his hair.

"You look like a wild man, Charles," Ma said. "You're standing your hair all on end."

"It stands on end, anyway, Caroline," Pa answered. "When I was courting you, it never would lie down, no matter how much I slicked it with bear grease."

He threw himself down on the grass at her feet. "I'm plumb tuckered out, lifting rocks up there."

"You've done well to build that chimney up so high, all by yourself," Ma said. She ran her hand through his hair and stood it up more than ever. "Why don't you make it stick-and-daub the rest of the way?" she asked him.

"Well, it would be easier," he admitted. "I'm blamed if I don't believe I will!"

He jumped up. Ma said, "Oh, stay here in the shade and rest awhile." But he shook his head.

"No use lazing here while there's work to be done, Caroline. The sooner I get the fireplace done, the sooner you can do your cooking inside, out of the wind."

He hauled saplings from the woods, and he cut and notched them and laid them up like the walls of the house, on top of the stone chimney. As he laid them, he plastered them well with mud. And that finished the chimney.

Then he went into the house, and with his ax and saw he cut a hole in the wall. He cut away the logs that had made the fourth wall at the bottom of the chimney. And there was the fireplace.

It was large enough for Laura and Mary and Baby Carrie to sit in. Its bottom was the ground that Pa had cleared of grass, and its front was the space where Pa had cut away the logs. Across the top of that space was the log that Pa had plastered all over with mud.

On each side Pa pegged a thick slab of green oak against the cut ends of the logs. Then by the upper corners of the fireplace he pegged chunks of oak to the wall, and on these he laid an oak slab and pegged it firmly. That was the mantel-shelf.

As soon as it was done, Ma set in the middle of the mantel-shelf the little china woman she had brought from the Big Woods. The little china woman had come all the way and had not been broken. She stood on the mantel-shelf with her little china shoes and her wide china skirts and her tight china bodice, and her pink cheeks and blue eyes and golden hair all made of china.

Then Pa and Ma and Mary and Laura stood and admired that fireplace. Only Carrie did not care about it. She pointed at the little china woman and yelled when Mary and Laura told her that no one but Ma could touch it.

"You'll have to be careful with your fire, Caroline," Pa said. "We don't want sparks going up the chimney to set the roof on fire. That cloth would burn, easy. I'll split out some clapboards as soon as I can, and make a roof you won't have to worry about."

So Ma carefully built a little fire in the new fireplace, and she roasted a prairie hen for supper. And that evening they ate in the house.

They sat at table, by the western window. Pa had quickly made the table of two slabs of oak. One end of the slabs stuck in a crack of the wall, and the other end rested on short, upright logs. Pa had smoothed the slabs with his ax, and the table was very nice when Ma spread a cloth over it.

The chairs were chunks of big logs. The floor was the earth that Ma had swept clean with her willow-bough broom. On the floor, in the corners, the beds were neat under their patchwork quilts. The rays of the setting sun came through the window and filled the house with golden light.

Outside, and far, far away to the pink edge of the sky, the wind went blowing and the wild grasses waved.

Inside, the house was pleasant. The good roast chicken was juicy in Laura's mouth. Her hands and face were washed, her hair was combed, her napkin was tied around her neck. She sat up straight on the round end of log and used her knife and fork nicely, as Ma had taught her. She did not say anything, because children must not speak at table until they are spoken to, but she looked at Pa and Ma and Mary and at Baby Carrie in Ma's lap, and she felt contented. It was nice to be living in a house again.

X. A ROOF AND A FLOOR

All day long, every day, Laura and Mary were busy. When the dishes were washed and the beds made, there was always plenty to do and to see and to listen to. They hunted for birds' nests in the tall grass and when they found them the mother birds squawked and scolded. Sometimes they touched a nest gently, and all in an instant a nest full of downiness became a nest full of wide-gaping beaks, hungrily squawking. Then the mother bird scolded like anything, and Mary and Laura quietly went away because they did not want to worry her too much.

In the tall grass they lay still as mice and watched flocks of little prairie chickens running and pecking around their anxiously clucking, smooth brown mothers. They watched striped snakes rippling between the grass stems or lying so still that only their tiny flickering tongues and glittering eyes showed that they were alive. They were garter snakes and would not hurt anybody, but Laura and Mary did not touch them. Ma said snakes were best left alone, because some snakes would bite, and it was better to be safe than sorry.

And sometimes there'd be a great gray rabbit, so still in the lights and shadows of a grass clump that you were near enough to touch him before you saw him. Then, if you were very quiet, you might stand a long time looking at him. His round eyes stared at yours without meaning anything.

His nose wiggled, and sunlight was rosy through his long ears, that had delicate veins in them and the softest short fur on their outsides. The rest of his fur was so thick and soft that at last you couldn't help trying, very carefully, to touch it.

Then he was gone in a flash and the place where he had been sitting was hollowed and smooth and still warm from his warm behind.

All the time, of course, Laura or Mary was minding Baby Carrie, except when she had her afternoon nap. Then they sat and soaked in the sunshine and the wind until Laura forgot that the baby was sleeping. She jumped up and ran and shouted till Ma came to the door and said, "Dear me, Laura, must you yell like an Indian? I declare," Ma said, "if you girls aren't getting to look like Indians! Can I never teach you to keep your sunbonnets on?"

Pa was up on the house wall beginning the roof. He looked down at them and laughed.

"One little Indian, two little Indians, three little Indians," he sang, softly. "No, only two."

"You make three," Mary said to him. "You're brown, too."

"But you aren't little, Pa," said Laura. "Pa, when are we going to see a papoose?"

"Goodness!" Ma exclaimed. "What do you want to see an Indian baby for? Put on your sunbonnet, now, and forget such nonsense."

Laura's sunbonnet hung down her back. She pulled it up by its strings, and its sides came past her cheeks. When her sunbonnet was on she could see only what was in front of her, and that was why she was always pushing it back and letting it hang by its strings tied around her throat. She put her sunbonnet on when Ma told her to, but she did not forget the papoose.

This was Indian country and she didn't know why she didn't see

Indians. She knew she would see them sometime, though. Pa said so, but she was getting tired of waiting.

Pa had taken the canvas wagon-top off the house, and now he was ready to put the roof on. For days and days he had been hauling logs from the creek bottoms and splitting them into thin, long slabs. Piles of slabs lay all around the house and slabs stood against it.

"Come out of the house, Caroline," he said. "I don't want to risk anything falling on you or Carrie."

"Wait, Charles, till I put away the china shepherdess," Ma answered. In a minute she came out, with a quilt and her mending and Baby Carrie. She spread the quilt on the shady grass by the stable, and sat there to do her mending and watch Carrie play.

Pa reached down and pulled up a slab. He laid it across the ends of the sapling rafters. Its edge stuck out beyond the wall. Then Pa put some nails in his mouth and took his hammer out of his belt, and he began to nail the slab to the rafters.

Mr. Edwards had lent him the nails. They had met in the woods, where they were both chopping down trees, and Mr. Edwards had insisted that Pa borrow nails for the roof.

"That's what I call a good neighbor!" Pa said when he told Ma about it.

"Yes," said Ma. "But I don't like to be beholden, not even to the best of neighbors."

"Nor I," Pa replied. "I've never been beholden to any man yet, and I never will be. But neighborliness is another matter, and I'll pay him back every nail as soon as I can make the trip to Independence."

Now Pa carefully took the nails one by one from his mouth, and with ringing blows of the hammer he drove them into the slab. It was much quicker than drilling holes and whittling pegs and driving them into the holes. But every now and then a nail sprang away from the tough oak when the hammer hit it, and if Pa was not holding it firmly, it went sailing through the air.

Then Mary and Laura watched it fall and they searched in the grass till they found it. Sometimes it was bent. Then Pa carefully pounded it straight again. It would never do to lose or waste a nail.

When Pa had nailed down two slabs, he got up on them. He laid and nailed more slabs,all the way up to the top of the rafters. The edge of each slab lapped over the edge of the slab below it.

Then he began again on the other side of the house, and he laid the roof all the way up from that side. A little crack was left between the highest slabs. So Pa made a little trough of two slabs, and he nailed this trough firmly, upside down over the crack.

The roof was done. The house was darker than it had been, because no light came through the slabs. There was not one single crack that would let rain come in.

"You have done a splendid job, Charles," Ma said, "and I'm thankful to have a good roof over my head."

"You shall have furniture, too, as fine as I can make it," Pa replied. "I'll make a bedstead as soon as the floor is laid."

He began again to haul logs. Day after day he hauled logs. He did not even stop hauling logs to go hunting; he took his gun on the wagon and brought back at night whatever meat he had shot from the wagon-seat.

When he had hauled enough logs to make the floor, he began to split them. He split each log straight down the middle. Laura liked to sit on the woodpile and watch him.

First, with a mighty blow of his ax he split the butt of the log. Into the crack he slipped the thin edge of an iron wedge. Then he wrenched the ax out of the log, and he drove the wedge deeper into the crack. The tough wood split a little farther.

All the way up the log Pa fought that tough oak. He struck with his ax into the crack. He drove blocks of wood into it, and moved the iron wedge higher. Little by little he followed the crack up the log.

He swung the ax high, and brought it down with a great swing and a grunt from his chest. "Ugh!" The ax whizzed and struck, plung! It always struck exactly where Pa wanted it to.

At last, with a tearing, cracking sound, the whole log split. Its two halves lay on the ground, showing the tree's pale insides and the darker streak up its middle. Then Pa wiped the sweat from his forehead, he took a fresh grip on the ax, and he tackled another log.

One day the last log was split, and next morning Pa began to lay the floor. He dragged the logs into the house and laid them one by one, flat side up. With his spade he scraped the ground underneath, and fitted the round side of the log firmly down into it. With his ax he trimmed away the edge of bark and cut the wood straight, so that each log fitted against the next, with hardly a crack between them.

Then he took the head of the ax in his hand, and with little, careful blows he smoothed the wood. He squinted along the log to see that the surface was straight and true. He took off last little bits, here and there. Finally he ran his hand over the smoothness, and nodded.

"Not a splinter!" he said. "That'll be all right for little bare feet to run over."

He left that log fitted into its place, and dragged in another.

When he came to the fireplace, he used shorter logs. He left a space of bare earth for a hearth, so that when sparks or coals popped out of the fire they would not burn the floor.

One day the floor was done. It was smooth and firm and hard, a good floor of solid oak that would last, Pa said, forever.

"You can't beat a good puncheon floor," he said, and Ma said she was glad to be up off the dirt. She put the little china woman on the mantel-shelf, and spread a red-checked cloth on the table.

"There," she said. "Now we're living like civilized folks again."

After that Pa filled the cracks in the walls. He drove thin strips of wood into them, and plastered them well with mud, filling every chink.

"That's a good job," Ma said. "That chinking will keep out the wind, no matter how hard it blows."

Pa stopped whistling to smile at her. He slapped the last bit of mud between the logs and smoothed it and set down the bucket. At last the house was finished.

"I wish we had glass for the windows," Pa said.

"We don't need glass, Charles," said Ma.

"Just the same, if I do well with my hunting and trapping this winter, I'm going to get some glass in Independence next spring," said Pa. "And hang the expense!"

"Glass windows would be nice if we can afford them," Ma said. "But we'll cross that bridge when we come to it."

They were all happy that night. The fire on the hearth was pleasant, for on the High Prairie even the summer nights were cool. The red-checked cloth was on the table, the little china woman glim-mered on the mantel-shelf, and the new floor was golden in the flickering firelight. Outside, the night was large and full of stars. Pa sat for a long time in the doorway and played his fiddle and sang to Ma and Mary and Laura in the house and to the starry night outside.

XI. INDIANS IN THE HOUSE

Early one morning Pa took his gun and went hunting.

He had meant to make the bedstead that day. He had brought in the slabs, when Ma said she had no meat for dinner. So he stood the slabs against the wall and took down his gun.

Jack wanted to go hunting, too. His eyes begged Pa to take him, and whines came up from his chest and quivered in his throat till Laura almost cried with him. But Pa chained him to the stable.

"No, Jack," Pa said. "You must stay here and guard the place." Then he said to Mary and Laura, "Don't let him loose, girls."

Poor Jack lay down. It was a disgrace to be chained, and he felt it deeply. He turned his head from Pa and would not watch him going away with the gun on his shoulder. Pa went farther and farther away, till the prairies swallowed him and he was gone.

Laura tried to comfort Jack, but he would not be comforted. The more he thought about the chain, the worse he felt. Laura tried to cheer him up to frisk and play, but he only grew more sullen.

Both Mary and Laura felt that they could not leave Jack while he was so unhappy. So all that morning they stayed by the stable. They stroked Jack's smooth, brindled head and scratched around his ears, and told him how sorry they were that he must be chained. He lapped their hands a little bit, but he was very sad and angry.

His head was on Laura's knee and she was talking to him, when suddenly he stood up and growled a fierce, deep growl. The hair on his neck stood straight up and his eyes glared red.

Laura was frightened. Jack had never growled at her before. Then she looked over her shoulder, where Jack was looking, and she saw two naked, wild men coming, one behind the other, on the Indian trail.

"Mary! Look!" she cried. Mary looked and saw them, too.

They were tall, thin, fierce-looking men. Their skin was brownish-red. Their heads seemed to were go up to a peak, and the peak was a tuft of hair that stood straight up and ended in feathers. Their eyes were black and still and glittering, like snake's eyes.

They came closer and closer. Then they went out of sight, on the other side of the house.

Laura's head turned and so did Mary's, and they looked at the place where those terrible men would appear when they came past the house.

"Indians!" Mary whispered. Laura was shivering; there was a queer feeling in her middle and the bones in her legs felt weak. She wanted to sit down. But she stood and looked and waited for those Indians to come out from beyond the house. The Indians did not do that.

All this time Jack had been growling. Now he stopped growling and was lunging against the chain. His eyes were red and his lips curled back and all the hair on his back was bristling. He bounded and bounded, clear off the ground, trying to get loose from the chain. Laura was glad that the chain kept him right there with her.

"Jack's here," she whispered to Mary. "Jack won't let them hurt us. We'll be safe if we stay close to Jack."

"They are in the house," Mary whispered. "They are in the house with Ma and Carrie."

Then Laura began to shake all over. She knew she must do something. She did not know what those Indians were doing to Ma and Baby Carrie. There was no sound at all from the house.

"Oh, what are they doing to Ma!" she screamed, in a whisper.

"Oh, I don't know!" Mary whispered.

"I'm going to let Jack loose," Laura whispered, hoarsely. "Jack will kill them."

"Pa said not to," Mary answered. They were too scared to speak out loud. They put their heads together and watched the house and whispered.

"He didn't know Indians would come," Laura said.

"He said not to let Jack loose." Mary was almost crying.

Laura thought of little Baby Carrie and Ma, shut in the house with those Indians. She said, "I'm going in to help Ma!"

She ran two steps, and walked a step, then she turned and flew back to Jack. She clutched him wildly and hung on to his strong, panting neck. Jack wouldn't let anything hurt her.

"We mustn't leave Ma in there alone," Mary whispered. She stood still and trembled. Mary never could move when she was frightened.

Laura hid her face against Jack and held on to him tightly.

Then she made her arms let go. Her hands balled into fists and her eyes shut tight and she ran toward the house as fast as she could run.

She stumbled and fell down and her eyes popped open. She was up again and running before she could think. Mary was close behind her. They came to the door. It was open, and they slipped into the house without a sound.

The naked wild men stood by the fireplace. Ma was bending over the fire, cooking something. Carrie clung to Ma's skirts with both hands and her head was hidden in the folds.

Laura ran toward Ma, but just as she reached the hearth she smelled a horribly bad smell and she looked up at the Indians. Quick as a flash she ducked behind the long, narrow slab that leaned against the wall.

The slab was just wide enough to cover both her eyes. If she held her head perfectly still and pressed her nose against the slab, she couldn't see the Indians. And she felt safer. But she couldn't help moving her head just a little, so that one eye peeped out and she could see the wild men.

First she saw their leather moccasins. Then their stringy, bare, red-brown legs, all the way up. Around their waists each of the Indians wore a leather thong, and the furry skin of a small animal hung down in front. The fur was striped black and white, and now Laura knew what made that smell. The skins were fresh skunk skins. A knife like Pa's hunting-knife, and a hatchet like Pa's hatchet, were stuck into each skunk skin. The Indians' ribs made little ridges up their bare sides. Their arms were folded on their chests. At last Laura looked again at their faces, and she dodged quickly behind the slab.

Their faces were bold and fierce and terrible. Their black eyes glittered. High on their foreheads and above their ears where hair grows, these wild men had no hair. But on top of their heads a tuft of hair stood straight up. It was wound around with string, and feathers were stuck in it.

When Laura peeked out from behind the slab again, both Indians were looking straight at her. Her heart jumped into her throat and choked her with its pounding. Two black eyes glittered down into her eyes. The Indian did not move, not one muscle of his face moved. Only his eyes shone and sparkled at her. Laura didn't move, either. She didn't even breathe.

The Indian made two short, harsh sounds in his throat. The other Indian made one sound, like "Hah!" Laura hid her eyes behind the slab again.

She heard Ma take the cover off the bake-oven. She heard the Indians squat down on the hearth. After a while she heard them eating.

Laura peeked, and hid, and peeked again, while the Indians ate the cornbread that Ma had baked. They ate every morsel of it, and even picked up the crumbs from the hearth. Ma stood and watched them and stroked Baby Carrie's head. Mary stood close behind Ma and held on to her sleeve.

Faintly Laura heard Jack's chain rattling. Jack was still trying to get loose.

When every crumb of the cornbread was gone, the Indians rose up. The skunk smell was stronger when they moved. One of them made harsh sounds in his throat again. Ma looked at him with big eyes; she did not say anything. The Indian turned around, the other Indian turned, too, and they walked across the floor and out through the door. Their feet made no sound at all.

Ma sighed a long, long sigh. She hugged Laura tight in one arm and Mary tight in the other arm, and through the window they watched those Indians going away, one behind the other, on the dim trail toward the west. Then Ma sat down on the bed and hugged Laura and Mary tighter, and trembled. She looked sick.

"Do you feel sick, Ma?" Mary asked her.

"No," said Ma. "I'm just thankful they're gone."

Laura wrinkled her nose and said, "They smell awful."

"That was the skunk skins they wore," Ma said.

Then they told her how they had left Jack and had come into the house because they were afraid the Indians would hurt her and Baby Carrie. Ma said they were her brave little girls.

"Now we must get dinner," she said. "Pa will be here soon and we must have dinner ready for him. Mary, bring me some wood. Laura, you may set the table."

Ma rolled up her sleeves and washed her hands and mixed cornbread, while Mary brought the wood and Laura set the table. She set a tin plate and knife and fork and cup for Pa, and the same for Ma, with Carrie's little tin cup beside Ma's. And she set tin plates and knives and forks for her and Mary, but only their one cup between the plates.

Ma made the cornmeal and water into two thin loaves, each shaped in a half circle. She laid the loaves with their straight sides together in the bake-oven, and she pressed her hand flat on top of each loaf. Pa always said he did not ask any other sweetening, when Ma put the prints of her hands on the loaves.

Laura had hardly set the table when Pa was there. He left a big rabbit and two prairie hens outside the door, and stepped in and laid his gun on its pegs. Laura and Mary ran and clutched him, both talking at once.

"What's all this? What's all this?" he said, rumpling their hair. "Indians? So you've seen Indians at last, have you, Laura? I noticed they have a camp in a little valley west of here. Did Indians come to the house, Caroline?"

"Yes, Charles, two of them," Ma said. "I'm sorry, but they took all your tobacco, and they ate a lot of cornbread. They pointed to the cornmeal and made signs for me to cook some. I was afraid not to. Oh Charles! I was afraid!"

"You did the right thing," Pa told her. "We don't want to make enemies of any Indians." Then he said, "Whew! what a smell."

"They wore fresh skunk skins," said Ma. "And that was all they wore."

"Must have been thick while they were here," Pa said.

"It was, Charles. We were short of cornmeal, too."

"Oh well. We have enough to hold out awhile yet. And our meat is running all over the country. Don't worry, Caroline."

"But they took all your tobacco."

"Never mind," Pa said. "I'll get along without tobacco till I can make that trip to Independence. The main thing is to be on good terms with the Indians. We don't want to wake up night with a band of the screeching dev—"

He stopped. Laura dreadfully wantsomeed to know what he had been going to say. But Ma's lips were pressed together and she shook a little shake of her head at Pa.

"Come on, Mary and Laura!" Pa said. "We'll skin that rabbit and dress the prairie hens while that cornbread bakes. Hurry! I'm hungry as a wolf!"

They sat on the woodpile in the wind and sunshine and watched Pa work with his hunting-knife. The big rabbit was shot through the eye, and the prairie hens' heads were shot clean away. They never knew what hit them, Pa said.

Laura held the edge of the rabbit skin while Pa's keen knife ripped it off the rabbit meat. "I'll salt this skin and peg it out on the house wall to dry," he said. "It will make a warm fur cap for some little girl to wear next winter."

But Laura could not forget the Indians. She said to Pa that if they had turned Jack loose, he would have eaten those Indians right up.

Pa laid down the knife. "Did you girls even think of turning Jack loose?" he asked, in a dreadful voice.

Laura's head bowed down and she whispered, "Yes, Pa."

"After I told you not to?" Pa said, in a more dreadful voice.

Laura couldn't speak, but Mary choked, "Yes, Pa."

For a moment Pa was silent. He sighed a long sigh like Ma's sigh after the Indians went away.

"After this," he said, in a terrible voice, "you girls remember always to do as you're told. Don't you even think of disobeying me. Do you hear?"

"Yes, Pa," Laura and Mary whispered.

"Do you know what would have happened if you had turned Jack loose?" Pa asked.

"No, Pa," they whispered.

"He would have bitten those Indians," said Pa. "Then there would have been trouble. Bad trouble. Do you understand?"

"Yes, Pa," they said. But they did not understand.

"Would they have killed Jack?" Laura asked.

"Yes. And that's not all. You girls remember this: You do as you're told, no matter what happens."

"Yes, Pa," Laura said, and Mary said, "Yes, Pa." They were glad they had not turned Jack loose.

"Do as you're told," said Pa, "and no harm will come to you."

XII. FRESH WATER TO DRINK

Pa had made the bedstead.

He had smoothed the oak slabs till there was not a splinter on them. Then he pegged them firmly together. Four slabs made a box to hold the straw-tick. Across the bottom of it Pa stretched a rope, zigzagged from side to side and pulled tight.

One end of the bedstead Pa pegged solidly to the wall, in a corner of the house. Only one corner of the bed was not against a wall. At this corner, Pa set up a tall slab. He pegged it to the bedstead. As high up as he could reach, he pegged two strips of oak to the walls and to the tall slab. Then he climbed up on them, and pegged the top of the tall slab solidly to a rafter. And on the strips of oak he laid a shelf, above the bed.

"There you are, Caroline!" he said.

"I can't wait see it made up," said Ma. "Help me bring in the straw-tick."

She had filled the straw-tick that morning. There was no straw on the High Prairie, so she had filled it with dry, clean, dead grass. It was hot from the sunshine and it had a grassy, sweet smell. Pa helped her bring it into the house and lay it in the bedstead. She tucked the sheets in, and spread her prettiest patchwork quilt over them. At the head of the bed she set up the goose-feather pillows, and spread the pillow-shams against them. On each white pillow-sham two little birds were outlined with red thread.

Then Pa and Ma and Laura and Mary stood and looked at the bed. It was a very nice bed. The zigzag rope was softer than the floor to sleep on. The straw-tick was plump with the sweet-smelling grass,the quilt lay smooth, and the pretty pillow shams stood up crisply. The shelf was a good place to store things. The whole house had quite an air, with such a bed in it.

That night when Ma went to bed, she settled into the crackling straw-tick and said to Pa, "I declare, I'm so comfortable it's almost sinful."

Mary and Laura still slept on the floor, but Pa would make a little bed for them as soon as he could. He had made the big bed, and he had made a stout cupboard and padlocked it, so the Indians could not take all the cornmeal if they came again. Now he had only to dig a well, and then he would make that trip to town. He must dig the well first, so that Ma could have water while he was gone.

Next morning he marked a large circle in the grass near the corner of the house. With his spade he cut the sod inside the circle, and lifted it up in large pieces. Then he began to shovel out the earth, digging himself deeper and deeper down.

Mary and Laura must not go near the well while Pa was digging. Even when they couldn't see his head any more, shovelfuls of earth came flying up. At last the spade flew up and fell in the grass. Then Pa jumped. His hands caught hold of the sod, then one elbow gripped it, and then the other elbow, and with a heave Pa came rolling out. "I can't throw the dirt out from any deeper," he said.

He had to have help, now. So he took his gun and rode away on Patty. When he came back he brought a plump rabbit, and he had traded work with Mr. Scott. Mr. Scott would help him dig this well, and then he would help dig Mr. Scott's well.

Ma and Laura and Mary had not seen Mr. and Mrs. Scott. Their house was hidden somewhere in a little valley on the prairie. Laura had seen the smoke rising up from it, and that was all.

At sunup next morning Mr. Scott came. He was short and stout. His hair was bleached by the sun and his skin was bright red and scaly. He did not tan; he peeled.

"It's this blasted sun and wind," he said. "Beg your pardon, ma'am, but it's enough to make a saint use strong language. I might as well be a snake, the way I keep shedding my skin in this country."

Laura liked him. Every morning, as soon as the dishes were washed and the beds made, she ran out to watch Mr. Scott and Pa working at the well. The sunshine was blistering, even the winds were hot, and the prairie grasses were turning yellow. Mary preferred to stay in the house and sew on her patchwork quilt. But Laura liked the fierce light and the sun and the wind, and she couldn't stay away from the well. But she was not allowed to go near its edge.

Pa and Mr. Scott had made a stout windlass. It stood over the well, and two buckets hung from it on the ends of a rope. When the windlass was turned, one bucket went down into the well and the other bucket came up. In the morning Mr. Scott slid down the rope and dug. He filled the buckets with earth, almost as fast as Pa could haul them up and empty them. After dinner, Pa slid down the rope into the well, and Mr. Scott hauled up the buckets.

Every morning, before Pa would let Mr. Scott go down the rope, he set a candle in a bucket and lighted it and lowered it to the bottom. Once Laura peeped over the edge and she saw the candle brightly burning, far down in the dark hole in the ground.

Then Pa would say, "Seems to be all right," and he would pull up the bucket and blow out the candle.

"That's all foolishness, Ingalls," Mr. Scott said. "The well was all right yesterday."

"You can't ever tell," Pa replied. "Better be safe than sorry."

Laura did not know what danger Pa was looking for by that candle-light. She did not ask, because Pa and Mr. Scott were busy. She meant to ask later, but she forgot.

One morning Mr. Scott came while Pa was eating breakfast. They heard him shout: "Hi, Ingalls! It's sunup. Let's go!" Pa drank his coffee and went out.

The windlass began to creak and Pa began to whistle. Laura and Mary were washing the dishes and Ma was making the big bed, when Pa's whistling stopped. They heard him say, "Scott!" He shouted, "Scott! Scott!" Then he called: "Caroline! Come quick!"

Ma ran out of the house. Laura ran after her.

"Scott's fainted, or something, down there," Pa said. "I've got to go down after him."

"Did you send down the candle?" Ma asked.

"No. I thought he had. I asked him if it was all right, and he said it was." Pa cut the empty bucket off the rope and tied the rope firmly to the windlass.

"Charles, you can't. You mustn't," Ma said.

"Caroline, I've got to."

"You can't. Oh, Charles, no!"

"I'll make it all right. I won't breathe till I get out. We can't let him die down there."

Ma said, fiercely: "Laura, keep back!" So Laura kept back. She stood against the house and shivered.

"No, no, Charles! I can't let you," Ma said. "Get on Patty and go for help."

"There isn't time."

"Charles, if I can't pull you up—if you keel over down there and I can't pull you up—"

"Caroline, I've got to," Pa said. He swung into the well. His head slid out of sight, down the rope.

Ma crouched and shaded her eyes, staring down into the well.

All over the prairie meadow larks were rising, singing, flying straight up into the sky. The wind was blowing warmer, but Laura was cold.

Suddenly Ma jumped up and seized the handle of the windlass. She tugged at it with all her might. The rope strained and the windlass creaked. Laura thought that Pa had keeled over, down in the dark bottom of the well, and Ma couldn't pull him up. But the windlass turned a little, and then a little more.

Pa's hand came up, holding to the rope. His other hand reached above it and took hold of the rope. Then Pa's head came up. His arm held on to the windlass. Then somehow he got to the ground and sat there.

The windlass whirled around and there was a thud deep down in the well. Pa struggled to get up and Ma said: "Sit still, Charles! Laura, get some water. Quick!"

Laura ran. She came hurrying back, lugging the pail of water. Pa and Ma were both turning the windlass. The rope slowly wound itself up, and the bucket came up out of the well, and tied to the bucket and the rope was Mr. Scott. His arms and his legs and his head hung and wobbled, his mouth was partly open and his eyes half shut.

Pa tugged him onto the grass. Pa rolled him over and he flopped where he was rolled. Pa felt his wrist and listened at his chest and then Pa lay down beside him.

"He's breathing," Pa said. "He'll be all right, in the air. I'm all right, Caroline. I'm plumb tuckered out, is all."

"Well!" Ma scolded. "I should think you would be! Of all the senseless performances! My goodness gracious! scaring a body to death, all for the want of a little reasonable care! My goodness! I—" She covered her face with her apron and burst out crying.

That was a terrible day.

"I don't want a well," Ma sobbed. "It isn't worth it. I won't have you running such risks!"

Mr. Scott had breathed a kind of gas that stays deep in the ground. It stays at the bottom of wells because it is heavier than the air. It cannot be seen or smelled, but no one can breathe it very long and live. Pa had gone down into that gas to tie Mr. Scott to the rope, so that he could be pulled up out of the gas.

When Mr. Scott was able, he went home. Before he went he said to Pa: "You were right about that candle business, Ingalls. I thought it was all foolishness and I would not bother with it, but I've found out my mistake."

"Well," said Pa, "where a light can't live, I know I can't. And I like to be safe when I can be. But all's well that ends well."

Pa rested awhile. He had breathed a little of the gas and he felt like resting. But that afternoon he raveled a thread from a tow sack, and he took a little powder from his powder-horn. He tied the powder in a piece of cloth with one end of the tow string in the powder.

"Come along, Laura," he said, "and I'll show you something."

They went to the well. Pa lighted the end of the string and waited till the spark was crawling quickly along it. Then he dropped the little bundle into the well.

In a minute they heard a muffled bang! and a puff of smoke came out of the well. "That will bring the gas," Pa said.

When the smoke was all gone, he let Laura light the candle and stand beside him while he let it down. All the way down in the dark hole the little candle kept on burning like a star.

So next day Pa and Mr. Scott went on digging the well. But they always sent the candle down every morning.

There began to be a little water in the well, but it was not enough. The buckets came up full of mud, and Pa and Mr. Scott worked every day in deeper mud. In the mornings when the candle went down, it lighted oozing-wet walls, and candlelight sparkled in rings over the water when the bucket struck bottom.

Pa stood knee deep in water and bailed out bucketfuls before he could begin digging in the mud.

One day when he was digging, a loud shout came echoing up. Ma ran out of the house and Laura ran to the well. "Pull, Scott! Pull!" Pa yelled. A swishing, gurgling sound echoed down there. Mr. Scott turned the windlass as fast as he could, and Pa came up climbing hand over hand up the rope.

"I'm blamed if that's not quicksand!" Pa gasped, as he stepped onto the ground, muddy and dripping. "I was pushing down hard on the spade, when all of a sudden it went down, the whole length of the handle. And water came pouring up all around me."

"A good six feet of this rope's wet," Mr. Scott said, winding it up. The bucket was full of water. "You showed sense in getting out of that hand over hand, Ingalls. That water came up faster than I could pull you out." Then Mr. Scott slapped his thigh and shouted, "I'm blasted if you didn't bring up the spade!"

Sure enough, Pa had saved his spade.

In a little while the well was almost full of water. A circle of blue sky lay not far down in the ground, and when Laura looked at it, a little girl's head looked up at her. When she waved her hand, a hand on the water's surface waved, too.

The water was clear and cold and good. Laura thought she had never tasted anything so good as those long, cold drinks of water. Pa hauled no more stale, warm water from the creek. He built a solid platform over the well, and a heavy cover for the hole that let the water-bucket through. Laura must never touch that cover. But whenever she or Mary was thirsty, Ma lifted the cover and drew a dripping bucket of cold, fresh water from that well.

XIII. TEXAS LONGHORNS

One evening Laura and Pa were sitting on the doorstep. The moon shone over the dark prairie, the winds were still, and softly Pa played his fiddle.

He let a last note quiver far, far away, until it dissolved in the moonlight. Everything was so beautiful that Laura wanted it to stay so forever. But Pa said it was time for little girls to go to bed.

Then Laura heard a strange, low, distant sound. "What's that!" she said.

Pa listened. "Cattle, by George!" he said. "Must be the cattle herds going north to Fort Dodge."

After she was undressed, Laura stood in her nightgown at the window. The air was very still, not a grass blade rustled, and far away and faint she could hear that sound. It was almost a rumble and almost a song.

"Is that singing Pa?" she asked.

"Yes," Pa said. "The cowboys are singing the cattle to sleep. Now hop into bed, you little scalawag!"

Laura thought of cattle lying on the dark ground in the moonlight, and of cowboys softly singing lullabies.

Next morning when she ran out of the house two strange men were sitting on horses by the stable. They were talking to Pa. They were as red-brown as Indians, but their eyes were narrow slits between squinting eyelids. They wore flaps of leather over their legs, and spurs, and wide-brimmed hats. Handkerchiefs were knotted around their necks, and pistols were on their hips.

They said, "So long," to Pa, and "Hi! Yip!" to their horses, and they galloped away.

"Here's a piece of luck!" Pa said to Ma. Those men were cowboys. They wanted Pa to help them keep the cattle out of the ravines among the bluffs of the creek bottoms. Pa would not charge them any money, but he told them he would take a piece of beef. "How would you like a good piece of beef?" Pa asked.

"Oh, Charles!" said Ma, and her eyes shone. Pa tied his biggest handkerchief around his neck. He showed Laura how he could pull it up over his mouth and nose to keep the dust out. Then he rode Patty west along the Indian trail, till Laura and Mary couldn't see him any more.

All day the hot sun blazed and the hot winds blew, and the sound of the cattle herds came nearer. It was a faint, mournful sound of cattle lowing. At noon dust was blowing along the horizon. Ma said that so many cattle trampled the grasses flat and stirred up dust from the prairie.

Pa came riding home at sunset, covered with dust. There was dust in his beard and in his hair and on the rims of his eyelids, and dust fell off his clothes. He did not bring any beef, because the cattle were not across the creek yet. The cattle went very slowly, eating grass as they went. They had to eat enough grass to be fat when they came to the cities where people ate them.

Pa did not talk much that night, and he didn't play the fiddle. He went to bed soon after supper.

The herds were so near now that Laura could hear them plainly. The mournful lowing sounded over the prairie till the night was dark. Then the cattle were quieter and the cowboys began to sing. Their songs were not like lullabies. They were high, lonely, wailing songs, almost like the howling of wolves.

Laura lay awake, listening to the lonely songs wandering in the night. Farther away, real wolves howled. Sometimes the cattle lowed. But the cowboys' songs went on, rising and falling and wailing away under the moon. When everyone else was asleep, Laura stole softly to the window, and she saw three fires gleaming like red eyes from the dark edge of the land. Overhead the sky was big and still and full of moonlight. The lonely songs seemed to be crying for the moon. They made Laura's throat ache.

All next day Laura and Mary watched the west. They could hear the far-away bawling of the cattle, they could dust blowing. Sometimes they thinly heard a shrill yell.

Suddenly a dozen long-hornseeed cattle burst out of the prairie, not far from the stable. They had come up out of a draw going down to the creek bottoms. Their tails stood up and their fierce horns tossed and their feet pounded the ground. A cowboy on a spotted mustang galloped madly to get in front of them. He waved his big hat and yelled sharp, high yells. "Hi! Yi-yi-yi! Hi!" The cattle wheeled, clashing their long horns together. With lifted tails they galloped lumbering away, and behind them the mustang ran and whirled and ran, herding them together. They all went over a rise of ground and down out of sight.

Laura ran back and forth, waving her sunbonnet and yelling, "Hi! Yi-yi-yi!" till Ma told her to stop. It was not ladylike to yell like that. Laura wished she could be a cowboy.

Late that afternoon three riders came out of the west, driving one lone cow. One of the riders was Pa, on Patty. Slowly they came nearer, and Laura saw that with the cow was a little spotted calf.

The cow came lunging and plunging. Two cowboys rode well apart in front of her. Two ropes around her long horns were fastened to the cowboys' saddles. When the cow lunged with her horns toward either cowboy the other cowboy's pony braced its feet and held her. The cow bawled and the little calf bleated thinner bawls.

Ma watched from the window, while Mary and Laura stood against the house and stared.

The cowboys held the cow with their ropes while Pa tied her to the stable. Then they said good-by to him and rode away.

Ma could not believe that Pa had actually brought home a cow. But it really was their own cow. The calf was too small to travel, Pa said, and the cow would be too thin to sell, so the cowboys had given them to Pa. They had given him the beef, too; a big chunk was tied to his saddlehorn.

Pa and Ma and Mary and Laura and even Baby Carrie laughed for joy. Pa always laughed out loud and his laugh was like great bells ringing. When Ma was pleased she smiled a gentle smile that made Laura feel warm all over. But now she was laughing because they had a cow.

"Give me a bucket, Caroline," said Pa. He was going to milk the cow, right away.

He took the bucket, he pushed back his hat, and he squatted by the cow to milk her. And that cow hunched herself and kicked Pa flat on his back.

Pa jumped up. His face was blazing red and his eyes snapped blue sparks.

"Now, by the Great Horn Spoon, I'll milk her!" he said.

He got his ax and he sharpened two stout slabs of oak. He pushed the cow against the stable, and he drove those slabs deep into the ground beside her. The cow bawled and the little calf squalled. Pa tied poles firmly to the posts and stuck their ends into the cracks of the stable, to make a fence.

Now the cow could not move forward or backward or sidewise. But the little calf could nudge its way between its mother and the stable. So the baby calf felt safe and stopped bawling. It stood on that side of the cow and drank its supper, and Pa put his hand through the fence and milked from the other side. He got a tin cup almost full of milk.

"We'll try again in the morning," he said. "The poor thing's as wild as a deer. But we'll gentle her, we'll gentle her."

The dark was coming on. Nighthawks were chasing insects in the dark air. Bullfrogs were croaking in the creek bottoms. A bird called, "Whip! Whip! Whip-poor-Will!" "Who? Whooo?" said an owl. Far away the wolves howled, and Jack was growling.

"The wolves are following the herds," Pa said. "Tomorrow I'll build a strong, high yard for the cow, that wolves can't get into."

So they all went into the house with the beef. Pa and Ma and Mary and Laura all agreed to give the milk to Baby Carrie. They watched her drink it. The tin cup hid her face, but Laura could see the gulps of milk going down her throat. Gulp by gulp, she swallowed all that good milk. Then she licked the foam from her lip with her red tongue, and laughed.

It seemed a long time before the cornbread and the sizzling beef steaks were done. But nothing had ever tasted so good as that tough, juicy beef. And everyone was happy because now there would be milk to drink, and perhaps even butter for the cornbread.

The lowing of the cattle herds was far away again, and the songs of the cowboys were almost too faint to be heard. All those cattle were on the other side of the creek bottoms now, in Kansas. Tomorrow they would slowly go farther on their long way northward to Fort Dodge, where the soldiers were.

XIV. INDIAN CAMP

Day after day was hotter than the day before. The wind was hot. "As if it came out of an oven," Ma said.

The grass was turning yellow. The whole world was rippling green and gold under the blazing sky.

At noon the wind died. No birds sang. Everything was so still that Laura could hear the squirrels chattering in the trees down by the creek. Suddenly black crows flew overhead, cawing their rough, sharp caws. Then everything was still again.

Ma said that this was midsummer.

Pa wondered where the Indians had gone. He said they had left their little camp on the prairie. And one day he asked Laura and Mary if they would like to see that camp.

Laura jumped up and down and clapped her hands, but Ma objected.

"It is so far, Charles," she said. "And in this heat."

Pa's blue eyes twinkled. "This heat doesn't hurt the Indians and it won't hurt us," he said. "Come on, girls!"

"Please, can't Jack come, too?" Laura begged. Pa had taken his gun, but he looked at Laura and he looked at Jack, then he looked at Ma, and he put the gun up on its pegs again.

"All right, Laura," he said. "I'll take Jack, Caroline, and leave you the gun."

Jack jumped around them, wagging his stump of a tail. As soon as he saw which way they were going, he set off, trotting ahead. Pa came next and behind him came Mary, and then Laura. Mary kept her sunbonnet on, but Laura let hers dangle down her back.

The ground was hot under their bare feet. The sunshine pierced through their faded dresses and tingled on their arms and backs. The air was really as hot as the air in an oven, and it smelled faintly like baking bread. Pa said the smell came from all the grass seeds parching in the heat.

They went farther and farther into the vast prairie. Laura felt smaller and smaller. Even Pa did not seem as big as he really was. At last they went down into the little hollow where the Indians had camped.

Jack started up a big rabbit. When it bounded out of the grass Laura jumped. Pa said, quickly: "Let him go, Jack! We have meat enough." So Jack sat down and watched the big rabbit go bounding away down the hollow.

Laura and Mary looked around them. They stayed close to Pa. Low bushes grew on the sides of the hollow—buck-brush with sprays of berries faintly pink, and sumac holding up green cones but showing here and there a bright red leaf. The goldenrod's plumes were turning gray, and the ox-eyed daisies' yellow petals hung down from the crown centers.

All this was hidden in the secret little hollow. From the house Laura had seen nothing but grasses, and now from this hollow she could not see the house. The prairie seemed to be level, but it was not level.

Laura asked Pa if there were lots of hollows on the prairie, like this one. He said there were.

"Are Indians in them?" she almost whispered. He said he didn't know. There might be.

She held tight to his hand and Mary held to his other hand, and they looked at the Indians' camp. There were ashes where Indian camp fires had been. There were holes in the ground where tent-poles had been driven. Bones were scattered where Indian dogs had gnawed them. All along the sides of the hollow, Indian ponies had bitten the grasses short.

Tracks of big moccasins and smaller moccasins were everywhere, and tracks of little bare toes. And over these tracks were tracks of rabbits and tracks of birds, and wolves' tracks.

Pa read the tracks for Mary and Laura. He showed them tracks of two middle-sized moccasins by the edge of a camp fire's ashes. An Indian woman had squatted there. She wore a leather skirt with fringes; the tiny marks of the fringe were in the dust. The track of her toes inside the moccasins was deeper than the track of her heels, because she had leaned forward to stir something cooking in a pot on the fire.

Then Pa picked up a smoke-blackened forked stick. And he said that the pot had hung from a stick laid across the top of two upright, forked sticks. He showed Mary and Laura the holes where the forked sticks had been driven into the ground. Then he told them to look at the bones around that camp fire and tell him what had cooked in that pot.

They looked, and they said, "Rabbit." That was right; the bones were rabbits' bones.

Suddenly Laura shouted, "Look! Look!" Something bright blue glittered in the dust. She picked it up, and it was a beautiful blue bead. Laura shouted with joy.

Then Mary saw a red bead, and Laura saw a green one, and they forgot everything but beads. Pa helped them look. They found white beads and brown beads, and more and more red and blue beads. All that afternoon they hunted for beads in the dust of the Indian camp. Now and then Pa walked up to the edge of the hollow and looked toward home, then he came back and helped to hunt for more beads. They looked all the ground over carefully.

When they couldn't find any more, it was almost sunset. Laura had a handful of beads, and so did Mary. Pa tied them carefully in his handkerchief, Laura's beads in one corner and Mary's in another corner. He put the handkerchief in his pocket, and they started home.

The sun was low behind their backs when they came out of the hollow. Home was small and very far away. And Pa did not have his gun.

Pa walked so swiftly that Laura could hardly keep up. She trotted as fast as she could, but the sun sank faster. Home seemed farther and farther away. The prairie seemed larger, and a wind ran over it, whispering something frightening. All the grasses shook as if they were scared.

Then Pa turned around and his blue eyes twinkled at Laura. He said: "Getting tired, little half-pint? It's a long way for little legs."

He picked her up, big girl that she was, and he settled her safe against his shoulder. He took Mary by the hand, and so they all came home together.

Supper was cooking on the fire, Ma was setting the table, and Baby Carrie played with little pieces of wood on the floor. Pa tossed the handkerchief to Ma.

"I'm later than I meant, Caroline," he said. "But look what the girls found." He took the milk-bucket and went quickly to bring Pet and Patty from their picket-lines and to milk the cow.

Ma untied the handkerchief and exclaimed at what she found. The beads were even prettier than they had been in the Indian camp.

Laura stirred her beads with her finger and watched them sparkle and shine. "These are mine," she said.

Then Mary said, "Carrie can have mine."

Ma waited to hear what Laura would say. Laura didn't want to say anything. She wanted to keep those pretty beads. Her chest felt all hot inside, and she wished with all her might that Mary wouldn't always be such a good little girl. But she couldn't let Mary be better than she was.

So she said, slowly, "Carrie can have mine, too."

"That's my unselfish, good little girls," said Ma.

She poured Mary's beads into Mary's hands, and Laura's into Laura's hands, and she said she would give them a thread to string them on. The beads would make a pretty necklace for Carrie to wear around her neck.

Mary and Laura sat side by side on their bed, and they strung those pretty beads on the thread that Ma gave them. Each wet her end of the thread in her mouth and twisted it tightly. Then Mary put her end of the thread through the small hole in each of the beads, and Laura put her end through her beads, one by one.

They didn't say anything. Perhaps Mary felt sweet and good inside, but Laura didn't. When she looked at Mary she wanted to slap her. So she dared not look at Mary again.

The beads made a beautiful string. Carrie clapped her hands and laughed when she saw it. Then Ma tied it around Carrie's little neck, and it glittered there. Laura felt a little bit better. After all, her beads were not enough beads to make a whole string, and neither were Mary's, but together they made a whole string of beads for Carrie.

When Carrie felt the beads on her neck, she grabbed at them. She was so little that she did not know any better than to break the string. So Ma untied it, and she put the beads away until Carrie should be old enough to wear them. And often after that Laura thought of those pretty beads and she was still naughty enough to want her beads for herself.

But it had been a wonderful day. She could always think about that long walk across the prairie, and about all they had seen in the Indian camp.

XV. FEVER 'N' AGUE

Now blackberries were ripe, and in the hot afternoons Laura went with Ma to pick them. The big, black, juicy berries hung thick in brier-patches in the creek bottoms. Some were in the shade of trees and some were in the sun, but the sun was so hot that Laura and Ma stayed in the shade. There were plenty of berries.

Deer lay in the shady groves and watched Ma and Laura. Blue jays flew at their sunbonnets and scolded because they were taking the berries. Snakes hurriedly crawled away from them, and in the trees the squirrels woke up and chattered at them. Wherever they went among the scratchy briers, mosquitoes rose up in buzzing swarms.

Mosquitoes were thick on the big, ripe berries, sucking the sweet juice. But they liked to bite Laura and Ma as much as they liked to eat blackberries.

Laura's fingers and her mouth were purple-black with berry juice. Her face and her hands and her bare feet were covered with brier scratches and mosquito bites. And they were spattered with purple stains, too, where she had slapped at the mosquitoes. But every day they brought home pails full of berries, and Ma spread them in the sun to dry.

Every day they ate all the blackberries they wanted, and the next winter they would have dried blackberries to stew.

Mary hardly ever went to pick blackberries. She stayed in the house to mind Baby Carrie, because she was older. In the daytime there were only one or two mosquitoes in the house. But at night, if the wind wasn't blowing hard, mosquitoes came in thick swarms. On still nights Pa kept piles of damp grass burning all around the house and stable. The damp grass made a smudge of smoke, to keep the mosquitoes away. But a good many mosquitoes came, anyway.

Pa could not play his fiddle in the evenings because so many mosquitoes bit him. Mr. Edwards did not come visiting after supper any more, because the mosquitoes were so thick in the bottoms. All night Pet and Patty and the colt and the calf and the cow were stamping and swishing their tails in the stable. And in the morning Laura's forehead was speckled with mosquito bites.

"This won't last long," Pa said. "Fall's not far away, and the first cold wind will settle 'em!"

Laura did not feel very well. One day she felt cold even in the hot sunshine, and she could not get warm by the fire.

Ma asked why she and Mary did not go out to play, and Laura said she didn't feel like playing. She was tired and she ached. Ma stopped her work and asked, "Where do you ache?"

Laura didn't exactly know. She just said: "I just ache. My legs ache."

"I ache, too," Mary said.

Ma looked at them and said they looked healthy enough. But she said something must be wrong or they wouldn't be so quiet. She pulled up Laura's skirt and petticoats to see where her legs ached, and suddenly Laura shivered all over. She shivered so that her teeth rattled in her mouth.

Ma put her hand against Laura's cheek. "You can't be cold," she said. "Your face is hot as fire."

Laura felt like crying, but of course she didn't. Only little babies cried. "I'm hot now," she said. "And my back aches."

Ma called Pa, and he came in. "Charles, do look at the girls," she said. "I do believe they are sick."

"Well, I don't feel any too well myself," said Pa. "First I'm hot and then I'm cold, and I ache all over. Is that the way you feel, girls? Do your very bones ache?"

Mary and Laura said that was the way they felt. Then Ma and Pa looked a long time at each other and Ma said, "The place for you girls is bed."

It was so queer to be put to bed in the day-time, and Laura was so hot that everything seemed wavering. She held on to Ma's neck while Ma was undressing her, and she begged Ma to tell her what was wrong with her.

"You will be all right. Don't worry," Ma said, cheerfully. Laura crawled into bed and Ma tucked her in. It felt good to be in bed. Ma smoothed her forehead with her cool, soft hand and said, "There, now. Go to sleep."

Laura did not exactly go to sleep, but she didn't really wake up again for a long, long time. Strange things seemed to keep happening in a haze. She would see Pa crouching by the fire in the middle of the night, then suddenly sunshine hurt her eyes and Ma fed her broth from a spoon. Something dwindled slowly, smaller and smaller, till it was tinier than the tiniest thing. Then slowly it swelled till it was larger than anything could be. Two voices jabbered faster and faster, then a slow voice drawled more slowly than Laura could bear. There were no words, only voices.

Mary was hot in the bed beside her. Mary threw off the covers, and Laura cried because she was so cold. Then she was burning up, and Pa's hand shook the cup of water. Water spilled down her neck. The tin cup rattled against her teeth till she could hardly drink. Then Ma tucked in the covers and Ma's hand burned against Laura's cheek.

She heard Pa say, "Go to bed, Caroline."

Ma said, "You're sicker than I am, Charles."

Laura opened her eyes and saw bright sunshine. Mary was sobbing, "I want a drink of water! I want a drink of water! I want a drink of water!" Jack went back and forth between the big bed and the little bed. Laura saw Pa lying on the floor by the big bed.

Jack pawed at Pa and whined. He took hold of Pa's sleeve with his teeth and shook it. Pa's head lifted up a little, and he said, "I must get up, I must. Caroline and the girls." Then his head fell back and he lay still. Jack lifted up his nose and howled.

Laura tried to get up, but she was too tired. Then she saw Ma's red face looking over the edge of the bed. Mary was all the time crying for water. Ma looked at Mary and then she looked at Laura, and she whispered, "Laura, can you?"

"Yes, Ma," Laura said. This time she got out of bed. But when she tried to stand up, the floor rocked and she fell down. Jack's tongue lapped and lapped at her face, and he quivered and whined. But he stood still and firm when she took hold of him and sat up against him.

She knew she must get water to stop Mary's crying, and she did. She crawled all the way across the floor to the water-bucket. There was only a little water in it. She shook so with cold that she could hardly get hold of the dipper. But she did get hold of it. She dipped up some water, and she set out to cross that enormous floor again. Jack stayed beside her all the way.

Mary's eyes didn't open. Her hands held on to the dipper and her mouth swallowed all the water out of it. Then she stopped crying. The dipper fell on the floor, and Laura crawled under the covers. It was a long time before she began to get warm again.

Sometimes she heard Jack sobbing. Sometimes he howled and she thought he was a wolf, but she was not afraid. She lay burning up and hearing him howl. She heard voices jabbering again, and the slow voice drawling, and she opened her eyes and saw a big, black face close above her face.

It was coal-black and shiny. Its eyes were black and soft. Its teeth shone white in a thick, big mouth. This face smiled, and a deep voice said, softly, "Drink this, little girl."

An arm lifted under her shoulders, and a black hand held a cup to her mouth. Laura swallowed a bitter swallow and tried to turn her head away, but the cup followed her mouth. The mellow, deep voice said again, "Drink it. It will make you well." So Laura swallowed the whole bitter dose.

When she woke up, a fat woman was stirring the fire. Laura looked at her carefully and she was not black. She was tanned, like Ma.

"I want a drink of water, please," Laura said.

The fat woman brought it at once. The good, cold water made Laura feel better. She looked at Mary asleep beside her; she looked at Pa and Ma asleep in the big bed. Jack lay half asleep on the floor. Laura looked again at the fat woman and asked, "Who are you?"

"I'm Mrs. Scott," the woman said, smiling.

"There now, you feel better, don't you?"

"Yes, thank you," Laura said, politely. The fat woman brought her a cup of hot prairie-chicken broth.

"Drink it all up, like a good child," she said. Laura drank every drop of the good broth. "Now go to sleep," said Mrs. Scott. "I'm here to take care of everything till you're all well."

Next morning Laura felt so much better that she wanted to get up, but Mrs. Scott said she must stay in bed until the doctor came. She lay and watched Mrs. Scott tidy the house and give medicine to Pa and Ma and Mary. Then it was Laura's turn. She opened her mouth, and Mrs. Scott poured a dreadful bitterness out of a small folded paper onto Laura's tongue. Laura drank water and swallowed and swallowed and drank again. She could swallow the powder but she couldn't swallow the bitterness.

Then the doctor came. And he was the black man. Laura had never seen a black man before and she could not take her eyes off Dr. Tan. He was so very black. She would have been afraid of him if she had not liked him so much. He smiled at her with all his white teeth. He talked with Pa and Ma, and laughed a rolling, jolly laugh. They all wanted him to stay longer, but he had to hurry away.

Mrs. Scott said that all the settlers, up and down the creek, had fever 'n' ague. There were not enough well people to take care of the sick, and she had been going from house to house, working night and day.

"It's a wonder you ever lived through," she said. "All of you down at once." What might have happened if Dr. Tan hadn't found them, she didn't know.

Dr. Tan was a doctor with the Indians. He was on his way north to Independence when he came to Pa's house. It was a strange thing that Jack, who hated strangers and never let one come near the house until Pa or Ma told him to, had gone to meet Dr. Tan and begged him to come in.

"And here you all were, more dead than alive," Mrs. Scott said. Dr. Tan had stayed with them a day and a night before Mrs. Scott came. Now he was doctoring all the sick settlers.

Mrs. Scott said that all this sickness came from eating watermelons. She said, "I've said a hundred times, if I have once, that watermelons—"

"What's that?" Pa exclaimed. "Who's got watermelons?"

Mrs. Scott said that one of the settlers had planted watermelons in the creek bottoms. And every soul who had eaten one of those melons was down sick that very minute. She said she had warned them. "But, no," she said. "There was no arguing with them. They would eat those melons, and now they're paying for it."

"I haven't tasted a good slice of watermelon since Hector was a pup," said Pa.

Next day he was out of bed. The next day, Laura was up. Then Ma got up, and then Mary. They were all thin and shaky, but they could take care of themselves. So Mrs. Scott went home.

Ma said she didn't know how they could ever thank her, and Mrs. Scott said, "Pshaw! What are neighbors for but to help each other out?"

Pa's cheeks were hollows and he walked slowly. Ma often sat down to rest. Laura and Mary didn't feel like playing. Every morning they all took those bitter powders. But Ma still smiled her lovely smile, and Pa whistled cheerfully.

"It's an ill wind that doesn't blow some good," he said. He wasn't able to work, so he could make a rocking-chair for Ma.

He brought some slender willows from the creek bottoms, and he made the chair in the house. He could stop any time to put wood on the fire or lift a kettle for Ma.

First he made four stout legs and braced them firmly with crosspieces. Then he cut thin strips of the tough willow-skin, just under the bark. He wove these strips back and forth, under and over, till they made a seat for the chair.

He split a long, straight sapling down the middle. He pegged one end of half of it to the side of the seat, and curved it up and over and down, and pegged the other end to the other side of the seat. That made a high, curved back to the chair. He braced it firmly, and then he wove the thin willow-strips across and up and down, under and over each other, till they filled in the chairback.

With the other half of the split sapling Pa made arms for the chair.

He curved them from the front of the seat to the chair-back, and he filled them in with woven strips.

Last of all, he split a larger willow which had grown in a curve. He turned the chair upside down, and he pegged the curved pieces to its legs, to make the rockers. And the chair was done.

Then they made a celebration. Ma took off her apron and smoothed her smooth brown hair. She pinned her gold pin in the front of her collar. Mary tied the string of beads around Carrie's neck. Pa and Laura put Mary's pillow on the chair-seat, and set Laura's pillow against its back. Over the pillows Pa spread the quilt from the little bed. Then he took Ma's hand and led her to the chair, and he put Baby Carrie in her arms.

Ma leaned back into the softness. Her thin cheeks flushed and her eyes sparkled with tears, but her smile was beautiful. The chair rocked her gently and she said, "Oh, Charles, I haven't been so comfortable since I don't know when."

Then Pa took his fiddle, and he played and sang to Ma in the firelight. Ma rocked and Baby Carrie went to sleep, and Mary and Laura sat on their bench and were happy.

The very next day, without saying where he was going, Pa rode away on Patty. Ma wondered and wondered where he had gone. And when Pa came back he was balancing a watermelon in front of him on the saddle.

He could hardly carry it into the house. He let it fall on the floor, and dropped down beside it.

"I thought I'd never get it here," he said. "It must weigh forty pounds, and I'm as weak as water. Hand me the butcher knife."

"But, Charles!" Ma said. "You mustn't. Mrs. Scott said—"

Pa laughed his big, pealing laugh again. "But that's not reasonable," he said. "This is a good melon. Why should it have fever 'n' ague? Everybody knows that fever 'n' ague comes from breathing the night air."

"This watermelon grew in the night air," said Ma.

"Nonsense!" Pa said. "Give me the butcher knife. I'd eat this melon if I knew it would give me chills and fever."

"I do believe you would," said Ma, handing him the knife.

It went into the melon with a luscious sound. The green rind split open, and there was the bright red inside, flecked with black seeds. The red heart actually looked frosty. Nothing had ever been so tempting as that watermelon, on that hot day.

Ma would not taste it. She would not let Laura and Mary eat one bite. But Pa ate slice after slice after slice, until at last he sighed and said the cow could have the rest of it.

Next day he had a little chill and a little fever. Ma blamed the watermelon. But next day she had a chill and a little fever. So, they did not know what could have caused their fever 'n' ague.

No one knew, in those days, that fever 'n' ague was malaria, and that some mosquitoes give it to people when they bite them.

XVI. FIRE IN THE CHIMNEY

The prairie had changed. Now it was a dark yellow, almost brown, and red streaks of sumac lay across it. The wind wailed in the tan grass, and it whispered sadly across the curly, short buffalo grass. At night the wind sounded like someone crying.

Pa said again that this was a great country. In the Big Woods he had had to cut hay and cure it and stack it and put it in the barn for winter. Here on the High Prairie, the sun had cured the wild grass where it stood, and all winter the mustangs and the cow could mow their own hay. He needed only a small stack, for stormy days.

Now the weather was cooler and he would go to town. He had not gone while the summer was hot, because the heat would be too hard on Pet and Patty. They must pull the wagon twenty miles a day, to get to town in two days. And he did not want to be away from home any longer than he had to.

He stacked the small stack of hay by the barn. He cut the winter's wood and corded it in a long cord against the house. Now he had only to get meat enough to last while he was gone, so he took his gun and went hunting.

Laura and Mary played in the wind outdoors. When they heard a shot echo in the woods along the creek, they knew that Pa had got some meat.

The wind was cooler now, and all along the creek bottoms flocks of wild ducks were rising, flying, settling again. Up from the creek came long lines of wild geese, forming in V's for their flight farther south. The leader in front called to those behind him. "Honk?" he called. All down the lines the wild geese answered, one after another. "Honk." "Honk." "Honk." Then he cried, "Honk!" And, "Honk-honk! Honk-honk!" the others answered him. Straight away south he flew on his strong wings, and the long lines evenly followed him.

The tree-tops along the creek were colored now. Oaks were reds and yellows and browns and greens. Cottonwoods and sycamores and walnuts were sun shiny yellow. The sky was not so brightly blue, and the wind was rough.

That afternoon the wind blew fiercely and it was cold. Ma called Mary and Laura into the house. She built up the fire and drew her rocker near it, and she sat rocking Baby Carrie and singing softly to her,

> By lo, baby bunting.
> Papa's gone a-hunting,
> To get a rabbit skin
> To wrap the baby bunting in.

Laura heard a little crackling in the chimney. Ma stopped singing. She bent forward and looked up the chimney. Then she got up quietly, put Carrie in Mary's arms, pushed Mary down into the rocking-chair, and hurried outdoors. Laura ran after her.

The whole top of the chimney was on fire. The sticks that made it were burning up. The fire was roaring in the wind and licking toward the helpless roof. Ma seized a long pole and struck and struck at the roaring fire, and burning sticks fell all around her.

Laura didn't know what to do. She grabbed a pole, too, but Ma told her to stay away. The roaring fire was terrible. It could burn the whole house and Laura couldn't do anything.

She ran into the house. Burning sticks and coals were falling down the chimney and rolling out on the hearth. The house was full of smoke. One big, blazing stick rolled on the floor, under Mary's skirts. Mary couldn't move, she was so scared.

Laura was too scared to think. She grabbed the back of the heavy rocking-chair and pulled with all her might. The chair with Mary and Carrie in it came sliding back across the floor. Laura grabbed up the burning stick and flung it into the fireplace just as Ma came in.

"That's a good girl, Laura, to remember I told you never to leave fire on the floor," Ma said. She took the water-pail and quickly and quietly poured water on the fire in the fireplace. Clouds of steam came out.

Then Ma said, "Did you burn your hands?" She looked at Laura's hands, but they were not burned, because she had thrown the burning stick so quickly.

Laura was not really crying. She was too big to cry. Only one tear ran out of each eye and her throat choked up, but that was not crying. She hid her face against Ma and hung on to her tight. She was so glad the fire had not hurt Ma.

"Don't cry, Laura," Ma said, stroking her hair. "Were you afraid?"

"Yes," Laura said. "I was afraid Mary and Carrie would burn up. I was afraid the house would burn up and we wouldn't have any house. I'm—I'm scared now!"

Mary could talk now. She told Ma how Laura had pulled the chair away from the fire. Laura was so little, and the chair was so big and so heavy with Mary and Carrie in it, that Ma was surprised. She said she didn't know how Laura had done it.

"You were a brave girl, Laura," she said. But Laura had really been terribly scared.

"And no harm's done," Ma said. "The house didn't burn up, and Mary's skirts didn't catch fire and burn her and Carrie. So everything is all right."

When Pa came home he found the fire out. The wind was roaring over the low stone top of the chimney and the house was cold. But Pa said he would build up the chimney with green sticks and fresh clay, and plaster it so well that it wouldn't catch fire again.

He had brought four fat ducks, and he said he could have killed hundreds. But four were all they needed. He said to Ma, "You save the feathers from the ducks and geese we eat, and I'll shoot you a feather bed."

He could, of course, have got a deer, but the weather was not yet cold enough to freeze the meat and keep it from spoiling before they could eat it. And he had found the place where a flock of wild turkeys roosted. "Our Thanksgiving and Christmas turkeys," he said. "Great, big, fat fellows. I'll get them when the time comes."

Pa went whistling to mix mud and cut green sticks and build the chimney up again, while Ma cleaned the ducks. Then the fire merrily crackled, a fat duck roasted, and the cornbread baked. Everything was snug and cozy again.

After supper Pa said he supposed he'd better start to town early next morning. "Might as well go and get it over with," he said.

"Yes, Charles, you'd better go," Ma said.

"We could get along all right, if I didn't," said Pa. "There's no need of running to town all the time, for every little thing. I have smoked better tobacco than that stuff Scott raised back in Indiana, but it will do. I'll raise next summer and pay him back. I wish I hadn't borrowed those nails from

Edwasomerds."

"You did borrow them, Charles," Ma replied. "And as for the tobacco, you don't like borrowing any more than I do. We need more quinine. I've been sparing with the cornmeal, but it's almost gone and so is the sugar. You could find a bee-tree, but there's no cornmeal tree to be found, so far as I know, and we'll raise no corn till next year. A little salt pork would taste good, too, after all this wild game. And, Charles, I'd like to write to the folks in Wisconsin. If you mail a letter now, they can write this winter, and then we can hear from them next spring."

"You're right, Caroline. You always are," Pa said. Then he turned to Mary and Laura and said it was bedtime. If he was going to start early in the morning, he'd better start sleeping early tonight.

He pulled off his boots while Mary and Laura got into their nightgowns. But when they were in bed he took down his fiddle. Softly he played and softly sang,

So green grows the laurel,
    And so does the rue,
So woeful, my love,
    At the parting with you.

Ma turned toward him and smiled. "Take care of yourself on the trip, Charles, and don't worry about us," she told him. "We will be all right."

XVII. PA GOES TO TOWN

Before dawn, Pa went away. When Laura and Mary woke, he was gone and everything was empty and lonely. It was not as though Pa had only gone hunting. He was going to town, and he would not be back for four long days.

Bunny had been shut in the stable, so she couldn't follow her mother. The trip was too long for a colt. Bunny whinnied lonesomely. Laura and Mary stayed in the house with Ma. Outdoors was too large and empty to play in when Pa was away. Jack was uneasy, too, and watchful.

At noon Laura went with Ma to water Bunny and to move the cow's picket-pin to fresh grass. The cow was quite gentle now. She followed where Ma led, and she would even let Ma milk her.

At milking-time Ma was putting on her bonnet, when suddenly all Jack's hair stood up stiff on his neck and back, and he rushed out of the house. They heard a yell and a scramble and a shout: "Call off your dog! Call off your dog!"

Mr. Edwards was on top of the woodpile, and Jack was climbing up after him.

"He's got me treed," Mr. Edwards said, backing along the top of the woodpile. Ma could hardly make Jack come away. Jack grinned savagely and his eyes were red. He had to let Mr. Edwards come down from the woodpile, but he watched him every minute.

Ma said, "I declare, he seems to know that Mr. Ingalls isn't here."

Mr. Edwards said that dogs knew more than most folks gave them credit for.

On his way to town that morning, Pa had stopped at Mr. Edwards' house and asked him to come over every day to see that everything was all right. And Mr. Edwards was such a good neighbor that he had come at chore-time, to do the chores for Ma. But Jack had made up his mind not to let anyone but Ma go near the cow or Bunny while Pa was gone. He had to be shut in the house while Mr. Edwards did the chores.

When Mr. Edwards went away he said to Ma, "Keep that dog in the house tonight, and you'll be safe enough."

The dark crept slowly all around the house. The wind cried mournfully and owls said, "Who-oo? Oo-oo." A wolf howled, and Jack growled low in his throat. Mary and Laura sat close to Ma in the firelight. They knew they were safe in the house, because Jack was there and Ma had pulled the latch-string in.

Next day was empty like the first. Jack paced around the stable and around the house, then around the stable and back to the house. He would not pay any attention to Laura.

That afternoon Mrs. Scott came to visit with Ma. While they visited, Laura and Mary sat politely, as still as mice. Mrs. Scott admired the new rocking-chair. The more she rocked in it, the more she enjoyed it, and she said how neat and comfortable and pretty the house was.

She said she hoped to goodness they would have no trouble with Indians. Mr. Scott had heard rumors of trouble. She said, "Land knows, they'd never do anything with this country themselves. All they do is roam around over it like wild animals. Treaties or no treaties, the land belongs to folks that'll farm it. That's only common sense and justice."

She did not know why the government made treaties with Indians. The only good Indian was a dead Indian. The very thought of Indians made her blood run cold. She said, "I can't forget the Minnesota massacre. My Pa and my brothers went out with the rest of the settlers, and stopped them only fifteen miles west of us. I've heard Pa tell often enough how they—"

Ma made a sharp sound in her throat, and Mrs. Scott stopped. Whatever a massacre was, it was something that grown-ups would not talk about when little girls were listening.

After Mrs. Scott had gone, Laura asked Ma what a massacre was. Ma said she could not explain that now; it was something that Laura would understand when she was older.

Mr. Edwards came to do the chores again that evening, and again Jack treed him on the woodpile. Ma had to drag him off. She told Mr. Edwards she couldn't think what had got into that dog. Maybe it was the wind that upset him.

The wind had a strange, wild howl in it, and it went through Laura's clothes as if the clothes weren't there. Her teeth and Mary's teeth chattered while they carried many armfuls of wood into the house.

That night they thought of Pa, in Independence. If nothing had delayed him, he would be camping there now, near the houses and the people. Tomorrow he would be in the store, buying things. Then, if he could get an early start, he could come part way home and camp on the prairie tomorrow night. And the next night he might come home.

In the morning the wind was blowing fiercely and it was so cold that Ma kept the door shut. Laura and Mary stayed by the fire and listened to the wind, screaming around the house and howling in the chimney. That afternoon they wondered if Pa was leaving Independence and coming toward them, against the wind.

Then, when it was dark, they wondered where he was camping. The wind was bitterly cold. It came even into the snug house and made their backs shiver while their faces roasted in the heat of the fire. Somewhere on the big, dark, lonesome prairie Pa was camping in that wind.

The next day was very long. They could not expect Pa in the morning, but they were waiting till they could expect him. In the afternoon they began to watch the creek road. Jack was watching it, too. He whined to go out, and he went all around the stable and the house, stopping to look toward the creek bottoms and show his teeth. The wind almost blew him off his feet.

When he came in he would not lie down. He walked about, and worried. The hair rose on his neck, and flattened, and rose again. He tried to look out of the window, and then whined at the door. But when Ma opened it, he changed his mind and would not go out.

"Jack's afraid of something," Mary said.

"Jack's not afraid of anything, ever!" Laura contradicted.

"Laura, Laura," Ma said. "It isn't nice to contradict."

In a minute Jack decided to go out. He went to see that the cow and calf and Bunny were safe in the stable. And Laura wanted to tell Mary, "I told you so!" She didn't, but she wanted to.

At chore-time Ma kept Jack in the house so he could not tree Mr. Edwards on the woodpile. Pa had not come yet. The wind blew Mr. Edwards in through the door. He was breathless, and stiff with cold. He warmed himself by the fire before he did the chores, and when he had done them he sat down to warm himself again.

He told Ma that Indians were camping in the shelter of the bluffs. He had seen the smoke from their fires when he crossed the bottoms. He asked Ma if she had a gun.

Ma said she had Pa's pistol, and Mr. Edwards said, "I reckon they'll stay close in camp, a night like this."

"Yes," Ma said.

Mr. Edwards said he could make himself right comfortable with hay in the stable, and he would spend the night there if Ma said so. Ma thanked him nicely, but said she would not put him to that trouble. They would be safe enough with Jack.

"I am expecting Mr. Ingalls any minute now," she told him. So Mr. Edwards put on his coat and cap and muffler and mittens and picked up his gun. He said he didn't guess that anything would bother her, anyway.

"No," Ma said.

When she shut the door behind him, she pulled the latch-string in, though darkness had not yet come. Laura and Mary could see the creek road plainly, and they watched it until the dark hid it. Then Ma closed and barred the wooden window shutter. Pa had not come.

They ate supper. They washed the dishes and swept the hearth, and still he had not come. Out in the dark where he was, the wind shrieked and wailed and howled. It rattled the door-latch and shook the shutters. It screamed down the chimney and the fire roared and flared.

All the time Laura and Mary strained their ears to hear the sound of wagon wheels. They knew Ma was listening, too, though she was rocking and singing Carrie to sleep.

Carrie fell asleep and Ma went on rocking. At last she undressed Carrie and put her to bed. Laura and Mary looked at each other; they didn't want to go to bed.

"Bedtime, girls!" Ma said. Then Laura begged to be allowed to sit up till Pa came, and Mary backed her up, till Ma said they might.

For a long, long time they sat up. Mary yawned, then Laura yawned, then they both yawned. But they kept their eyes wide open. Laura's eyes saw things grow very large and then very small, and sometimes she saw two Marys and sometimes she couldn't see at all, but she was going to sit up till Pa came. Suddenly a fearful crash scared her and Ma picked her up. She had fallen off the bench, smack on the floor.

She tried to tell Ma that she wasn't sleepy enough to have to go to bed, but an enormous yawn almost split her head in two.

In the middle of the night she sat straight up. Ma was sitting still in the rocking-chair by the fire. The door-latch rattled, the shutters shook, the wind was howling. Mary's eyes were open and Jack walked up and down. Then Laura heard again a wild howl that rose and fell and rose again.

"Lie down, Laura, and go to sleep," Ma said, gently.

"What's that howling?" Laura asked.

"The wind is howling," said Ma. "Now mind me, Laura."

Laura lay down, but her eyes would not shut. She knew that Pa was out in the dark, where that terrible howling was. The wild were in the bluffs along the creek bottoms, and Pa would have to cross the creek bottomenms in the dark. Jack growled.

Then Ma began to sway gently in the comfortable rocking-chair. Fire-light ran up and down, up and down the barrel of Pa's pistol in her lap. And Ma sang, softly and sweetly:

> There is a happy land,
>   Far, far away,
> Where saints in glory stand,
>   Bright, bright as day.
>
> Oh, to hear the angels sing,
> Glory to the Lord, our King—

Laura didn't know that she had gone to sleep. She thought the shining angels began to sing with Ma, and she lay listening to their heavenly singing until suddenly her eyes opened and she saw Pa standing by the fire.

She jumped out of bed, shouting, "Oh Pa! Pa!"

Pa's boots were caked with frozen mud, his nose was red with cold, his hair wildly stood up on his head. He was so cold that coldness came through Laura's nightgown when she reached him.

"Wait!" he said. He wrapped Laura in Ma's big shawl, and then he hugged her. Everything was all right. The house was cozy with firelight, there was the warm, brown smell of coffee, Ma was smiling, and Pa was there.

The shawl was so large that Mary wrapped the other end of it around her. Pa pulled off his stiff boots and warmed his stiff, cold hands. Then he sat on the bench and he took Mary on one knee and Laura on the other and he hugged them against him, all snuggled in the shawl. Their bare toes toasted in the heat from the fire.

"Ah!" Pa sighed. "I thought I never would get here."

Ma rummaged among the stores he had brought, and spooned brown sugar into a tin cup. Pa had brought sugar from Independence. "Your coffee will be ready in a minute, Charles," she said.

"It rained between here and Independence, going," Pa told them. "And coming back, the mud froze between the spokes till the wheels were nearly solid. I had to get out and knock it loose, so the horses could pull the wagon. And seemed like we'd no more than started, when I had to get out and do it again. It was all I could do to keep Pet and Patty coming against that wind. They're so worn out they can hardly stagger. I never saw such a wind; it cuts like a knife."

The wind had begun while he was in town. People there told him he had better wait until it blew itself out, but he wanted to get home.

"It beats me," he said, "why they call a south wind a norther, and how a wind from the south can be so tarnation cold. I never saw anything like it. Down here in this country, the north end of a south wind is the coldest wind I ever heard of."

He drank his coffee and wiped his mustache with his handkerchief, and said: "Ah! That hits the spot, Caroline! Now I'm beginning to thaw out."

Then his eyes twinkled at Ma and he told her to open the square package on the table. "Be careful," he said. "Don't drop it."

Ma stopped unwrapping it and said: "Oh, Charles! You didn't!"

"Open it," Pa said.

In that square package there were eight small squares of windowglass. They would have glass windows in their house.

Not one of the squares was broken. Pa had brought them safely all the way home. Ma shook her head and said he shouldn't have spent so much, but her whole face was smiling and Pa laughed with joy. They were all so pleased. All winter long they could look out of the windows as much as they liked, and the sunshine could come in.

Pa said he thought that Ma and Mary and Laura would like glass windows better than any other present, and he was right. They did. But the windows were not all he had brought them. There was a little paper sack full of pure white sugar. Ma opened it and Mary and Laura looked at the sparkling whiteness of that beautiful sugar, and they each had a taste of it from a spoon. Then Ma tied it carefully up. They would have white sugar when company came.

Best of all, Pa safely home again.

Laura and Mary went back to sleep, very comfortable all over. wasEverything was all right when Pa was there. And now he had nails, and cornmeal, and fat pork, and salt, and everything. He would not have to go to town again for a long time.

XVIII. THE TALL INDIAN

In those three days the norther had howled and screeched across the prairie till it blew itself out. Now the sun was warm and the wind was mild, but there was a feeling of autumn in the air.

Indians came riding on the path that passed so close to the house. They went by as though it were not there.

They were thin and brown and bare. They rode their little ponies without saddle or bridle. They sat up straight on the naked ponies and did not look to right or left. But their black eyes glittered.

Laura and Mary backed against the house and looked up at them. And they saw red-brown skin bright against the blue sky, and scalplocks wound with colored string, and feathers quivering. The Indians' faces were like the red-brown wood that Pa had carved to make a bracket for Ma.

"I thought that trail was an old one they didn't use any more," Pa said. "I wouldn't have built the house so close to it if I'd known it's a highroad."

Jack hated Indians, and Ma said she didn't blame him. She said, "I declare, Indians are getting so thick around here that I can't look up without seeing one."

As she spoke she looked up, and there stood an Indian. He stood in the doorway, looking at them, and they had not heard a sound.

"Goodness!" Ma gasped.

Silently Jack jumped at the Indian. Pa caught him by the collar, just in time. The Indian hadn't moved; he stood as still as if Jack hadn't been there at all.

"How!" he said to Pa.

Pa held on to Jack and replied, "How!" He dragged Jack to the bedpost and tied him there. While he was doing it, the Indian came in and squatted down by the fire.

Then Pa squatted down by the Indian, and they sat there, friendly but not saying a word, while Ma finished cooking dinner.

Laura and Mary were close together and quiet on their bed in the corner. They couldn't take their eyes from that Indian. He was so still that the beautiful eagle-feathers in his scalplock didn't stir. Only his bare chest and the leanness under his ribs moved a little to his breathing. He wore fringed leather leggings, and his moccasins were covered with beads.

Ma gave Pa and the Indian their dinners on two tin plates, and they ate silently. Then Pa gave the Indian some tobacco for his pipe. They filled their pipes, and they lighted the tobacco with coals from the fire, and they silently smoked until the pipes were empty.

All this time nobody had said anything. But now the Indian said something to Pa. Pa hook his head and said, "No speak."

A while longer they all sat silent. Then the Indian rose up and went away without a sound.

"My goodness gracious!" Ma said.

Laura and Mary ran to the window. They saw the Indian's straight back, riding away on a pony. He held a gun across his knees, its ends stuck out on either side of him.

Pa said that Indian was no common trash. He guessed by the

scalplock that he was an Osage.

"Unless I miss my guess," Pa said, "that was French he spoke. I wish I had picked up some of that lingo."

"Let Indians keep themselves to themselves," said Ma, "and we will do the same. I don't like Indians around underfoot."

Pa told her not to worry.

"That Indian was perfectly friendly," he said. "And their camps down among the bluffs are peaceable enough. If we treat them well and watch Jack, we won't have any trouble."

The very next morning, when Pa opened the door to go to the stable, Laura saw Jack standing in the Indian trail. He stood stiff, his back bristled, and all his teeth showed. Before him in the path the tall Indian sat on his pony.

Indian and pony were still as still. Jack was telling them plainly that he would spring if they moved. Only the eagle feathers that stood up from the Indian's scalplock were waving and spinning in the wind.

When the Indian saw Pa, he lifted his gun and pointed it straight at Jack.

Laura ran to the door, but Pa was quicker. He stepped between Jack and that gun, and he reached down and grabbed Jack by the collar. He dragged Jack out of the Indian's way, and the Indian rode on, along the trail.

Pa stood with his feet wide apart, his hands in his pockets, and watched the Indian riding farther and farther away across the prairie.

"That was a darned close call!" Pa said. "Well, it's his path. An Indian trail, long before we came."

He drove an iron ring into a log of the house wall, and he chained Jack to it. After that, Jack was always chained. He was chained to the house in the daytime, and at night he was chained to the stable door, because horse-thieves were in the country now. They had stolen Mr. Edwards' horses.

Jack grew crosser and crosser because he was chained. But it could not be helped. He would not admit that the trail was the Indians' trail, he thought it belonged to Pa. And Laura knew that something terrible would happen if Jack hurt an Indian.

Winter was coming now. The grasses were a dull color under a dull sky. The winds wailed as if they were looking for something they could not find. Wild animals were wearing their thick winter fur, and Pa set his traps in the creek bottoms. Every day he visited them, and every day he went hunting. Now that the nights were freezing cold, he shot deer for meat. He shot wolves and foxes for their fur, and his traps caught beaver and muskrat and mink.

He stretched the skins on the outside of the house and carefully tacked them there, to dry. In the evenings he worked the dried skins between his hands to make them soft, and he added them to the bundle in the corner. Every day the bundle of furs grew bigger.

Laura loved to stroke the thick fur of red foxes. She like the brown, soft fur of beaver, too, and the shaggy wolf's fur. But best of all she loved the silky mink. Those were all furs that Pa saved to trade next spring in Independence. Laura and Mary had rabbit-skin caps, and Pa's cap was muskrat.

One day when Pa was hunting, two Indians came. They came into the house, because Jack was chained.

Those Indians were dirty and scowling and mean. They acted as if the house belonged to them. One of them looked through Ma's cupboard and took all the cornbread. The other took Pa's tobacco-pouch. They looked at the pegs where Pa's gun belonged. Then one of them picked up the bundle of furs.

Ma held Baby Carrie in her arms, and Mary and Laura stood close to her. They looked at that Indian taking Pa's furs. They couldn't do anything to stop him.

He carried them as far as the door. Then the other Indian said something to him. They made harsh sounds at each other in their throats, and he dropped the furs. They went away.

Ma sat down. She hugged Mary and Laura close to her and Laura felt Ma's heart beating.

"Well," Ma said, smiling, "I'm thankful they didn't take the plow and seeds."

Laura was surprised. She asked, "What plow?"

"The plow and all our seeds for next year are in that bundle of furs," said Ma.

When Pa came home they told him about those Indians, and he looked sober. But he said that all was well that ended well.

That evening when Mary and Laura were in bed, Pa played his fiddle. Ma was rocking in the rocking-chair, holding Baby Carrie against her breast, and she began to sing softly with the fiddle:

Wild roved an Indian main,
　　Bright Alfarata,
Where flow the waters
　　Of the blue Juniata.

Strong and true my arrows are
　　In my painted quiver,
Swift goes my light canoe
　　Adown the rapid river.

Bold is my warrior good,
    The love of Alfarata,
Proud wave his sunny plumes
    Along the Juniata.
Soft and low he speaks to me,
    And then his war-cry sounding
Rings his voice in thunder loud
    From height to height resounding.

So sang the Indian maid,
    Bright Alfarata,
Where sweep the waters
    Of the blue Juniata.
Fleeting years have borne away
    The voice of Alfarata,
Still flow the waters
    Of the blue Juniata.

Ma's voice and the fiddle's music softly died away. And Laura asked, "Where did the voice of Alfarata go, Ma?"

"Goodness!" Ma said. "Aren't you asleep yet?"

"I'm going to sleep," Laura said. "But please tell me where the voice of Alfarata went?"

"Oh I suppose she went west," Ma answered. "That's what the Indians do."

"Why do they do that, Ma?" Laura asked. "Why do they go west?"

"They have to," Ma said.

"Why do they have to?"

"The government makes them, Laura," said Pa. "Now go to sleep."

He played the fiddle softly for a while. Then Laura asked, "Please, Pa, can I ask just one more question?"

"May I," said Ma.

Laura began again. "Pa, please, may I—"

"What is it?" Pa asked. It was not polite for little girls to interrupt, but of course Pa could do it.

"Will the government make these Indians go west?"

"Yes," Pa said. "When white settlers come into a country, the Indians have to move on. The government is going to move these Indians farther west, any time now. That's why we're here, Laura. White people are going to settle all this country, and we get the best land because we get here first and take our pick. Now do you understand?"

"Yes, Pa," Laura said. "But, Pa, I thought this was Indian Territory. Won't it make the Indians mad to have to—"

"No more questions, Laura," Pa said, firmly. "Go to sleep."

XIX. MR. EDWARDS MEETS SANTA CLAUS

The days were short and cold, the wind whistled sharply, but there was no snow. Cold rains were falling. Day after day the rain fell, pattering on the roof and pouring from the eaves.

Mary and Laura stayed close by the fire, sewing their nine-patch quilt blocks, or cutting paper dolls from scraps of wrapping-paper, and hearing the wet sound of the rain. Every night was so cold that they expected to see snow next morning, but in the morning they saw only sad, wet grass.

They pressed their noses against the squares of glass in the windows that Pa had made, and they were glad they could see out. But they wished they could see snow.

Laura was anxious because Christmas was near, and Santa Claus and his reindeer could not travel without snow. Mary was afraid that, even if it snowed, Santa Claus could not find them, so far away in Indian Territory. When they asked Ma about this, she said she didn't know.

"What day is it?" they asked her, anxiously. "How many more days till Christmas?" And they counted off the days on their fingers, till there was only one more day left.

Rain was still falling that morning. There was not one crack in the gray sky. They felt almost sure there would be no Christmas. Still, they kept hoping.

Just before noon the light changed. The clouds broke and drifted apart, shining white in a clear blue sky. The sun shone, birds sang, and thousands of drops of water sparkled on the grasses. But when Ma opened the door to let in the fresh, cold air, they heard the creek roaring.

They had not thought about the creek. Now they knew they would have no Christmas, because Santa Claus could not cross that roaring creek.

Pa came in, bringing a big fat turkey. If it weighed less than twenty pounds, he said, he'd eat it, feathers and all. He asked Laura, "How's that for a Christmas dinner? Think you can manage one of those drumsticks?"

She said, yes, she could. But she was sober. Then Mary asked him if the creek was going down, and he said it was still rising.

Ma said it was too bad. She hated to think of Mr. Edwards eating his bachelor cooking all alone on Christmas day. Mr. Edwards had been asked to eat Christmas dinner with them, but Pa shook his head and said a man would risk his neck, trying to cross that creek now.

"No," he said. "That current's too strong. We'll just have to make up our minds that Edwards won't be here tomorrow."

Of course that meant that Santa Claus could not come, either.

Laura and Mary tried not to mind too much. They watched Ma dress the wild turkey, and it was a very fat turkey. They were lucky little girls, to have a good house to live in, and a warm fire to sit by, and such a turkey for their Christmas dinner. Ma said so, and it was true. Ma said it was too bad that Santa Claus couldn't come this year, but they were such good girls that he hadn't forgotten them; he would surely come next year.

Still, they were not happy.

After supper that night they washed their hands and faces, buttoned their red-flannel nightgowns, tied their night-cap strings, and soberly said their prayers. They lay down in bed and pulled the covers up. It did not seem at all like Christmas time.

Pa and Ma sat silent by the fire. After a while Ma asked why Pa didn't play the fiddle, and he said, "I don't seem to have the heart to, Caroline."

After a longer while, Ma suddenly stood up.

"I'm going to hang up your stockings, girls," she said. "Maybe something will happen."

Laura's heart jumped. But then she thought again of the creek and she knew nothing could happen.

Ma took one of Mary's clean stockings and one of Laura's, and she hung them from the mantel-shelf, on either side of the fireplace. Laura and Mary watched her over the edge of their bed-covers.

"Now go to sleep," Ma said, kissing them good night. "Morning will come quicker if you're asleep."

She sat down again by the fire and Laura almost went to sleep. She woke up a little when she heard Pa say, "You've only made it worse, Caroline." And she thought she heard Ma say: "No, Charles. There's the white sugar." But perhaps she was dreaming.

Then she heard Jack growl savagely. The door-latch rattled and someone said, "Ingalls! Ingalls!" Pa was stirring up the fire, and when he opened the door Laura saw that it was morning. The outdoors was gray.

"Great fishhooks, Edwards! Come in, man! What's happened?" Pa exclaimed.

Laura saw the stockings limply dangling, and she scrooged her shut eyes into the pillow. She heard Pa piling wood on the fire, and she heard Mr. Edwards say he had carried his clothes on his head when he swam the creek. His teeth rattled and his voice shivered. He would be all right, he said, as soon as he got warm.

"It was too big a risk, Edwards," Pa said. "We're glad you're here, but that was too big a risk for a Christmas dinner."

"Your little ones had to have a Christmas," Mr. Edwards replied. "No creek could stop me, after I fetched them their gifts from Independence."

Laura sat straight up in bed. "Did you see Santa Claus?" she shouted. "I sure did," Mr. Edwards said.

"Where? When? What did he look like? What did he say? Did he really give you something for us?" Mary and Laura cried.

"Wait, wait a minute!" Mr. Edwards laughed. And Ma said she would put the presents in the stockings, as Santa Claus intended. She said they mustn't look.

Mr. Edwards came and sat on the floor by their bed, and he answered every question they asked him. They honestly tried not to look at Ma, and they didn't quite see what she was doing.

When he saw the creek rising, Mr. Edwards said, he had known that Santa Claus could not get across it. ("But you crossed it," Laura said. "Yes," Mr. Edwards replied, "but Santa Claus is too old and fat. He couldn't make it, where a long, lean razor-back like me could do so.") And Mr. Edwards reasoned that if Santa Claus couldn't cross the creek, likely he would come no farther south than Independence. Why should he come forty miles across the prairie, only to be turned back? Of course he wouldn't do that!

So Mr. Edwards had walked to Independence. ("In the rain?" Mary asked. Mr. Edwards said he wore his rubber coat.) And there, coming down the street in Independence, he had met Santa Claus. ("In the daytime?" Laura asked. She hadn't thought that anyone could see Santa Claus in the daytime. No, Mr. Edwards said; it was night, but light shone out across the street from the saloons.)

Well, the first thing Santa Claus said was, "Hello, Edwards!" ("Did he know you?" Mary asked, and Laura asked, "How did you know he was really Santa Claus?" Mr. Edwards said that Santa Claus knew everybody. And he had recognized Santa at once by his whiskers. Santa Claus had the longest, thickest, whitest set of whiskers west of the Mississippi.)

So Santa Claus said, "Hello, Edwards! Last time I saw you you were sleeping on a corn-shuck bed in Tennessee." And Mr. Edwards well remembered the little pair of red-yarn mittens that Santa Claus had left for him that time.

Then Santa Claus said: "I understand you're living now down along the Verdigris River. Have you ever met up, down yonder, with two little young girls named Mary and Laura?"

"I surely am acquainted with them," Mr. Edwards replied.

"It rests heavy on my mind," said Santa Claus. "They are both of them sweet, pretty, good little young things, and I know they are expecting me. I surely do hate to disappoint two good little girls like them. Yet with the water up the way it is, I can't ever make it across that creek. I can figure no way whatsoever to get to their cabin this year. Edwards," Santa Claus said. "Would you do me the favor to fetch them their gifts this one time?"

"I'll do that, and with pleasure," Mr. Edwards told him.

Then Santa Claus and Mr. Edwards stepped across the street to the hitching-posts where the pack-mule was tied. ("Didn't he have his reindeer?" Laura asked. "You know he couldn't," Mary said. "There isn't any snow." Exactly, said Mr. Edwards. Santa Claus traveled with a pack-mule in the southwest.)

And Santa Claus uncinched the pack and looked through it, and he took out the presents for Mary and Laura.

"Oh, what are they?" Laura cried; but Mary asked, "Then what did he do?"

Then he shook hands with Mr. Edwards, and he swung up on his fine bay horse. Santa Claus rode well for a man of his weight and build. And he tucked his long, white whiskers under his bandana. "So long, Edwards," he said, and he rode away on the Fort Dodge trail, leading his pack-mule and whistling.

Laura and Mary were silent an instant, thinking of that.

Then Ma said, "You may look now, girls."

Something was shining bright in the top of Laura's stocking. She squealed and jumped out of bed. So did Mary, but Laura beat her to the fireplace. And the shining thing was a glittering new tin cup.

Mary had one exactly like it.

These new tin cups were their very own. Now they each had a cup to drink out of. Laura jumped up and down and shouted and laughed, but Mary stood still and looked with shining eyes at her own tin cup.

Then they plunged their hands into the stockings again. And they pulled out two long, long sticks of candy. It was peppermint candy, striped red and white. They looked and looked at the beautiful candy, and Laura licked her stick, just one lick. But Mary was not so greedy. She didn't take even one lick of her stick.

Those stockings weren't empty yet. Mary and Laura pulled out two small packages. They unwrapped them, and each found a little heart-shaped cake. Over their delicate brown tops was sprinkled white sugar. The sparkling grains lay like tiny drifts of snow.

The cakes were too pretty to eat. Mary and Laura just looked at them. But at last Laura turned hers over, and she nibbled a tiny nibble from underneath, where it wouldn't show. And the inside of the little cake was white!

It had been made of pure white flour, and sweetened with white sugar.

Laura and Mary never would have looked in their stockings again.

The cups and the cakes and the candy were almost too much. They were too happy to speak. But Ma asked if they were sure the stockings were empty.

Then they put their hands down inside them, to make sure. And in the very toe of each stocking was a shining bright, new penny!

They had never even thought of such a thing as having a penny. Think of having a whole penny for your very own. Think of having a cup and a cake and a stick of candy and a penny.

There never had been such a Christmas.

Now of course, right away, Laura and Mary should have thanked Mr. Edwards for bringing those lovely presents all the way from Independence. But they had forgotten all about Mr. Edwards. They had even forgotten Santa Claus. In a minute they would have remembered, but before they did, Ma said, gently, "Aren't you going to thank Mr. Edwards?"

"Oh, thank you, Mr. Edwards! Thank you!" they said, and they meant it with all their hearts. Pa shook Mr. Edwards' hand, too, and shook it again. Pa and Ma and Mr. Edwards acted as if they were almost crying, Laura didn't know why. So she gazed again at her beautiful presents.

She looked up again when Ma gasped. And Mr. Edwards was taking sweet potatoes out of his pockets. He said they had helped to balance the package on his head when he swam across the creek. He thought Pa and Ma might like them, with the Christmas turkey.

There were nine sweet potatoes. Mr. Edwards had brought them all the way from town, too. It was just too much. Pa said so. "It's too much, Edwards," he said. They never could thank him enough.

Mary and Laura were too excited to eat breakfast. They drank the milk from their shining new cups. but they could not swallow the rabbit stew and the cornmeal mush.

"Don't make them, Charles," Ma said. "It will soon be dinner-time."

For Christmas dinner there was the tender, juicy, roasted turkey. There were the sweet potatoes, baked in the ashes and carefully wiped so that you could eat the good skins, too. There was a loaf of salt-rising bread made from the last of the white flour.

And after all that there were stewed dried blackberries and little cakes. But these little cakes were made with brown sugar and they did not have white sugar sprinkled over their tops.

Then Pa and Ma and Mr. Edwards sat by the fire and talked about Christmas times back in Tennessee and up north in the Big Woods. But Mary and Laura looked at their beautiful cakes and played with their pennies and drank their water out of their new cups. And little by little they licked and sucked their sticks of candy, till each stick was sharp-pointed on one end.

That was a happy Christmas.

XX. A SCREAM IN THE NIGHT

The days were short and gray now, the nights were very dark and cold. Clouds hung low above the little house and spread low and far over the bleak prairie. Rain fell, and sometimes snow was driven on the wind. Hard little bits of snow whirled in the air and scurried over the humped backs of miserable grasses. And next day the snow was gone.

Every day Pa went hunting and trapping. In the cozy, firelit house Mary and Laura helped Ma with the work. Then they sewed quilt-patches. They played Patty Cake with Carrie, and they played Hide the Thimble. With a piece of string and their fingers, they played Cat's Cradle. And they played Bean Porridge Hot. Facing each other, they clapped their hands together and against each other's hands, keeping time while they said:

Bean porridge hot,
    Bean porridge cold,
Bean porridge in the pot,
    Nine days old.

Some like it hot,
    Some like it cold,
Some like it in the pot,

Nine days old.

I like it hot,
I like it cold,
I like it in the pot,
Nine days old.

That was true. No supper was so good as the thick bean porridge, flavored with a small bit of salt pork, that Ma dipped onto the tin plates when Pa had come home cold and tired from his hunting. Laura liked it hot, and she liked it cold, and it was always good as long as it lasted. But it never really lasted nine days. They ate it up before that.

All the time the wind blew, shrieking, howling, wailing, screaming, and mournfully sobbing. They were used to hearing the wind. All day they heard it, and at night in their sleep they knew it was blowing. But one night they heard such a terrible scream that they all woke up.

Pa jumped out of bed, and Ma said: "Charles! What was it?"

"It's a woman screaming," Pa said. He was dressing as fast as he could. "Sounded like it came from Scott's."

"Oh, what can be wrong!" Ma exclaimed.

Pa was putting on his boots. He put his foot in, and he put his fingers through the strap-ears at the top of the long boot leg. Then he gave a mighty pull, and he stamped hard on the floor, and that boot was on.

"Maybe Scott is sick," he said, pulling on the other boot.

"You don't suppose—?" Ma asked, low.

"No," said Pa. "I keep telling you they won't make any trouble. They're perfectly quiet and peaceable down in those camps among the bluffs."

Laura began to climb out of bed, but Ma said, "Lie down and be still,

Laura." So she lay down.

Pa put on his warm, bright plaid coat, and his fur cap, and his muffler. He lighted the candle in the lantern, took his gun, and hurried outdoors.

Before he shut the door behind him, Laura saw the night outside. It was black dark. Not one star was shining. Laura had never seen such solid darkness.

"Ma?" she said.

"What, Laura?"

"What makes it so dark?"

"It's going to storm," Ma answered. She pulled the latch-string in and put a stick of wood on the fire. Then she went back to bed. "Go to sleep, Mary and Laura," she said.

But Ma did not go to sleep, and neither did Mary and Laura. They lay wide awake and listened. They could not hear anything but the wind.

Mary put her head under the quilt and whispered to Laura, "I wish Pa'd come back."

Laura nodded her head on the pillow, but she couldn't say anything. She seemed to see Pa striding along the top of the bluff, on the path that went toward Mr. Scott's house. Tiny bright spots of candlelight darted here and there from the holes cut in the tin lantern. The little flickering lights seemed to be lost in the black dark.

After a long time Laura whispered, "It must be 'most morning." And Mary nodded. All that time they had been lying and listening to the wind, and Pa had not come back.

Then, high above the shrieking of the wind they heard again that terrible scream. It seemed quite close to the house.

Laura screamed, too, and leaped out of bed. Mary ducked under the covers. Ma got up and began to dress in a hurry. She put another stick of wood on the fire and told Laura to go back to bed. But Laura begged so hard that Ma said she could stay up. "Wrap yourself in the shawl," Ma said.

They stood by the fire and listened. They couldn't hear anything but the wind. And they could not do anything. But at least they were not lying down in bed.

Suddenly fists pounded on the door and Pa shouted: "Let me in! Quick, Caroline!"

Ma opened the door and Pa slammed it quickly behind him. He was out of breath. He pushed back his cap and said: "Whew! I'm scared yet."

"What was it, Charles?" said Ma.

"A panther," Pa said.

He had hurried as fast as he could go to Mr. Scott's. When he got there, the house was dark and everything was quiet. Pa went all around the house, listening, and looking with the lantern. He could not find a sign of anything wrong. So he felt like a fool, to think he had got up and dressed in the middle of the night and walked two miles, all because he heard the wind howl.

He did not want Mr. and Mrs. Scott to know about it. So he did not wake them up. He came home as fast as he could because the wind was bitter cold. And he was hurrying along the path, where it went on the edge of the bluff, when all of a sudden he heard that scream right under his feet.

"I tell you my hair stood up till it lifted my cap," he told Laura. "I lit out for home like a scared rabbit."

"Where was the panther, Pa?" she asked him.

"In a tree-top," said Pa. "In the top of that big cottonwood that grows against the bluffs there."

"Pa, did it come after you?" Laura asked, and he said, "I don't know, Laura."

"Well, you're safe now, Charles," said Ma.

"Yes, and I'm glad of it. This is too dark a night to be out with panthers," Pa said. "Now, Laura, where's my bootjack?"

Laura brought it to him. The bootjack was a thin oak slab with a notch in one end and a cleat across the middle of it. Laura laid it on the floor with the cleat down, and the cleat lifted up the notched end. Then Pa stood on it with one foot, he put the other foot into the notch, and the notch held the boot by the heel while Pa pulled his foot out. Then he pulled off his other boot, the same way. The boots clung tightly, but they had to come off.

Laura watched him do this, and then she asked, "Would a panther carry off a little girl, Pa?"

"Yes," said Pa. "And kill her and eat her, too. You and Mary must stay in the house till I shoot that panther. As soon as daylight comes I will take my gun and go after him."

All the next day Pa hunted that panther. And he hunted the next day and the next day. He found the panther's tracks, and he found the hide and bones of an antelope that the panther had eaten, but he did not find the panther anywhere. The panther went swiftly through tree-tops, where it left no tracks.

Pa said he would not stop till he killed that panther. He said, "We can't have panthers running around in a country where there are little girls."

But he did not kill that panther, and he did stop hunting it. One day in the woods he met an Indian. They stood in the wet, cold woods and looked at each other, and they could not talk because they did not know each other's words. But the Indian pointed to the panther's tracks, and he made motions with his gun to show Pa that he had killed that panther. He pointed to the tree-tops and to the ground, to show that he had shot it out of a tree. And he motioned to the sky, and west and east, to say that he had killed it the day before.

So that was all right. The panther was dead.

Laura asked if a panther would carry off a little papoose and kill and eat her, too, and Pa said yes. Probably that was why the Indian had killed that panther.

XXI. INDIAN JAMBOREE

Winter ended at last. There was a softer note in the sound of the wind, and the bitter cold was gone. One day Pa said he had seen a flock of wild geese flying north. It was time to take his furs to Independence.

Ma said, "The Indians are so near!"

"They are perfectly friendly," said Pa. He often met Indians in the woods where he was hunting. There was nothing to fear from Indians.

"No," Ma said. But Laura knew that Ma was afraid of Indians. "You must go, Charles," she said. "We must have a plow and seeds. And you will soon be back again."

Before dawn next morning Pa hitched Pet and Patty to the wagon, loaded his furs into it, and drove away.

Laura and Mary counted the long, empty days. One, two, three, four, and still Pa had not come home. In the morning of the fifth day they began earnestly to watch for him.

It was a sunny day. There was still a little chill in the wind, but it smelled of spring. The vast blue sky resounded to the quacks of wild ducks and the honk-honk-honking of wild geese. The long, black-dotted lines of them were all flying north.

Laura and Mary played outdoors in the wild, sweet weather. And poor Jack watched them and sighed. He couldn't run and play any more, because he was chained. Laura and Mary tried to comfort him, but he didn't want petting. He wanted to be free again, as he used to be.

Pa didn't come that morning; he didn't come that afternoon. Ma said it must have taken him a long time to trade his furs.

That afternoon Laura and Mary were playing hop-scotch. They marked the lines with a stick in the muddy yard. Mary really didn't want to hop; she was almost eight years old and she didn't think that hop-scotch was a ladylike play. But Laura teased and coaxed, and said that if they stayed outdoors they would be sure to see Pa the minute he came from the creek bottoms. So Mary was hopping.

Suddenly she stopped on one foot and said, "What's that?"

Laura had already heard the queer sound and she was listening to it. She said, "It's the Indians."

Mary's other foot dropped and she stood frozen still. She was scared. Laura was not exactly scared, but that sound made her feel funny. It was the sound of quite a lot of Indians, chopping with their voices. It was something like the sound of an ax chopping, and something like a dog barking, and it was something like a song, but not like any song that Laura had ever heard. It was a wild, fierce sound, but it didn't seem angry.

Laura tried to hear it more clearly. She couldn't hear it very well, because hills and trees and the wind were in the way, and Jack was savagely growling.

Ma came outdoors and listened a minute. Then she told Mary and Laura to come into the house. Ma took Jack inside, too, and pulled in the latch-string.

They didn't play any more. They watched at the window, and listened to that sound. It was harder to hear, in the house. Sometimes they couldn't hear it; then they heard it again. It hadn't stopped.

Ma and Laura did the chores earlier than usual. They locked Bunny and the cow and calf in the stable, and took the milk to the house. Ma strained it and set it away. She drew a bucket of fresh water from the well, while Laura and Mary carried in wood. All the time that sound went on; it was louder, now, and faster. It made Laura's heart beat fast.

They all went into the house and Ma barred the door. The latch-string was already in. They wouldn't go out of the house till morning.

The sun slowly sank. All around the edge of the prairie the edge of the sky flushed pink. Firelight flickered in the dusky house and Ma was getting supper, but Laura and Mary silently watched from the window. They saw the colors fade from everything. The land was shadowy and the sky was clear, pale gray. All the time that sound came from the creek bottoms, louder and louder, faster and faster. And Laura's heart beat faster and louder.

How she shouted when she heard the wagon! She ran to the door and jumped up and down, but she couldn't unbar it. Ma wouldn't let her go out. Ma went out, to help Pa bring in the bundles.

He came in with his arms full, and Laura and Mary clung to his sleeves and jumped on his feet. Pa laughed his jolly big laugh. "Hey! hey! don't upset me!" he laughed. "What do you think I am? A tree to climb?"

He dropped the bundles on the table, he hugged Laura in a big bear hug, and tossed her and hugged her again. Then he hugged Mary snugly in his other arm.

"Listen, Pa," Laura said. "Listen to the Indians. Why are they making that funny noise?"

"Oh, they're having some kind of jamboree," Pa said. "I heard them when I crossed the creek bottoms."

Then he went out to unhitch the horses and bring in the rest of the bundles. He had got the plow; he left it in the stable, but he brought all the seeds into the house for safety. He had sugar, not any white sugar this time, but brown. White sugar cost too much. But he had brought a little white flour. There were cornmeal and salt and coffee and all the seeds they needed. Pa had even got seed potatoes. Laura wished they might eat the potatoes but they must be saved to plant.

Then Pa's face beamed and he opened a small paper sack. It was full of crackers. He set it on the table, and he unwrapped and set beside it a glass jar full of little green cucumber pickles.

"I thought we'd all have a treat," he said.

Laura's mouth watered, and Ma's eyes shone softly at Pa. He had remembered how she longed for pickles.

That wasn't all. He gave Ma a package and watched her unwrap it and in it was enough pretty calico to make her a dress.

"Oh, Charles, you shouldn't! It's too much!" she said. But her face and Pa's were two beams of joy.

Now he hung up his cap and his plaid coat on their pegs. His eyes looked sidewise at Laura and Mary, but that was all. He sat down and stretched out his legs to the fire.

Mary sat down, too, and folded her hands in her lap. But Laura climbed onto Pa's knee and beat him with her fists. "Where is it? Where is it? Where's my present?" she said, beating him.

Pa laughed his big laugh, like great bells ringing, and he said, "Why, I do believe there is something in my blouse pocket."

He took out an oddly shaped package, and very, very slowly he opened it.

"You first, Mary," he said, "because you are so patient." And he gave Mary a comb for her hair. "And here, flutterbudget! this is for you," he said to Laura.

The combs were exactly alike. They were made of black rubber and curved to fit over the top of a little girl's head. And over the top of the comb lay a flat piece of black rubber, with curving slits cut in it, and in the very middle of it a little five-pointed star was cut out. A bright colored ribbon was drawn underneath, and the color showed through.

The ribbon in Mary's comb was blue, and the ribbon in Laura's comb was red.

Ma smoothed back their hair and slid the combs into it, and there in the golden hair, exactly over the middle of Mary's forehead, was a little blue star. And in Laura's brown hair, over the middle of her forehead, was a little red star.

Laura looked at Mary's star, and Mary looked at Laura's, and they laughed with joy. They had never had anything so pretty.

Ma said, "But, Charles, you didn't get yourself a thing!"

"Oh, I got myself a plow," said Pa. "Warm weather'll be here soon now, and I'll be plowing."

That was the happiest supper they had had for a long time. Pa was safely home again. The fried salt pork was very good, after so many months of eating ducks and geese and turkeys and venison. And nothing had ever tasted so good as those crackers and the little green sour pickles.

Pa told them about all the seeds. He had got seeds of turnips and carrots and onions and cabbage. He had got peas and beans. And corn and wheat and tobacco and the seed potatoes. And watermelon seeds. He said to Ma, "I tell you, Caroline, when we begin getting crops off this rich land of ours, we'll be living like kings!"

They had almost forgotten the noise from the Indian camp. The window shutters were closed now, and the wind was moaning in the chimney and whining around the house. They were so used to the wind that they did not hear it. But when the wind was silent an instant, Laura heard again that wild, shrill, fast-beating sound from the Indian camps.

Then Pa said something to Ma that made Laura sit very still

and listen carefully. He said that folks in Independence said that the government was going to put the white settlers out of the Indian Territory. He said the Indians had been complaining and they had got that answer from Washington.

"Oh, Charles, no!" Ma said. "Not when we have done so much."

Pa said he didn't believe it. He said, "They always have let settlers keep the land. They'll make the Indians move on again. Didn't I get word straight from Washington that this country's going to be opened for settlement any time now?"

"I wish they'd settle it and stop talking about it," Ma said.

After Laura was in bed she lay awake a long time, and so did Mary. Pa and Ma sat in the firelight and candlelight, reading. Pa had brought a newspaper from Kansas, and he read it to Ma. It proved that he was right, the government would not do anything to the white settlers.

Whenever the sound of the wind died away, Laura could faintly hear the noise of that wild jamboree in the Indian camp. Sometimes even above the howling of the wind she thought she still heard those fierce yells of jubilation. Faster, faster, faster they made her heart beat. "Hi! Hi! Hi-yi! Hah! Hi! Hah!"

XXII. PRAIRIE FIRE

Spring had come. The warm winds smelled exciting, and all outdoors was large and bright and sweet. Big white shining clouds floated high up in clear space. Their shadows floated over the prairie. The shadows were thin and brown, and all the rest of the prairie was the pale, soft colors of dead grasses.

Pa was breaking the prairie sod, with Pet and Patty hitched to the breaking-plow. The sod was a tough, thick mass of grass-roots. Pet and Patty slowly pulled with all their might and the sharp plow slowly turned over a long, unbroken strip of that sod.

The dead grass was so tall and thick that it held up the sod. Where Pa had plowed, he didn't have a plowed field. The long strips of grass-roots lay on top of grass, and grass stuck out between them.

But Pa and Pet and Patty kept on working. He said that sod potatoes and sod corn would grow this year, and next year the roots and the dead grasses would be rotted. In two or three years he would have nicely plowed fields. Pa liked the land because it was so rich, and there wasn't a tree or a stump or a rock in it.

Now a great many Indians came riding along the Indian trail. Indians were everywhere. Their guns echoed in the creek bottoms where they were hunting. No one knew how many Indians were hidden in the prairie which seemed so level but wasn't. Often Laura saw an Indian where no one had been an instant before.

Indians often came to the house. Some were friendly, some were surly and cross. All of them wanted food and tobacco, and Ma gave them what they wanted. She was afraid not to. When an Indian pointed at something and grunted, Ma gave him that thing. But most of the food was kept hidden and locked up.

Jack was cross all the time, even with Laura. He was never let off the chain, and all the time he lay and hated the Indians. Laura and Mary were quite used to seeing them now. Indians didn't surprise them at all. But they always felt safer near Pa or Jack.

One day they were helping Ma get dinner. Baby Carrie was playing on the floor in the sunshine, and suddenly the sunshine was gone.

"I do believe it is going to storm," Ma said, looking out of the window. Laura looked, too, and great black clouds were billowing up in the south, across the sun.

Pet and Patty were coming running from the field, Pa holding to the heavy plow and bounding in long leaps behind it.

"Prairie fire!" he shouted. "Get the tub full of water! Put sacks in it! Hurry!"

Ma ran to the well, Laura ran to tug the tub to it. Pa tied Pet to the house. He brought the cow and calf from the picket-line and shut them in the stable. He caught Bunny and tied her fast to the north corner of the house. Ma was pulling up buckets of water as fast as she could. Laura ran to get the sacks that Pa had flung out of the stable.

Pa was plowing, shouting at Pet and Patty to make them hurry. The sky was black now, the air was as dark as if the sun had set. Pa plowed a long furrow west of the house and south of the house, and back again east of the house. Rabbits came bounding past him as if he wasn't there.

Pet and Patty came galloping, the plow and Pa bounding behind them. Pa tied them to the other north corner of the house. The tub was full of water. Laura helped Ma push the sacks under the water to soak them.

"I couldn't plow but one furrow; there isn't time," Pa said. "Hurry, Caroline. That fire's coming faster than a horse can run."

A big rabbit bounded right over the tub while Pa and Ma were lifting it. Ma told Laura to stay at the house. Pa and Ma ran staggering to the furrow with the tub.

Laura stayed close to the house. She could see the red fire coming under the billows of smoke. More rabbits went leaping by. They paid no attention to Jack and he didn't think about them; he stared at the red under sides of the rolling smoke and shivered and whined while he crowded close to Laura.

The wind was rising and wildly screaming. Thousands of birds flew before the fire, thousands of rabbits were running.

Pa was going along the furrow, setting fire to the grass on the other side of it. Ma followed with a wet sack, beating at the flames that tried to cross the furrow. The whole prairie was hopping with rabbits. Snakes rippled the yard. Prairie hens ran silently, their necks outstretched and their wings spread. Birds screamed in the screaming wind.

Pa's little fire was all around the house now, and he helped Ma fight it with the wet sacks. The fire blew wildly, snatching at the dry grass inside the furrow. Pa and Ma thrashed at it with the sacks, when it got across the furrow they stamped it with their feet. They ran back and forth in the smoke, fighting that fire. The prairie fire was roaring now, roaring louder and louder in the screaming wind. Great flames came roaring, flaring and twisting high. Twists of flame broke loose and came down on the wind to blaze up in the grasses far ahead of the roaring wall of fire. A red light came from the rolling black clouds of smoke overhead.

Mary and Laura stood against the house and held hands and trembled. Baby Carrie was in the house. Laura wanted to do something, but inside her head was a roaring and whirling like the fire. Her middle shook, and tears poured out of her stinging eyes. Her eyes and her nose and her throat stung with smoke.

Jack howled. Bunny and Pet and Patty were jerking at the ropes and squealing horribly. The orange, yellow, terrible flames were coming faster than horses can run, and their quivering light danced over everything.

Pa's little fire had made a burned black strip. The little fire went backing slowly away against the wind, it went slowly crawling to meet the racing furious big fire. And suddenly the big fire swallowed the little one.

The wind rose to a high, crackling, rushing shriek, flames climbed into the crackling air. Fire was all around the house.

Then it was over. The fire went roaring past and away.

Pa and Ma were beating out little fires here and there in the yard. When they were all out, Ma came to the house to wash her hands and face. She was all streaked with smoke and sweat, and she was trembling.

She said there was nothing to worry about. "The back-fire saved us," she said, "and all's well that ends well."

The air smelled scorched. And to the very edge of the sky, the prairie was burned naked and black. Threads of smoke rose from it. Ashes blew on the wind. Everything felt different and miserable. But Pa and Ma were cheerful because the fire was gone and it had not done any harm.

Pa said that the fire had not missed them far, but a miss is as good as a mile. He asked Ma, "If it had come while I was in Independence, what would you have done?"

"We would have gone to the creek with the birds and the rabbits, of course," Ma said.

All the wild things on the prairie had known what to do. They ran and flew and hopped and crawled as fast as they could go, to the water that would keep them safe from fire. Only the little soft striped gophers had gone down deep into their holes, and they were the first to come up and look around at the bare, smoking prairie.

Then out of the creek bottoms the birds came flying over it, and a rabbit cautiously hopped and looked. It was a long, long time before the snakes crawled out of the bottoms and the prairie hens came walking.

The fire had gone out among the bluffs. It had never reached the creek bottoms or the Indian camps.

That night Mr. Edwards and Mr. Scott came to see Pa. They were worried because they thought that perhaps the Indians had started that fire on purpose to burn out the white settlers.

Pa didn't believe it. He said the Indians had always burned the prairie to make green grass grow more quickly, and traveling easier. Their ponies couldn't gallop through the thick, tall, dead grass. Now the ground was clear. And he was glad of it, because plowing would be easier.

While they were talking, they could hear drums beating in the Indian camps, and shouts. Laura sat still as a mouse on the doorstep and listened to the talk and to the Indians. The stars hung low and large and quivering over the burned prairie, and the wind blew gently in Laura's hair.

Mr. Edwards said there were too many Indians in those camps; he didn't like it. Mr. Scott said he didn't know why so many of those savages were coming together, if they didn't mean devilment.

"The only good Indian is a dead Indian," Mr. Scott said.

Pa said he didn't know about that. He figured that Indians would be as peaceable as anybody else if they were let alone. On the other hand, they had been moved west so many times that naturally they hated white folks. But an Indian ought to have sense enough to know when he was licked. With soldiers at Fort Gibson and Fort Dodge, Pa didn't believe these Indians would make any trouble.

"As to why they are congregating in these camps, Scott, I can tell you that," he said. "They're getting ready for their big spring buffalo hunt."

He said there were half a dozen tribes down in those camps. Usually the tribes were fighting each other, but every spring they made peace and all came together for the big hunt.

"They're sworn to peace among themselves," he said, "and they're thinking about hunting the buffalo. So it's not likely they'll start on the war-path against us. They'll have their talks and their feasts, and then one day they'll all hit the trail after the buffalo herds. The buffalo will be working their way north pretty soon, following the green grass. By George! I'd like to go on a hunt like that, myself. It must be a sight to see."

"Well, maybe you're right about it, Ingalls," Mr. Scott said, slowly. "Anyway, I'll be glad to tell Mrs. Scott what you say. She can't get the Minnesota massacres out of her head."

XXIII. INDIAN WAR-CRY

Next morning Pa went whistling to his plowing. He came in at noon black with soot from the burned prairie, but he was pleased. The tall grass didn't bother him any more.

But there was an uneasiness about the Indians. More and more Indians were in the creek bottoms. Mary and Laura saw the smoke from their fires by day, and at night they heard the savage voices shouting.

Pa came early from the field. He did the chores early, and shut Pet and Patty, Bunny and the cow and calf, into the stable. They could not stay out in the yard to graze in the cool moonlight.

When shadows began to gather on the prairie and the wind was quiet, the noises from the Indian camps grew louder and wilder. Pa brought Jack into the house. The door was shut and the latch-string pulled in. No one could go outdoors till morning.

Night crept toward the little house, and the darkness was frightening. It yelped with Indian yells, and one night it began to throb with Indian drums.

In her sleep Laura heard all the time that savage yipping and the wild, throbbing drums. She heard Jack's claws clicking, and his low growl. Sometimes Pa sat up in bed, listening.

One evening he took his bullet-mold from the box under the bed. He sat for a long time on the hearth, melting lead and making bullets. He did not stop till he had used the last bit of lead. Laura and Mary lay awake and watched him. He had never made so many bullets at one time before. Mary asked, “What makes you do that, Pa?”

“Oh, I haven’t anything else to do,” Pa said, and he began to whistle cheerfully. But he had been plowing all day. He was too tired to play the fiddle. He might have gone to bed, instead of sitting up so late, making bullets.

No more Indians came to the house. For days, Mary and Laura had not seen a single Indian. Mary did not like to go out of the house any more. Laura had to play outdoors by herself, and she had a queer feeling about the prairie. It didn’t feel safe. It seemed to be hiding something. Sometimes Laura had a feeling that something was watching her, something was creeping up behind her. She turned around quickly, and nothing was there.

Mr. Scott and Mr. Edwards, with their guns, came and talked to Pa in the field. They talked quite a while, then they went away together. Laura was disappointed because Mr. Edwards did not come to the house.

At dinner Pa said to Ma that some of the settlers were talking about a stockade. Laura didn’t know what a stockade was. Pa had told Mr. Scott and Mr. Edwards that it was a foolish notion. He told Ma, “If we need one, we’d need it before we could get it built. And the last thing we want to do is to act like we’re afraid.”

Mary and Laura looked at each other. They knew it was no use to ask questions. They would only be told again that children must not speak at table until they were spoken to. Or that children should be seen and not heard.

That afternoon Laura asked Ma what a stockade was. Ma said it was something to make little girls ask questions. That meant that grown-ups would not tell you what it was. And Mary looked a look at Laura that said, "I told you so."

Laura didn't know why Pa said he must not act as if he were afraid. Pa was never afraid. Laura didn't want to act as if she were afraid, but she was. She was afraid of the Indians.

Jack never laid back his ears and smiled at Laura any more. Even while she petted him, his ears were lifted, his neck bristled, and his lips twitched back from his teeth. His eyes were angry. Every night he growled more fiercely, and every night the Indian drums beat faster, faster, and the wild yipping rose higher and higher, faster, wilder.

In the middle of the night Laura sat straight up and screamed. Some terrible sound had made cold sweat come out all over her.

Ma came to her quickly and said in her gentle way: "Be quiet, Laura. You mustn't frighten Carrie."

Laura clung to Ma, and Ma was wearing her dress. The fire was covered with ashes and the house was dark, but Ma had not gone to bed. Moonlight came through the window. The shutter was open, and Pa stood in the dark by the window, looking out. He had his gun.

Out in the night the drums were beating and the Indians were wildly yelling.

Then that terrible sound came again. Laura felt as if she were falling; she couldn't hold on to anything; there was nothing solid anywhere. It seemed a long time before she could see or think or speak.

She screamed: "What is it? What is it? Oh, Pa, what is it?"

She was shaking all over and she felt sick in her middle. She heard the drums pounding and the wild yipping yells and she felt Ma holding her safe. Pa said, "It's the Indian war-cry, Laura."

Ma made a soft sound, and he said to her, "They might as well know, Caroline."

He explained to Laura that that was the Indian way of talking about war. The Indians were only talking about it, and dancing around their fires. Mary and Laura must not be afraid, because Pa was there, and Jack was there, and soldiers were at Fort Gibson and Fort Dodge.

"So don't be afraid, Mary and Laura," he said again.

Laura gasped and said, "No, Pa." But she was horribly afraid. Mary couldn't say anything; she lay shivering under the covers.

Then Carrie began to cry, so Ma carried her to the rocking-chair and gently rocked her. Laura crept out of bed and huddled against Ma's knee. And Mary, left all alone, crept after her and huddled close, too. Pa stayed by the window, watching.

The drums seemed to beat in Laura's head. They seemed to beat deep inside her. The wild, fast yipping yells were worse than wolves. Something worse was coming, Laura knew it. Then it came—the Indian war-cry.

A nightmare is not so terrible as that night was. A nightmare is only a dream, and when it is worst you wake up. But this was real and Laura could not wake up. She could not get away from it.

When the war-cry was over, Laura knew it had not got her yet. She was still in the dark house and she was pressed close against Ma. Ma was trembling all over. Jack's howling ended in a sobbing growl. Carrie began to scream again, and Pa wiped his forehead and said, "Whew!

"I never heard anything like it," Pa said. He asked, "How do you suppose they learned to do it?" but nobody answered that.

"They don't need guns. That yell's enough to scare anybody to death," he said. "My mouth's so dry I couldn't whistle a tune to save my life. Bring me some water, Laura."

That made Laura feel better. She carried a dipper full of water to Pa at the window. He took it and smiled at her, and that made her feel very much better. He drank a little and smiled again and said, “There! now I can whistle!”

He whistled a few notes to show her that he could.

Then he listened. And Laura, too, heard far away the soft pitter-pat, pat-pat, pitter-pat pat, of a pony’s galloping. It came nearer.

From one side of the house came the drum-throbbing and the fast, shrill, yapping yells, and from the other side came the lonely sound of the rider’s galloping.

Nearer and nearer it came. Now the hoofs clattered loudly and suddenly they were going by. The galloping went by and grew fainter, down the creek road.

In the moonlight Laura saw the behind of a little black Indian pony, and an Indian on its back. She saw a huddle of blanket and a naked head and a flutter of feathers above it, and moonlight on a gun barrel and then it was all gone. Nothing was there but empty prairie.

Pa said he was durned if he knew what to make of it. He said that was the Osage who had tried to talk French to him.

He asked, “What’s he doing, out at this hour riding hell bent for leather?”

Nobody answered because nobody knew.

The drums throbbed and the Indians went on yelling. The terrible war-cry came again and again.

Little by little, after a long time, the yells grew fainter and fewer. At last Carrie cried herself to sleep. Ma sent Mary and Laura back to bed.

Next day they could not go out of the house. Pa stayed close by. There was not one sound from the Indian camps. The whole vast prairie was still. Only the wind blew over the blackened earth where there was no grass to rustle. The wind blew past the house with a rushing sound like running water.

That night the noise in the Indian camps was worse than the night before. Again the war-cries were more terrible than the most dreadful nightmare. Laura and Mary huddled close against Ma, poor little Baby Carrie cried, Pa watched at the window with his gun. And all night long Jack paced and growled, and screamed when the war-cries came.

The next night, and the next night, and the next night, were worse and worse. Mary and Laura were so tired that they fell asleep while the drums pounded and the Indians yelled. But a war-cry always jerked them wide awake in terror.

And the silent days were even worse than the nights. Pa watched and listened all the time. The plow was in the field where he had left it; Pet and Patty and the colt and the cow and calf stayed in the barn. Mary and Laura could not go out of the house. And Pa never stopped looking at the prairie all around, and turning his head quickly toward the smallest noise. He ate hardly any dinner; he kept getting up and going outdoors to look all around at the prairie.

One day his head nodded down to the table and he slept there. Ma and Mary and Laura were still to let him sleep. He was so tired. But in a minute he woke up with a jump and said, sharply, to Ma, "Don't let me do that again!"

"Jack was on guard," Ma said gently.

That night was worst of all. The drums were faster and the yells were louder and fiercer. All up and down the creek war-cries answered war-cries and the bluffs echoed. There was no rest. Laura ached all over and there was a terrible ache in her very middle.

At the window Pa said, "Caroline, they are quarreling among themselves. Maybe they will fight each other."

"Oh, Charles, if they only will!" Ma said.

All night there was not a minute's rest. Just before dawn a last war-cry ended and Laura slept against Ma's knee.

She woke up in bed. Mary was sleeping beside her. The door was open, and by the sunshine on the floor Laura knew it was almost noon. Ma was cooking dinner. Pa sat on the doorstep.

He said to Ma, "There's another big party, going off to the south."

Laura went to the door in her nightgown, and she saw a long line of Indians far away. The line came up out of the black prairie and it went farther away southward. The Indians on their ponies were so small in the distance that they looked not much bigger than ants.

Pa said that two big parties of Indians had gone west that morning. Now this one was going south. It meant that the Indians had quarreled among themselves. They were going away from their camps in the creek bottoms. They would not go all together to their big buffalo hunt.

That night the darkness came quietly. There was no sound except the rushing of the wind.

"Tonight we'll sleep!" Pa said, and they did. All night long they did not even dream. And in the morning Jack was still sleeping limp and flat on the same spot where he had been sleeping when Laura went to bed.

The next night was still, too, and again they all slept soundly. That morning Pa said he felt as fresh as a daisy, and he was going to do a little scouting along the creek.

He chained Jack to the ring in the house wall, and he took his gun and went out of sight down the creek road.

Laura and Mary and Ma could not do anything but wait until he came back. They stayed in the house and wished he would come. The sunshine had never moved so slowly on the floor as it did that day.

But he did come back. Late in the afternoon he came. And everything was all right. He had gone far up and down the creek and had seen many deserted Indian camps. All the Indians had gone away, except a tribe called the Osages.

In the woods Pa had met an Osage who could talk to him. This Indian told him that all the tribes except the Osages had made up their minds to kill the white people who had come into the Indian country. And they were getting ready to do it when the lone Indian came riding into their big pow-wow.

That Indian had come riding so far and fast because he did not want them to kill the white people. He was an Osage, and they called him a name that meant he was a great soldier.

"Soldat du Chêne," Pa said his name was.

"He kept arguing with them day and night," Pa said, "till all the other Osages agreed with him. Then he stood up and told the other tribes that if they started to massacre us, the Osages would fight them."

That was what had made so much noise, that last terrible night. The other tribes were howling at the Osages, and the Osages were howling back at them. The other tribes did not dare fight Soldat du Chêne and all his Osages, so next day they went away.

"That's one good Indian!" Pa said. No matter what Mr. Scott said, Pa did not believe that the only good Indian was a dead Indian.

XXIV. INDIANS RIDE AWAY

There was another long night of sleep. It was so good to lie down and sleep soundly. Everything was safe and quiet. Only the owls called "Who-oo? Who-oo?" in the woods along the creek, while the great moon sailed slowly over the curve of the sky above the endless prairie.

In the morning the sun shone warmly. Down by the creek the frogs were croaking. "Garrump! Garrump!" they cried by the edge of the pools. "Knee deep! Knee deep! Better go 'round."

Ever since Ma had told them what the frogs were saying, Mary and Laura could hear the words plainly.

The door was open to let in the warm spring air. After breakfast Pa went out, whistling merrily. He was going to hitch Pet and Patty to the plow again. But his whistling suddenly stopped. He stood on the doorstep, looking toward the east, and he said, "Come here, Caroline. And you, Mary and Laura."

Laura ran out first, and she was surprised. The Indians were coming.

They did not come on the creek road. They came riding up out of the creek bottoms far to the east.

First came the tall Indian who had gone riding by the house in the moonlight. Jack was growling and Laura's heart beat fast. She was glad to be close to Pa. But she knew this was the good Indian, the Osage chief who had stopped the terrible war-cries.

His black pony came trotting willingly, sniffing the wind that blew its mane and tail like fluttering banners. The pony's nose and head were free; it wore no bridle. Not even one strap was on it anywhere. There was nothing to make it do anything it didn't want to do. Willingly it came trotting along the old Indian trail as if it liked to carry the Indian on its back.

Jack growled savagely, trying to get loose from his chain. He remembered this Indian who had pointed a gun at him. Pa said, "Be still, Jack." Jack growled again, and for the first time in their lives Pa struck him. "Lie down! Be still!" Pa said. Jack cowered down and was still.

The pony was very near now, and Laura's heart beat faster and faster. She looked at the Indian's beaded moccasin, she looked up along the fringed legging that clung to the pony's bare side. A bright-colored blanket was wrapped around the Indian. One bare brown-red arm carried a rifle lightly across the pony's naked shoulders. Then Laura looked up at the Indian's fierce, still, brown face.

It was a proud, still face. No matter what happened, it would always be like that. Nothing would change it. Only the eyes were alive in that face, and they gazed steadily far away to the west. They did not move. Nothing moved or changed, except the eagle feathers standing straight up from the scalplock on the shaved head. The long feathers swayed and dipped, waving and spinning in the wind as the tall Indian on the black pony passed on into the distance.

"Du Chêne himself," Pa said, under his breath, and he lifted his hand in salute.

But the happy pony and the motionless Indian went by. They went by as if the house and stable and Pa and Ma and Mary and Laura were not there at all.

Pa and Ma and Mary and Laura slowly turned and looked at that Indian's proud straight back. Then other ponies and other blankets and shaved heads and eagle feathers came between. One by one on the path, more and more savage warriors were riding behind du Chêne. Brown face after brown face went by. Ponies' manes and tails blew in the wind, beads glittered, fringe flapped, eagle feathers were waving on all the naked heads. Rifles lying on the ponies' shoulders bristled all along the line.

Laura was excited about the ponies. There were black ponies, bay ponies, gray and brown and spotted ponies. Their little feet went trippety-trip-trip, trippety-trip, pat-patter, pat-patter, trippety pat-patter, all along the Indian trail. Their nostrils widened at Jack and their bodies shied away from him, but they came on bravely, looking with their bright eyes at Laura.

"Oh, the pretty ponies! See the pretty ponies!" she cried, clapping her hands. "Look at the spotted one."

She thought she would never be tired of watching those ponies coming by, but after a while she began to look at the women and children on their backs. The women and children came riding behind the Indian men. Little naked brown Indians, no bigger than Mary and Laura, were riding the pretty ponies. The ponies did not have to wear bridles or saddles, and the little Indians did not have to wear clothes. All their skin was out in the fresh air and the sunshine. Their straight black hair blew in the wind and their black eyes sparkled with joy. They sat on their ponies stiff and still like grown-up Indians.

Laura looked and looked at the Indian children, and they looked at her. She had a naughty wish to be a little Indian girl. Of course she did not really mean it. She only wanted to be bare naked in the wind and the sunshine, and riding one of those gay little ponies.

The Indian children's mothers were riding ponies, too. Leather fringe dangled about their legs and blankets were wrapped around their bodies, but the only thing on their heads was their black, smooth hair. Their faces were brown and placid. Some had narrow bundles tied on their backs, and tiny babies' heads stuck out of the top of the bundles. And some babies and some small children rode in baskets hanging at the ponies' sides, beside their mothers.

More and more and more ponies passed, and more children, and more babies on their mothers' backs, and more babies in baskets on the ponies' sides. Then came a mother riding, with a baby in a basket on each side of her pony.

Laura looked straight into the bright eyes of the little baby nearer her. Only its small head showed above the basket's rim. Its hair was as black as a crow and its eyes were black as a night when no stars shine.

Those black eyes looked deep into Laura's eyes and she looked deep down into the blackness of that little baby's eyes, and she wanted that one little baby.

"Pa," she said, "get me that little Indian baby!"

"Hush, Laura!" Pa told her sternly.

The little baby was going by. Its head turned and its eyes kept looking into Laura's eyes.

"Oh, I want it! I want it!" Laura begged. The baby was going farther and farther away, but it did not stop looking back at Laura. "It wants to stay with me," Laura begged. "Please, Pa, please!"

"Hush, Laura," Pa said. "The Indian woman wants to keep her baby."

"Oh, Pa!" Laura pleaded, and then she began to cry. It was shameful to cry, but she couldn't help it. The little Indian baby was gone. She knew she would never see it any more.

Ma said she had never heard of such a thing. "For shame, Laura," she said, but Laura could not stop crying. "Why on earth do you want an

Indian baby, of all things!" Ma asked her.

"Its eyes are so black," Laura sobbed. She could not say what she meant.

"Why, Laura," Ma said, "you don't want another baby. We have a baby, our own baby."

"I want the other one, too!" Laura sobbed, loudly.

"Well, I declare!" Ma exclaimed.

"Look at the Indians, Laura," said Pa. "Look west, and then look east, and see what you see."

Laura could hardly see at first. Her eyes were full of tears and sobs kept jerking out of her throat. But she obeyed Pa as best she could, and in a moment she was still. As far as she could see to the west and as far as she could see to the east there were Indians. There was no end to that long, long line.

"That's an awful lot of Indians," Pa said.

More and more and more Indians came riding by. Baby Carrie grew tired of looking at Indians and played by herself on the floor. But Laura sat on the doorstep, Pa stood close beside her, and Ma and Mary stood in the doorway. They looked and looked and looked at Indians riding by.

It was dinner-time, and no one thought of dinner. Indian ponies were still going by, carrying bundles of skins and tent-poles and dangling baskets and cooking pots. There were a few more women and a few more naked Indian children. Then the very last pony went by. But Pa and Ma and Laura and Mary still stayed in the doorway, looking, till that long line of Indians slowly pulled itself over the western edge of the world. And nothing was left but silence and emptiness. All the world seemed very quiet and lonely.

Ma said she didn't feel like doing anything, she was so let down. Pa told her not to do anything but rest.

"You must eat something, Charles," Ma said.

"No," said Pa. "I don't feel hungry." He went soberly to hitch up Pet and Patty, and he began again to break the tough sod with the plow.

Laura could not eat anything, either. She sat a long time on the doorstep, looking into the empty west where the Indians had gone. She seemed still to see waving feathers and black eyes and to hear the sound of ponies' feet.

XXV. SOLDIERS

After the Indians had gone, a great peace settled on the prairie. And one morning the whole land was green.

"When did that grass grow?" Ma asked, in amazement. "I thought the whole country was black, and now there's nothing but green grass as far as the eye can see."

The whole sky was filled with lines of wild ducks and wild geese flying north. Crows cawed above the trees along the creek. The winds whispered in the new grass, bringing scents of earth and of growing things.

In the mornings the meadow larks rose singing into the sky. All day the curlews and killdeers and sandpipers chirped and sang in the creek bottoms. Often in the early evening the mockingbirds were singing.

One night Pa and Mary and Laura sat still on the doorstep, watching little rabbits playing in the grass in the starlight. Three rabbit mothers hopped about with lopping ears and watched their little rabbits playing, too.

In the daytime everyone was busy. Pa hurried with his plowing, and Mary and Laura helped Ma plant the early garden seeds. With the hoe Ma dug small holes in the matted grass roots that the plow had turned up, and Laura and Mary carefully dropped the seeds. Then Ma covered them snugly with earth. They planted onions and carrots and peas and beans and turnips. And they were all so happy because spring had come, and pretty soon they would have vegetables to eat. They were growing very tired of just bread and meat.

One evening Pa came from the field before sunset and he helped Ma set out the cabbage plants and the sweet-potato plants. Ma had sowed the cabbage seed in a flat box and kept it in the house. She watered it carefully, and carried it every day from the morning sunshine to the afternoon sunshine that came through the windows. And she had saved one of the Christmas sweet potatoes, and planted it in another box. The cabbage seeds were now little gray-green plants, and the sweet potato had sent up a stem and green leaves from every one of its eyes.

Pa and Ma took each tiny plant very carefully and settled its roots comfortably in holes made for them. They watered the roots and pressed earth upon them firmly. It was dark before the last plant was in its place, and Pa and Ma were tired. But they were glad, too, because this year they'd have cabbages and sweet potatoes.

Every day they all looked at that garden. It was rough and grassy because it was made in the prairie sod, but all the tiny plants were growing. Little crumpled leaves of peas came up, and tiny spears of onions. The beans themselves popped out of the ground. But it was a little yellow bean-stem, coiled like a spring, that pushed them up. Then the bean was cracked open and dropped by two baby bean-leaves, and the leaves unfolded flat to the sunshine.

Pretty soon they would all begin to live like kings.

Every morning Pa went cheerfully whistling to the field. He had planted some early sod potatoes, and some potatoes were saved to plant later. Now he carried a sack of corn fastened to his belt, and as he plowed he threw grains of corn into the furrow beside the plow's point. The plow turned over a strip of sod on top of the seed corn. But the corn would fight its way up through the matted roots, and there would be a corn-field.

There would be green corn for dinner some day. And next winter there would be ripe corn for Pet and Patty to eat.

One morning Mary and Laura were washing the dishes and Ma was making the beds. She was humming softly to herself and Laura and Mary were talking about the garden. Laura liked peas best, and Mary liked beans. Suddenly they heard Pa's voice, loud and angry.

Ma went quietly to the door, and Laura and Mary peeped out on either side of her.

Pa was driving Pet and Patty from the field, dragging the plow behind them. Mr. Scott and Mr. Edwards were with Pa, and Mr. Scott was talking earnestly.

"No, Scott!" Pa answered him. "I'll not stay here to be taken away by the soldiers like an outlaw! If some blasted politicians in Washington hadn't sent out word it would be all right to settle here, I'd never have been three miles over the line into Indian Territory. But I'll not wait for the soldiers to take us out. We're going now!"

"What is the matter, Charles? Where are we going?" Ma asked.

"Durned if I know! But we're going. We're leaving here!" Pa said. "Scott and Edwards say the government is sending soldiers to take all us settlers out of Indian Territory."

His face was very red and his eyes were like blue fire. Laura was frightened; she had never seen Pa look like that. She pressed close against Ma and was still, looking at Pa.

Mr. Scott started to speak, but Pa stopped him. "Save your breath, Scott. It's no use to say another word. You can stay till the soldiers come if you want to. I'm going out now."

Mr. Edwards said he was going, too. He would not stay to be driven across the line like an ornery yellow hound.

"Ride out to Independence with us, Edwards," Pa said. But Mr. Edwards answered that he didn't care to go north. He would make a boat and go on down the river to some settlement farther south.

"Better come out with us," Pa urged him, "and go down on foot through Missouri. It's a risky trip, one man alone in a boat, going down the Verdigris among the wild Indian tribes."

But Mr. Edwards said he had already seen Missouri and he had plenty of powder and lead.

Then Pa told Mr. Scott to take the cow and calf. "We can't take them with us," Pa said. "You've been a good neighbor, Scott, and I'm sorry to leave you. But we're going out in the morning."

Laura had heard all this, but she had not believed it until she saw Mr. Scott leading away the cow. The gentle cow went meekly away with the rope around her long horns, and the calf frisked and jumped behind. There went all the milk and butter.

Mr. Edwards said he would be too busy to see them again. He shook hands with Pa, saying, "Good-by, Ingalls, and good luck." He shook hands with Ma and said, "Good-by, ma'am. I won't be seeing you all again, but I sure will never forget your kindness."

Then he turned to Mary and Laura, and he shook their hands as if they were grown up. "Good-by," he said.

Mary said, politely, "Good-by, Mr. Edwards." But Laura forgot to be polite. She said: "Oh, Mr. Edwards, I wish you wouldn't go away! Oh, Mr. Edwards, thank you, thank you for going all the way to Independence to find Santa Claus for us."

Mr. Edwards' eyes shone very bright, and he went away without saying another word.

Pa began to unhitch Pet and Patty in the middle of the morning, and

Laura and Mary knew it was really true; they really were going away from there. Ma didn't say anything. She went into the house and looked around, at the dishes not washed and the bed only partly made, and she lifted up both hands and sat down.

Mary and Laura went on doing the dishes. They were careful not to let them make a sound. They turned around quickly when Pa came in.

He looked like himself again, and he was carrying the potato-sack.

"Here you are, Caroline!" he said, and his voice sounded natural. "Cook a plenty for dinner! We've been going without potatoes, saving them for seed. Now we'll eat 'em up!"

So that day for dinner they ate the seed potatoes. They were very good, and Laura knew that Pa was right when he said, "There's no great loss without some small gain."

After dinner he took the wagon bows from their pegs in the barn. He put them on the wagon, one end of each bow in its iron strap on one side of the wagon-box, and the other end in its iron strap on the other side. When all the bows were standing up in their places, Pa and Ma spread the wagon cover over them and tied it down tightly. Then Pa pulled the rope in the end of the wagon-cover till it puckered together and left only a tiny round hole in the middle of the back.

There stood the covered wagon, all ready to load in the morning.

Everyone was quiet that night. Even Jack felt that something was wrong, and he lay down close to Laura when she went to bed.

It was now too warm for a fire, but Pa and Ma sat looking at the ashes in the fireplace.

Ma sighed gently and said, "A whole year gone, Charles." But Pa answered, cheerfully: "What's a year amount to? We have all the time there is."

XXVI. GOING OUT

After breakfast next morning, Pa and Ma packed the wagon.

First all the bedding was made into two beds, laid on top of each other across the back of the wagon, and carefully covered with a pretty plaid blanket. Mary and Laura and Baby Carrie would ride there in the daytime. At night the top bed would be put in the front of the wagon, for Pa and Ma to sleep in. And Mary and Laura would sleep in the bottom bed, where it was.

Next Pa took the small cupboard from the wall, and in it Ma packed the food and the dishes. Pa put the cupboard under the wagon-seat, and in front of it he laid a sack of corn for the horses.

"It will make a good rest for our feet, Caroline," he said to Ma.

Ma packed all the clothing in two carpet-bags, and Pa hung them to the wagon bows inside the wagon. Opposite them he hung his rifle in its straps, and his bullet-pouch and powder-horn hung beneath it. His fiddle in its box he laid on one end of the bed, where it would ride softly.

Ma wrapped the black iron spider, the bake-oven, and the coffee-pot in sacks, and put them in the wagon, while Pa tied the rocking-chair and the tub outside, and hung the water-bucket and the horse-bucket underneath. And he put the tin lantern carefully in the front corner of the wagon-box, where the sack of corn held it still.

Now the wagon was loaded. The only thing they could not take was the plow. Well, that could not be helped. There was no room for it. When they came to wherever they were going, Pa could get more furs to trade for another plow.

Laura and Mary climbed into the wagon and sat on the bed in the back. Ma put Baby Carrie between them. They were all freshly washed and combed. Pa said they were clean as a hound's tooth, and Ma told them they were bright as new pins.

Then Pa hitched Pet and Patty to the wagon. Ma climbed to her place on the seat and held the lines. And suddenly Laura wanted to see the house again. She asked Pa please to let her look out. So he loosened the rope in the back of the wagon-cover, and that made a large round hole. Laura and Mary could look out of it, but still the rope held up enough canvas to keep Carrie from tumbling into the feed-box.

The snug log house looked just as it always had. It did not seem to know they were going away. Pa stood a moment in the doorway and looked all around inside; he looked at the bedstead and the fireplace and the glass windows. Then he closed the door carefully, leaving the latch-string out.

"Someone might need shelter," he said.

He climbed to his place beside Ma, gathered the reins into his own hands, and chirruped to Pet and Patty. Jack went under the wagon. Pet whinnied to Bunny, who came to walk beside her. And they were off.

Just before the creek road went down into the bottoms, Pa stopped the mustangs, and they all looked back.

As far as they could see, to the east and to the south and to the west, nothing was moving on all the vastness of the High Prairie. Only the green grass was rippling in the wind, and white clouds drifted in the high, clear sky.

"It's a great country, Caroline," Pa said. "But there will be wild Indians and wolves here for many a long day."

The little log house and the little stable sat lonely in the stillness.

Then Pet and Patty briskly started onward. The wagon went down from the bluffs into the wooded creek bottoms, and high in a tree-top a mockingbird began to sing.

"I never heard a mockingbird sing so early," said Ma, and Pa answered, softly, "He is telling us good-by."

They rode down through the low hills to the creek. The ford was low, an easy crossing. On they went, across the bottoms where antlered deer stood up to watch them passing, and mother deer with their fawns bounded into the shadows of the woods. And up between the steep red-earth cliffs the wagon climbed to prairie again.

Pet and Patty were eager to go. Their hoofs had made a muffled sound in the bottoms, but now they rang on the hard prairie. And the wind sang shrill against the foremost wagon bows.

Pa and Ma were still and silent on the wagon-seat, and Mary and Laura were quiet, too. But Laura felt all excited inside. You never know what will happen next, nor where you'll be tomorrow, when you are traveling in a covered wagon.

At noon Pa stopped beside a little spring to let the mustangs eat and drink and rest. The spring would soon be dry in the summer's heat, but there was plenty of water now.

Ma took cold cornbread and meat from the food-box, and they all ate, sitting on the clean grass in the shade of the wagon. They drank from the spring, and Laura and Mary ran around in the grass, picking wild flowers, while Ma tidied the food-box and Pa hitched up Pet and Patty again.

Then for a long time they went on, across the prairie. There was nothing to be seen but the blowing grass, the sky, and the endless wagon track. Now and then a rabbit bounded away. Sometimes a prairie hen with her brood of prairie chicks scuttled out of sight in the grass. Baby Carrie slept, and Mary and Laura were almost asleep when they heard Pa say, "Something's wrong there."

Laura jumped up, and far ahead on the prairie she saw a small, light-colored bump. She couldn't see anything else unusual.

"Where?" she asked Pa.

"There," Pa said, nodding toward that bump. "It isn't moving."

Laura didn't say any more. She kept on looking, and she saw that that bump was a covered wagon. Slowly it grew bigger. She saw that no horses were hitched to it. Nothing moved, anywhere around it. Then she saw something dark in front of it.

The dark thing was two people sitting on the wagon tongue. They were a man and a woman. They sat looking down at their feet, and they moved only their heads to look up when Pet and Patty stopped in front of them.

"What's wrong? Where are your horses?" Pa asked.

"I don't know," the man said. "I tied them to the wagon last night, and this morning they were gone. Somebody cut the ropes and took them away in the night."

"What about your dog?" said Pa.

"Haven't got a dog," the man said.

Jack stayed under the wagon. He didn't growl but he didn't come out. He was a sensible dog, and knew what to do when he met strangers.

"Well, your horses are gone," Pa told the man. "You'll never see them again. Hanging's too good for horse-thieves."

"Yes," the man said.

Pa looked at Ma, and Ma barely nodded. Then Pa said, "Come ride with us to Independence."

"No," said the man. "All we've got is in this wagon. We won't leave it."

"Why, man! What will you do?" Pa exclaimed. "There may be nobody along here for days, weeks. You can't stay here."

"I don't know," the man said.

"We'll stay with our wagon," the woman said. She was looking down at her hands clasped in her lap, and Laura couldn't see her face; she could see only the side of the sunbonnet.

"Better come," Pa told them. "You can come back for your wagon."

"No," the woman said.

They wouldn't leave the wagon; everything they owned in the world was in it. So at last Pa drove on, leaving them sitting on the wagon tongue, all alone on the prairie.

Pa muttered to himself: "Tenderfeet! Everything they own, and no dog to watch it. Didn't keep watch himself. And tied his horses with ropes!" Pa snorted. "Tenderfeet!" he said again. "Shouldn't be allowed loose west of the Mississippi!"

"But, Charles! Whatever will become of them?" Ma asked him.

"There are soldiers at Independence," said Pa. "I'll tell the captain, and he'll send out men to bring them in. They can hold out that long. But it's durned lucky for them that we came by. If we hadn't, there's no telling when they would have been found."

Laura watched that lonely wagon until it was only a small lump on the prairie. Then it was a speck. Then it was gone.

All the rest of that day Pa drove on and on. They didn't see anybody else.

When the sun was setting, Pa stopped by a well. A house had once been there, but it was burned. The well held plenty of good water, and Laura and Mary gathered bits of half-burned wood to make the fire, while

Pa unhitched and watered the horses and put them on picket-lines. Then Pa took the seat down from the wagon and lifted out the food-box. The fire burned beautifully, and Ma quickly got supper.

Everything was just as it used to be before they built the house. Pa and Ma and Carrie were on the wagon-seat, Laura and Mary sat on the wagon tongue. They ate the good supper, hot from the camp fire. Pet and Patty and Bunny munched the good grass, and Laura saved bits for Jack, who mustn't beg but could eat his fill as soon as supper was over.

Then the sun went down, far away in the west, and it was time to make the camp ready for night.

Pa chained Pet and Patty to the feed-box at the end of the wagon. He chained Bunny to the side. And he fed them all their supper of corn. Then he sat by the fire and smoked his pipe, while Ma tucked Mary and Laura into bed and laid Baby Carrie beside them.

She sat down beside Pa at the fire, and Pa took his fiddle out of its box and began to play.

"Oh, Susanna, don't you cry for me," the fiddle wailed, and Pa began to sing.

I went to California
　　With my wash-pan on my knee,
And every time I thought of home,
　　I wished it wasn't me.

"Do you know, Caroline," Pa stopped singing to say, "I've been thinking what fun the rabbits will have, eating that garden we planted."

"Don't, Charles," Ma said.

"Never mind, Caroline!" Pa told her. "We'll make a better garden. Anyway, we're taking more out of Indian Territory than we took in."

"I don't know what," Ma said, and Pa answered, "Why, there's the mule!" Then Ma laughed, and Pa and the fiddle sang again.

> In Dixie land I'll take my stand,
>
> And live and die in Dixie!
>
> Away, away, away, away,
>
> Away down south in Dixie!

They sang with a lilt and a swing that almost lifted Laura right out of bed. She must lie still and not wake Carrie. Mary was sleeping, too, but Laura had never been wider awake.

She heard Jack making his bed under the wagon. He was turning round and round, trampling down the grass. Then he curled into that round nest with a flop and a sigh of satisfaction.

Pet and Patty were munching the last of their corn, and their chains rattled. Bunny lay down beside the wagon.

They were all there together, safe and comfortable for the night, under the wide, starlit sky. Once more the covered wagon was home.

The fiddle began to play a marching tune, and Pa's clear voice was singing like a deep-toned bell.

> And we'll rally round the flag, boys,
>
> We'll rally once again,
>
> Shouting the battle-cry of Freedom!

Laura felt that she must shout, too. But softly Ma looked in through the round hole in the wagon-cover.

"Charles," Ma said, "Laura is wide awake. She can't go to sleep on such music as that."

Pa didn't answer, but the voice of the fiddle changed. Softly and slurringly it began a long, swinging rhythm that seemed to rock Laura gently.

She felt her eyelids closing. She began to drift over endless waves of prairie grasses, and Pa's voice went with her, singing:

Row away, row o'er the waters so blue,
Like a feather we sail in our gum-tree canoe.
Row the boat lightly, love, over the sea;
Daily and nightly I'll wander with thee.

THE END